TOM MCGREGOR

GRASGEFLÜSTER

Der Roman zum Film
nach einem Drehbuch
von Craig Ferguson und
Mark Crowdy

Aus dem Englischen
von Jeanette Böttcher

WILHELM HEYNE VERLAG
MÜNCHEN

HEYNE ALLGEMEINE REIHE
Nr. 01/20059

Titel der Originalausgabe
SAVING GRACE

Umwelthinweis:
Das Buch wurde auf
chlor- und säurefreiem Papier gedruckt.

Redaktion: Ulrike Streubel/lüra

Deutsche Erstausgabe 9/2000
Copyright © 2000 by Tom McGregor
Copyright © der deutschsprachigen Ausgabe 2000 by
Wilhelm Heyne Verlag GmbH & Co. KG, München
Printed in Germany 2000
Umschlag- und Innenillustrationen: Advanced Filmverleih GmbH
Umschlaggestaltung: Nele Schütz Design, München
Satz: Pinkuin Satz und Datentechnik, Berlin
Druck und Bindung: Pressedruck, Augsburg

ISBN 3-453-18481-5

http://www.heyne.de

Prolog

»Die Moriskentänzer?«

»Ja.«

»Wie entwürdigend.«

»Oh, sag das nicht. Sie fühlen sich furchtbar auf den Schlips getreten, weißt du. Offensichtlich ist das eine ziemlich ernste Angelegenheit … hat irgendetwas mit Fruchtbarkeit und den Rechten von landwirtschaftlichen Vereinen zu tun.« Martin Bamford zog eine Grimasse und lehnte sich über die Bar. »Eigentlich stimme ich dir ja zu. Dieses Glockengebimmel und das Gewinke mit Taschentüchern sind …«

»Nein, ich meine, wie entwürdigend für *ihn*.«

»Für John?« Jetzt war Martin derjenige, der überrascht guckte. »Nun, eigentlich nicht. Er hat das nicht mehr mitbekommen. Als er auf dem Boden aufschlug, war er schon tot. Wenn er natürlich *auf* einem der Tänzer gelandet wäre, hätte das womöglich den Sturz abgebremst …«

»… und einen der Tänzer getötet.«

»Nun ja, ich vermute, das hätte passieren können.«

Völlig unbekümmert und vermutlich sogar belebt von der Vorstellung von dahinscheidenden Volkstänzern, zuckte Martin mit den Schultern und leerte den Rest seines Whisky in einem großen Schluck.

»Noch einen?«, fragte Charlie sofort.

»Nee. Würde sich nicht so gut machen, betrunken auf der Beerdigung zu erscheinen.« Martin hob mahnend den Finger. »Denn *das*, mein Freund, wäre wirklich entwürdigend. Der gute Doktor sollte nicht betrunken über den Friedhof torkeln.«

Nein, dachte Charlie. Wenigstens nicht schon wieder. Er sah seinen Freund an. Aber Martins Gesichtsausdruck verriet nichts; keine Verlegenheit bei der Erinnerung an seine Eskapaden bei der letzten Beerdigung in St. Liac. Aber dann fiel Charlie ein, dass Martin wirklich mächtig beschwipst gewesen war, so titanikmäßig abgesoffen gewesen war, als er es gerade noch verhindern konnte, in das offene Grab zu stolpern. Diese Episode war nicht in sein alkoholumnebeltes Gehirn gesunken, sondern – wie eine erschreckend hohe Anzahl seiner Patienten – in der Versenkung verschwunden.

»In Ordnung«, sagte Martin, stand auf und schlug auf seine Hosentaschen. »Du kommst nicht?«

»Äh ... nein. Ich werde später zum Trauerhaus kommen. Im Moment bleibe ich am besten hier und halte die Stellung. Man ... äh ... weiß nie, wer noch hereinschneien könnte.«

»Oh, wie *geschmacklos*, Charlie.«

»Wie?« Der Wirt warf seinem Kunden noch einen Blick zu. »Was meinst du?«

Martin hob seinen rechten Arm. »Wumm«, sagte er und machte eine Bewegung abwärts. »So einfach vom Himmel zu fallen.«

»Oh, *bitte*«, sagte Charlie beschwörend. »Ich meinte doch bloß ...«

Aber Martin Bamford war schon gegangen und konnte nicht mehr hören, was er meinte.

Pfeifend verließ er den Pub, um sich über die steile, enge Straße ans andere Ende der Stadt zu machen.

Allein im *Anchor* zurückgeblieben, lächelte Charlie zufrieden und griff unter den Tresen. Seine liebste Beschäftigung – mit seinen Gästen zu plaudern – war ihm jetzt verwehrt, aber sein zweitgrößtes Vergnügen im Leben war beinahe genauso lohnend. Mit einem zufriedenen Seufzer öffnete er das Buch und machte es sich gemütlich. Stets up to date bei den neuesten Trends in der Literatur, hoffte Charlie, wenigstens in seinem Lesestoff so etwas wie ein Echo der Zeit zu entdecken. Zwar hatte er noch nie von einem Autor namens Jim Crace gehört, aber der Titel des Buches klang viel versprechend. Obwohl es wohl kaum um einen Gutsherrn aus Cornwall gehen würde, der aus einem Flugzeug fiel, war die Thematik doch ähnlich.

Fünf Minuten später war Charlie in einer anderen Welt, versunken in die fesselnden Zeilen von *Wie es ist, tot zu sein*.

John Trevethans Tod hatte die Bürger von St. Liac schockiert. Die Tatsache seines Todes an sich war überraschend genug gewesen, die Umstände desselben waren jedoch bestürzend ungewöhnlich. Die Menschen waren daran gewöhnt, dass gelegentlich Flugzeuge vom Himmel fielen, aber nicht daran, dass Leute aus Flugzeugen fielen. Doch auf genau diese Weise war John seinem Schöpfer gegenüber getreten – und hatte posthum die Bekanntschaft einer entsetzten Truppe von Volkstänzern gemacht. Aus Respekt vor der Witwe (und bevor Martin Bamford davon erfuhr) war dieser Teil der Geschichte zunächst heruntergespielt worden. Aber heute, am Tag seiner Beerdigung, gab es nichts Geheimnisvolles mehr an den Begleitumständen von John Trevethans Tod.

Was blieb, waren die vielen Fragen, wie es dazu gekommen war. John Trevethan war ein gesunder, wohlhabender Mann von fünfundfünfzig Jahren gewesen, mit einem wunderschönen Haus, einer Unmenge von Freunden und einer langjährigen und, so wurde allgemein angenommen, glücklichen Ehe mit Grace. Die wundervolle, charmante, auf dem Boden der Tatsachen stehende Grace. Denn auch wenn Grace, Schlossherrin von Liac House war, hatte sie mit Allüren nichts am Hut. Grace war bei allen beliebt, sie hatte Zeit für jedermann; sie war der Dreh- und Angelpunkt der Gemeinde – und wenn sie schon gut zu den Menschen war, war sie beinahe eine Heilige, wenn es um Pflanzen ging. Graces Garten war bereits eine Legende in Cornwall. Bei Grace gedieh einfach alles.

Aber heute, am Tag der Beerdigung ihres Mannes, welkte Grace dahin. Eine Stunde vor der Totenfeier befand sie sich dem Anlass entsprechend gekleidet im Gewächshaus, vertieft in das vertraute Ritual, die Orchideen zu gießen. Eigentlich war sie jedoch nur physisch anwesend, in Gedanken war sie meilenweit entfernt.

Diese kreisten immer noch um ein Wort, das in ihrem Kopf vorherrschte: *Warum?* Warum war John gestorben? War es tatsächlich, wie jedermann bemüht war ihr zu versichern, ein tragischer Fehler gewesen? Hatte er nur einfach die falsche Tür des Flugzeuges geöffnet – oder hatte er absichtlich die Tür geöffnet, die für ihn die richtige gewesen war? Und wenn – warum? Hatte John Selbstmord begehen wollen?

Erst jetzt, fünf Tage nach seinem Tod, erlaubte sich Grace, über diese Fragen nachzudenken. In der Zeit direkt nach seinem plötzlichen Ableben war sie in Schock, Ungläubigkeit und Kummer gefangen gewesen: Empfindungen, die überwiegend von der sehr englischen Art der aufrechten Haltung unter Kontrolle gehalten wurden. Die Leute waren zu ihr gekommen und hatten artig ihr Beileid ausgedrückt, und Grace hatte erwartungsgemäß geantwortet: tapfer, stoisch – vielleicht manchmal etwas tränenreich –, aber im Wesentlichen anmutig. Grace, darin waren sich alle einig, hatte sich ›gut benommen‹. Sie hatte das Mitleid angenommen, wie sie alles andere in ihrer fünfundzwanzigjährigen Ehe mit John Trevethan angenommen hatte: ruhig, höflich und ohne Brimborium, jenen unwillkommenen Eindringling in ein wohl geordnetes Leben.

Aber jetzt sah sich Grace einem gleichermaßen unwillkommenen, wenn auch ganz anderen Besucher gegenüber: der Selbstkritik. Als relativer Neuling in diesem Bereich war sie überrascht von der Intensität und, noch alarmierender, von der Vielzahl an Fragen, die diese Selbstkritik mit sich brachte. Hätte sie zum Beispiel gewusst, wenn John Probleme gehabt hätte? Hätte sie gewusst, wenn er unglücklich gewesen wäre? Die Antwort erklang deutlich in ihren Ohren: Nein, sie hätte es nicht gewusst, weil John es ihr nicht gesagt hätte und sie nicht im Traum daran gedacht hätte, ihn zu fragen.

Noch schlimmer waren die kleinen penetranten Fragen über den Zustand ihrer Ehe. Grace hatte ihre Ehe nie in Frage gestellt, sie war immer zu beschäftigt damit gewesen, ihre Hälfte auszufüllen. Aber jetzt, da dieser Teil ihres Lebens vorbei war und sie eifrig vermied, darüber nachzudenken, dass sie nun jemand anderes war, ertappte sie sich dabei zurückzublicken.

Mit einem Schlag wurde ihr klar, dass sich ihre Ehe wie im Fluge von der Glückseligkeit zur Zufriedenheit und dann zu … ja, zu was entwickelt hatte? Grace hatte den scheußlichen Verdacht, dass die letzten zehn Jahre nur noch Gewohnheit gewesen waren. Eine nette Gewohnheit, sicher – aber dennoch nur Gewohnheit.

Grace schniefte und unterdrückte die Tränen. Dann nahm sie den Befeuchter und besprühte eine Orchidee. Gewohnheiten, so wusste sie, wurde man nur schwer wieder los. Sie hatte die letzten Jahre mit dem Versuch verbracht, das Rauchen aufzugeben, hatte aber trotzdem immer eine Schachtel Zigaretten in der Küchenschublade aufbewahrt, ›nur für den Fall‹. Sie hatte nie versucht, die John-Gewohnheit aufzugeben. Es hatte keine Notwendigkeit bestanden. Es war eine gute Gewohnheit gewesen, absolut unschädlich. Als eine weitere Frage auftauchte, hielt Grace inne. Es war *doch* etwas Schädliches daran gewesen, etwas sehr Verletzendes. Aber so wie sie vorgab, dass die Zigaretten nicht existierten, so hielt sie die Erinnerung daran in einer Schublade ihres Gedächtnisses verschlossen. Und diesmal hatte sie den Schlüssel weggeworfen.

Grace besprühte eine weitere Orchidee weitaus kräftiger mit Wasser, als sie beabsichtigt hatte. Fragen. Dieser Ansturm von Fragen gefiel ihr gar nicht: Sie konnte die meisten ja doch nicht beantworten. Dann, wie auf das Stichwort, kam eine Frage, die sie beantworten konnte. Die Worte flogen mit einem kühlen Lufthauch durch die Tür des Gewächshauses und rissen sie aus ihrer Träumerei. »Mrs. Trevethan? Sind Sie soweit?«

Ja, dachte Grace. Mrs Trevethan ist soweit. Entschlossen untersuchte sie eine weitere Orchidee mit Kennerblick, knipste die Blüte ab und steckte sie sich ans Revers. Dann drehte sie sich um, nahm ihren schwarzen Hut und setzte ihn fest auf den Kopf. »Ja«, rief sie, »ich komme!«

Beherrscht schritt sie in den wunderschönen Garten, der für viele Menschen das Symbol eines perfekten Lebens war. Sie erreichte die Auffahrt und stieg in den Wagen, der sie zur Beerdigung ihres Mannes fahren würde.

Matthew Stuart hätte alles für die Trevethans getan. Ganz besonders für Grace. Immer fröhlich und alles hinnehmend hatte sie Matthew nie nach seinen Absichten gefragt. Das hatte auch John nicht getan – zumindest nicht mit Worten. Aber Matthew hatte bei John immer eine gewisse Neugierde, die schon fast an Missbilligung grenzte, spüren können. Er schien sie förmlich auszustrahlen. Hinter seiner charmanten und freundlichen Haltung verbarg sich so etwas wie Kritik. Während die Lippen »Hallo« sagten, standen die Fragen in seinen Augen – und die erste lautete: »Warum verschwendet so ein strammer junger Mann wie du sein Leben damit, an einem Ort wie diesem Gelegenheitsjobs zu verrichten?«

Matthew sah vom Grab auf. Vielleicht hatte John Trevethan, der in Liac House geboren und dazu erzogen worden war, es einmal zu erben, seine Umgebung als selbstverständlich hingenommen. Vielleicht hatte er die atemberaubende Schönheit der Küstenlandschaft Cornwalls, die besonders überschaubare und doch beruhigend vielgestaltige Gemeinschaft, in der er lebte, nicht würdigen können. Und, vor allem, hatte er vielleicht die wirkliche Bedeutung des Begriffes ›Lebensqualität‹ nicht erfassen können. Matthew war im Zentrum von Glasgow geboren und aufgewachsen. Er hatte viel über das Leben gelernt, aber was dessen Qualität anging, war er noch ein ziemlicher Anfänger.

Matthew sah wieder nach unten, nicht auf das Grab, sondern auf die engen Manschetten seines einzigen weißen Hemdes. Er fühlte sich ein wenig schuldig, dass er, umgeben vom Tod, das Leben pries, und konzentrierte sich auf seine Fingernägel. Das war ein Fehler, denn sie waren schmutzgerändert. Matthews Herz setzte einen Schlag lang aus. Er hätte alles für die Trevethans getan, aber das letzte, worauf er vorbereitet gewesen war, war Johns Grab auszuheben.

Matthew war sich nicht bewusst, dass er zurückgezuckt war, aber seine Begleiterin schon. Nicky fühlte seine Unruhe und nahm seine Hand mitsamt den anstoßerregenden Fingernägeln in ihre eigene und drückte sie beruhigend. Matthew lächelte. Nicky. An diesem Punkt fing die Qualität des Lebens an.

Aber der Tod war der Grund, warum sie heute hier versammelt waren. Gerald Percys bedächtiger Tonfall ließ sie das nicht vergessen. »Gott, gib uns die Weisheit und die Gnade, die Zeit, die uns hier auf Erden gegeben ist, recht zu nutzen«, sagte er gerade. »Hilf uns, unsere Sünden und das Übel, das wir getan haben, und das Gute, das wir nicht getan haben, zu bedauern.« Der Pfarrer machte eine Pause und sah zu Grace hinüber. Matthew tat das Gleiche. Sie hatte die Augen geschlossen und ihr Gesichtsausdruck war unergründlich. Dachte sie über Johns Sünden nach und das Gute, das er nicht getan hatte? Sicher nicht. Johns einzige Sünde, soweit Matthew wusste, hatte darin bestanden, dass er zu viel Zeit bei der Arbeit verbracht hatte.

Das machte deutlich, wie wenig Matthew und fast jeder Anwesende von dem kürzlich Verstorbenen wusste. Einer der wenigen, die Bescheid wussten, war der Pfarrer selbst. Der Grund, warum er mitten in seiner Grabrede innegehalten hatte, war seine Sorge um Grace: Er fragte sich, ob sie die Fremde in ihrer Mitte bemerkt hatte. Ihre geschlossenen Augen deuteten daraufhin, dass das nicht der Fall war. Mit einem Seufzer der Erleichterung fuhr er mit seiner Lobesrede auf den Verstorbenen fort. Aber Grace hatte die Fremde doch bemerkt. Sie hielt die Augen geschlossen, weil sie sich weigerte, die Frau, die in einiger Entfernung zum Grab stand, zur Kenntnis zu nehmen. Grace wollte sie nicht bemerken. Grace wollte bis zum bitteren Ende wohlerzogen sein.

Und das war sie auch. Als schließlich Johns Sarg in die Erde gesenkt wurde, trat sie vor, löste die Orchidee von ihrem Revers und warf sie in das offene Grab. So wie Graces Tränen landete sie ohne ein Geräusch. Dann wandte sie sich um und führte den Leichenzug zurück zum Liac House, wo die aufrechte Haltung sie alle durch den Rest dieses traurigen Tages bringen würde.

Das war zumindest der Plan. Martin Bamford hatte sich bereits tadellos benommen. Doch so gerne, wie er John gehabt hatte – und so ergeben, wie er Grace war –, konnten ihn seine gute Manieren jetzt nicht mehr lange stützen. Er brauchte etwas anderes. So erging es auch einigen anderen Bewohnern von St. Liac. Und auch jemandem, der sich dessen jedoch nicht bewusst war. Jemand, der im weiteren Verlauf das kleine Fischerdorf St. Liac in Cornwall in die Schlagzeilen der Welt katapultieren würde.

Kapitel 1

»Noch etwas Tee?«

»Ja, bitte.« Gerald Percy hielt seine Tasse hin und tat so, als würde er nicht bemerken, dass Graces Hand zitterte. Und Grace wiederum tat so, als würde sie Geralds besorgten Blick nicht bemerken. Sie brauchte jetzt kein Mitleid. Andere Leute wollten noch Tee – oder Wein –, und solange sie sich damit beschäftigen konnte, diese Bedürfnisse zu erfüllen, war alles in Ordnung. Sie verließ Gerald mit einem etwas zu strahlenden Lächeln und ging durch den Rundbogen hinüber in den Salon.

Förmlichkeiten waren noch nie wichtig in St Liac gewesen. Niemand hatte je den Hut vor John und Grace gezogen. Gäste waren stets willkommen, ob sie nun Fischer aus dem Ort oder benachbarte Grundbesitzer waren, und sie verhielten sich allem auf die gleiche lockere Art. Liac House spiegelte diese Art wider. Vom Maßstab her war es prachtvoll, aber sein Erscheinungsbild war weniger das eines Luxus ausstrahlenden Herrensitzes als vielmehr das eines bewohnten Hauses. Am Salon wurde das augenfällig. Es gab zwar eine Reihe wertvoller Möbelstücke, aber ein Gutteil war ein wenig angeschlagen und hatte Flecken von Weingläsern oder Teetassen. Und obwohl mehrere gute alte Perserteppiche auslagen, hatte doch die Hälfte des Hin und Hers über sie in den Jahren aus schmutzigen Gummistiefeln bestanden.

Heute war das nicht so. Heute hatte sich jedermann bemüht, gepflegt auszusehen: zusammen mit dem Anlass ihres Kommens waren die meisten eher befangen. Daher war die Unterhaltung angestrengt und extrem höflich, so wie es üblicherweise, wenn auch nicht nur dort, auf Beerdigungen der Fall ist. Leute, die sich – und Liac House – schon lebenslang kannten, ertappten sich bei Bemerkungen wie »Schönes Haus« und »Ist es dir gut ergangen?« Dann schwiegen sie verlegen und unterdrückten ein Kichern, weil niemand der erste sein wollte, der auf einer Totenwache lachte.

»Das Haus sieht schön aus«, sagte Charlie zu Grace, als sie den Raum betrat.

»Danke«, sagte Grace. »Tee oder Wein?«

»Wein, bitte.«

Grace stellte die Teekanne auf einen Beistelltisch und nahm eine Flasche Chablis. Sie hatte sich – jedoch nicht sehr lange – mit der Frage gequält, welchen Wein sie servieren sollte: das Zeug zum Schlucken oder Johns Besten? Die Entscheidung war von allein gefallen. John hätte nur das Beste gewollt. Sie schenkte Charlie ein Glas ein und lächelte ihn zögernd an, bevor sie die Teekanne nahm und weiterging. Die Rolle der Gastgeberin war ihre zweite Natur: über die Tatsache, dass es bis vor fünf Jahren eine Nebenrolle gewesen war, mochte sie jetzt nicht nachdenken.

»Danke, Grace«, sagte Vivienne Hopkins vom Institut für Frauen, als Grace ihre Teetasse auffüllte. Sie hätte gerne noch etwas gesagt, aber das einzige, was ihr einfiel, war: »Schöner Gottesdienst«, und das gehörte eher zum Vokabular für Hochzeiten. Sie war sich nicht besonders sicher, ob es etwas Vergleichbares für Beerdigungen gab, und so lächelte sie Grace zu und nahm ein Sandwich, das sie eigentlich gar nicht wollte. Sie wartete darauf, dass Grace sich entfernte, bevor sie sich wieder traute, den Mund aufzumachen. Grace ging weiter mit ihrer Teekanne, dem Tablett mit Sandwiches und einem Lächeln, das so zerbrechlich war, dass es jederzeit Risse bekommen konnte. Aber es war nicht so. Es überdauerte den endlosen Angriff von »Danke, Grace« und setzte seinen Weg durch den Raum fort. Grace blieb unsichtbar und folgte ihm.

Michael Penrath dankte Grace für den Tee, wartete, bis sie sich von seiner Seite entfernt hatte, und wandte sich wieder seinem Gegenüber zu. »Was meinen Sie, wird sie hier bleiben?« Alfred Mabely sah ihn an. Dann fiel ihm ein, dass die Penraths drüben im Bodmin wohnten und die Trevethans eigentlich nicht sehr gut kannten; wie die Trevethans lebten sie in dem ›großen Haus‹ in ihrer Region. Sie waren weniger aus Trauer zu Johns Beerdigung gekommen sondern mehr um Solidarität zu demonstrieren. Hätten sie Grace besser gekannt, sinnierte Alfred, wüssten sie, dass Grace kein Interesse an diesem Gedanken des Zusammenhaltens der alten, etablierten Familien hatte. Und sie hätten sicher gewusst, dass Grace niemals daran denken würde, Liac House zu verlassen.

»O ja«, sagte Alfred, »Grace wird hier nie weggehen. Nicht in Millionen Jahren. Dieses Haus ist ihr Leben. Oder vielmehr der Garten. Es gibt nicht viele Gärten wie diesen in Cornwall.« Er machte eine Pause, drehte sich zum Fenster und betrachtete den Garten für einen Moment. Er erwärmte sich für sein Thema und wandte sich wieder an Michael Penrath. »Nehmen Sie zum Beispiel Heligan. Manche würden das einen Garten nennen, aber ich nehme lieber diesen hier. Heligans Garten ist zu streng gestaltet, verstehen Sie? Zu durchgeplant. In Graces Garten gibt es nichts Strenges.«

Michael drehte sich um und sah aus dem Fenster. Er musste zugeben, dass der Dorfpolizist Recht hatte: wer auch immer diesen Garten entworfen hatte, hatte es irgendwie fertig gebracht, ihn völlig natürlich aussehen zu lassen: als wäre er von selbst so gewachsen. Er war üppig und doch nicht überfrachtet; kultiviert und doch nicht geplant. Aber ihn deshalb zu den großartigsten Gärten der britischen Inseln zu zählen war eine maßlose Übertreibung. »Nun«, sagte er, »er ist sicher sehr schön.« Er sah über die weit ausgedehnte Rasenfläche bis zum See hinunter und wandte sich wieder Alfred zu. »Grace wird Hilfe brauchen, jetzt, wo John nicht mehr da ist.«

»Oh, John hat sich nie darum gekümmert. Das hat Grace immer gemacht. Und Matthew natürlich.«

»Matthew?«

»Ja.« Alfred Mabely suchte den Raum nach dem Genannten ab, konnte ihn aber nicht ausmachen. »Ein Schotte. Sieht gut aus, so ein eher knorriger Typ. Er ist Graces Gärtner. Ist ihr völlig ergeben.« Er machte eine Pause und runzelte die Stirn. »Nicht, dass da irgendwas Komisches dran wäre. Nein, nein.« Alfred war nicht nur der örtliche Gesetzeshüter, sondern auch selbst ernannter Moralwächter. Er hatte sehr düstere Ansichten über alles, was irgendwie ›komisch‹ sein könnte. Er lächelte Michael an. »Matthew ist mit dem Kapitän der *Sharicmar* befreundet. Das ist eine ziemlich feste Sache.«

»Ah ... ja.« Michael nahm richtigerweise an, dass die *Sharicmar* ein Fischerboot war, und irrigerweise, dass der Kapitän ein Mann war und der knorrige Gärtner deshalb schwul sein musste. Da er die Vorstellung von schwulen Fischersleuten und Gärtnern nicht unbedingt gutheißen konnte und überdies nicht wusste, was er sagen sollte, sah er sich im Raum nach einem weiteren Gesprächsthema um. Er musste nicht lange suchen.

Am anderen Ende des Raumes stand eine Frau mittleren Alters. Sie trug einen schwarzen Filzhut auf dem Kopf. Offensichtlich war sie in dem Glauben, dass man sie wegen der großen Orchidee, hinter der sie stand, nicht sehen konnte, denn sie schüttete gerade verstohlen den gesamten Inhalt einer Schale Erdnüsse in ihre Handtasche. Michael beobachtete fasziniert, wie sie ihre Tasche zuschnappen ließ und zurück zu ihren Freunden ging, einer etwas größeren Frau mit einem ähnlichen Hut und einem jungen Mann in einem schicken Anzug. Er wandte sich an den Polizisten und sagte: »Wer in aller Welt ist diese Frau?«

»Welche Frau?«

Michael deutete mit dem Kopf in Richtung auf das Trio. »Die Kleine da mit dem Hut.«

»Ah. Das ist Margaret Sutton. Sie leitet die Poststelle. Zusammen mit Diana Skinner – das ist die neben Dr. Bamford. Sie sind so etwas wie lokale Institutionen.« Alfred lächelte gütig. »Ich weiß nicht, was wir ohne sie täten.«

»Aber sie hat gerade …« Michael fiel wieder ein, wer sein Gesprächspartner war, und er verstummte. Sergeant Mabely sah aus wie ein Mann, der Verbrechen – jedwede Art von Verbrechen – äußerst ernst nahm, und Michael wollte nicht derjenige sein, der dazu beitrug, dass eine lokal bekannte Person bei der Totenwache eines örtlichen Gutsbesitzers verhaftet wurde. Stattdessen verabschiedete er sich von Alfred und machte sich auf die Suche nach seiner Frau. Bevor er jedoch Hermione fand, stieß er auf Grace. Sie stand neben einer weiteren großen Orchidee und hielt die Teekanne wie einen Schild vor ihre Brust. Sie stand ganz still, aber ihre Augen glänzten: sie ließ den Blick im Raum umherschweifen, als wenn sie jemand bestimmten suchte.

»Hast du jemanden aus den Augen verloren?«

»Oh! Oh, Michael. Nein … nein. Es ist nur, weißt du … also …« Grace senkte den Blick. »Noch etwas Tee?«

»Nein danke, Grace. Eigentlich wollten wir gerade gehen. In einer Stunde wird es dunkel, und meine Augen sind nicht mehr die besten. Beim Fahren, verstehst du?«

»Ja«, sagte Grace, die nicht zugehört hatte.

»Danke, Grace. Es war … nun … sieh mal«, fügte er

hinzu und umgab sich mit dem Mäntelchen des älteren und weiseren Beschützers und Beraters, »wenn du irgendetwas brauchst … wenn wir irgendetwas für dich tun können, brauchst du nur anzurufen. Du weißt, wo du uns finden kannst …«

»Ja, in Moore Manor. Wie gedeihen die Gunneras?«

»Wie bitte?«

»Gunneras. Eine Art brasilianischer Rhabarber. Ihr baut ihn an.«

»Tatsächlich?«

»Ja. Wir … Hier geht es nicht, weil wir zu nah am Meer sind und das Salz sich auf den Blättern absetzt und …« Dann bemerkte Grace Michaels Gesichtsausdruck und ihr wurde klar, dass er nicht die leiseste Ahnung hatte, wovon sie sprach. »Nun«, endete sie mit einem halbherzigen Lächeln, »ich muss euch mal besuchen kommen und euren Garten ansehen.«

Erleichtert darüber, sich wieder auf vertrautem Territorium zu befinden, beugte sich Michael vor und berührte Graces Arm. »Tu das, Grace. Hermione würde sich sehr freuen. *Wir* würden uns sehr freuen. Jederzeit, Grace.«

»Danke.« Grace strahlte Michael an, eher dankbar für seinen bevorstehenden Abschied als für die angebotene Gastfreundschaft. Sie wusste, dass sie es gut mit ihr meinten. Sie wusste auch, dass sie wieder begann, genervt zu sein.

So erging es auch Martin Bamford auf der Seite des Zimmers. Er brauchte dringend eine Pause von Diana Skinner und Margaret Sutton. Sie waren zwar der Inbegriff an Freundlichkeit, und wenn das Leben in St Liac zweifellos ärmer sein würde ohne sie – besonders im Hinblick auf Tratsch –, so war doch keine der beiden Frauen besonders geistreich. Und obwohl Martin von sich selbst das Bild eines einfachen Burschen kultivierte, so war er doch hochintelligent und sehr besorgt um seine Patienten – Grace eingeschlossen – und blühte bei witziger Unterhaltung auf. Die Damen ermüdeten ihn allmählich. Er brauchte frische Luft. Genauer gesagt etwas blauen Dunst.

»Nun«, sagte er und unterbrach Dianas Abhandlung über Erdnüsse, »ich denke, es ist wirklich Zeit …«

»Welche Art von Verletzungen würde man sich bei einem Sturz aus dieser Höhe zuziehen?«, fragte Margaret. »Waren es nicht dreißigtausend Fuß? Das muss ziemlich schlimm gewesen sein.«

»Ja. Sehr schlimm. Sehr schlimme Verletzungen«, sagte Martin. »Obwohl er natürlich tot war, als er …«

»… Warum hat er es getan?«

»Wie bitte, Margaret?«

»Warum ist er aus dem Flugzeug gefallen?«

»Ich bin noch nie geflogen«, äußerte Diana. »Ich weiß aber, warum.«

»Nun … warum?«

»Die Türen.«

»Die Türen?«

»Ja.« Für jemanden, der noch nie geflogen war, maßte sich Diana viel Sachverstand an. »Versteht ihr, er dachte wahrscheinlich, es wäre die Tür zur Toilette und hat nur versehentlich die falsche Tür geöffnet.«

»Hm … Ja, das ist möglich.« Martin war jetzt bereits leicht verzweifelt und blickte von einer Frau zur anderen. Sie waren in Gedanken vertieft. Er vermutete richtigerweise, dass sie nun das Thema Flugzeuge und deren Türen in allen Einzelheiten erörtern würden. »Ähm«, sagte er, »würde es Ihnen etwas ausmachen? Ich muss …«

»… zur Toilette gehen«, vollendete Diana.

»Ja. Ich bin … in einer Minute zurück.«

Aber er hatte nicht die Absicht. Und er war es auch nicht. Er überließ Diana und Margaret ihren Grübeleien über Flugzeuge, Türen und wahrscheinlich Toiletten, stürzte in den Flur und die Treppe hinauf. Er steuerte jedoch nicht die Toilette an. Fünf Minuten zuvor hatte er Matthew nach oben gehen sehen. Und er vermutete, dass sich in Matthews Besitz genau diese Sorte frischer Luft befand, die er jetzt brauchte. Sein Freund schloss gerade eine Tür hinter sich, und da er noch dabei war, sich den Hosenschlitz zuzuknöpfen, folgerte Martin, dass es sich offensichtlich um die richtige Tür handelte. »Matthew,« flüsterte er durch das Geländer. »Hast du was?«

Matthew blinzelte. »Was?«

»Stoff?«

Matthew guckte entsetzt. Immerhin waren sie hier auf einer Beerdigung.

»Nein«, entgegnete er flüsternd, »nicht hier.«

Martin warf ihm einen Blick zu. Einen sehr bedeutungsvollen Blick.

Zum Teufel, dachte Matthew. Eine kleine Wohltat konnte ihnen keiner übel nehmen. Er zwinkerte Martin zu. »In Ordnung, komm mit.«

Martin stieß einen Seufzer der Erleichterung aus.

»Aber nicht hier im Haus«, warnte Matthew.

»Nein!« Jetzt blickte Martin entsetzt drein. Schließlich war er Arzt. Der offenkundige Konsum illegaler Drogen, die – seiner Meinung – eine Heilwirkung hatten, war eine Sache. Heimliches Rauchen von Marihuana jedoch eine ganz andere.

»Im Garten?«

»Beim alten Waschhaus«, sagte Matthew.

Liac House war dreihundert Jahre alt und war als selbstversorgerische Gemeinschaft konzipiert gewesen. Es gab daher zahlreiche Außengebäude, die ursprünglich als Waschhäuser, Vorratshäuser, Milch- und Zeugkammern gedacht waren. Nach dem Ersten Weltkrieg waren beinahe alle überflüssig geworden, und einige hatte man einfach verfallen lassen. Aber unter

Graces Regiment gehörten die noch intakten Gebäude mehr zum Garten als zum Herrenhaus. Das verfallende Gebäude, das einmal das Waschhaus gewesen war, war jetzt beispielsweise vollständig mit Efeu bedeckt. Mit seinem Torbogen, der auf den grasbedeckten Hof führte sah es eher aus wie eine belaubte Gartenlaube als wie ein Gebäude.

Außerdem lag es recht abgeschieden.

»Ist Grace in Ordnung?«, fragte Martin, als sie das Waschhaus erreichten. »Sie sieht ein wenig angespannt aus.«

»Dazu hat sie auch jedes Recht«, erwiderte Matthew und zog vorsichtig einen Joint aus seiner Brusttasche. »Schließlich spielt man nicht jeden Tag die Gastgeberin bei einer Beerdigung. Muss hart für sie sein.«

Matthew zündete den Joint an und inhalierte tief. Er schloss einen Moment lang die Augen und entspannte sich; er lehnte sich gegen die Mauer und stieß den Rauch mit einem langen, zufriedenen Seufzer wieder aus. Er betrachtete den Rauch, der sich träge in den strahlendblauen Himmel hoch kringelte und tat noch einen Zug.

Während Martin ungeduldig wartete, wanderten seine Gedanken zu Drogen im Allgemeinen. »Ich habe ihr Schlaftabletten angeboten. Aber sie sagte, sie brauche keine.«

»Das ist nicht Graces Stil, oder?«, bemerkte Matthew. »Und überhaupt, sie kann sich schließlich auf andere Art entspannen.«

»Ach ja?« Martin war fasziniert.

»Ja. Gartenarbeit. Das ist unglaublich entspannend«, verkündete Matthew und grinste. »Du solltest es auch mal probieren.«

»Ich?«, fragte Martin entsetzt. »Nein ... das ist nichts für mich. Ich wüsste auch gar nicht, woher ich die Zeit nehmen sollte. Zu viel zu tun ... Ich muss mich um meine Patienten kümmern.«

Matthews Lächeln wurde breiter als er dem Anderen den Joint anbot. Er versuchte, sich vorzustellen, wie Martin in seinem Garten arbeitete, aber es gelang ihm nicht. Obwohl Martin in einer so genannten ›ländlichen Idylle‹ lebte, war er doch unglaublich städtisch. Die schicken Anzüge, der schnittige Jaguar, das moderne Mobiliar seines Hauses – all das passte eher nach London als nach Cornwall. Tatsächlich waren die Leute aus St. Liac Martin mit einem nicht geringen Maß an Misstrauen gegenüber getreten, als er sich fünf Jahre zuvor erfolgreich um die Stelle des Dorfarztes beworben hatte. Er wäre nicht der erste Londoner gewesen, der sich in den Ort verliebte und dann versucht hätte, ihn mit seinen Ansichten, seinen Gewohnheiten und seinen lauten städtischen Freunden zu verderben.

Aber Martin hatte nichts dergleichen getan. Stattdessen hatte er undeutlich vor sich hin gemurmelt, er habe sich »in die Brandung verliebt«, und hatte dann alle verwirrt, weil er nie auch nur in die Nähe des Strandes ging. Es dauerte zwei Monate, bis allgemein klar war, dass er sich in Wirklichkeit in eine braun gebrannte Surferin verliebt hatte, die sich später in Richtung Bondi aus dem Staub machte. Als sie ihn verließ war Martin genauso ernüchtert wie das Dingi, das er nie benutzt hatte. Dunkle Gerüchte über seine sofortige Abreise nach London machten die Runde, erwiesen sich aber als unbegründet. Martin Bamford blieb und wurde eine respektierte, wenn auch leicht exzentrische Hauptstütze der Gemeinde. Misstrauen verwandelte sich in Bewunderung und wurde nur gelegentlich von etwas Mitgefühl gedämpft. Es entsprach zwar durchaus der Wahrheit, dass eine unverhältnismäßig hohe Anzahl seiner betreuten Patienten verstarben, aber ebenso stimmte es, dass zur Gemeinde von St. Liac eine unverhältnismäßig große Anzahl älterer Leute gehörte. Die jungen Leute, die in St. Liac aufwuchsen, zogen die hellen Lichter der großen Städte vor. Und doch war in den letzten Jahren die Bevölkerungszahl stabil geblieben. Sie begann sogar leicht zu steigen, als Leute wie Martin ankamen, sich verliebten (in was auch immer) und blieben. Auch Matthew war einer von ihnen. Und so wie Martin hatte auch er sich in einen Menschen verliebt: Jemanden, der immer noch sehr wichtig für ihn war.

»Wo ist Nicky?«, fragte Martin wie auf ein Stichwort. Er wusste, dass Nicky nichts für Dope übrig hatte. Er vermutete sogar, dass sie sehr dagegen war.

»Nicky? Oh ... weiß nicht, sie wollte gerade Grace helfen, aber Grace wollte sich nicht helfen lassen. Wirklich dumm. Sie hat sich sowieso zu viel aufgeladen.«

»Hm. Sandwiches.«

»Was?« Matthew griff nach dem Joint.

»Sandwiches. Das letzte Mal als ich sie sah, hatte sie sich zu viele Sandwiches auf ihren Teller geladen.«

»Oh, sehr witzig. Nein, es geht ihr einfach zu viel im Kopf herum. Sie hat mich schon zweimal gebeten, den Blumenbefeuchter im Gewächshaus zu überprüfen – und ich habe ihr zweimal gesagt, dass ich das schon gestern getan habe.«

»Meinst du, sie wird bleiben?«

»Wo bleiben?«

»Hier.« Martin machte eine unbestimmte Bewegung. »In Liac.«

»Natürlich bleibt sie.« Die Frage überraschte Matthew. »Sie ist gerne hier. Mein Gott, sie wohnt hier seit fünfundzwanzig Jahren. Sie würde nicht einfach auf und davon gehen. Das hier ist ihr Leben.«

»Und deins auch, oder?«

Matthew hatte eigentlich noch nicht über diese Frage nachgedacht, aber er nahm an, dass Martin Recht hatte. Er konnte sich nicht vorstellen jemals von hier fortzugehen. »Ja, ich vermute, du hast Recht. Wie auch immer, Grace kann den Garten unmöglich alleine in Schuss halten.«

»Meinst du, John hat gut für sie vorgesorgt?«

»O ja. Gar keine Frage, er hatte Geld wie Heu.« Plötzlich wurde Martin nachdenklich. »Weißt du, ich habe gar keine Ahnung, was er eigentlich gemacht hat. Ich weiß, dass er immer durch die Weltgeschichte flog, aber was hat er wirklich gemacht?« Er starrte hinunter auf den Joint und hob ihn dann an die Lippen, um einen neuen Zug zu nehmen.

Entgegen den Gerüchten war das Dope keine Quelle der Erleuchtung. Genauso wenig wie Matthew. »Nun ... er machte ... Geschäfte. Er war Geschäftsmann.« Während er das sagte, wurde Matthew klar auf welch wackeligen Füßen seine Diagnose stand. »Ähm ... nun, ich glaube, ich habe das auch nie wirklich gewusst«, gestand er ein. »Immerhin tätigte er jede Menge Investitionen.«

»Wirklich?«

»Ja. Grace hat immer über die Berge von Post gelacht. Von Stiftungen und so Sachen. Sie sagte, John hätte seine Geschäfte in jedem Finger.«

»Seine Finger in jedem Geschäft.«

»Was?«

»Du hast es falsch herum gesagt.«

»Hä?«

»So wie Diana.«

»Martin, ich habe keine Ahnung, wovon du eigentlich sprichst.«

Martin bemerkte seine irrige Folgerung offensichtlich nicht, zumal er mittlerweile schon leicht benebelt war. Er erinnerte sich an seine Unterhaltung mit der Postbeamtin. »Diana glaubt anscheinend, dass es eine Art Unfall gewesen ist. Sie meint, dass er nur auf dem Weg zur Toilette war und die falsche Tür geöffnet hat.«

Matthew dachte eine Weile darüber nach. »Wahrscheinlich ist er zur Toilette gegangen«, sagte er schließlich. »Auf dem Weg nach unten.«

»Was ist auf dem Weg nach unten? Die Verbrechensquote, soweit es mich angeht!« Die herzhaften Worte wurden begleitet von einem noch herzhafterem Lachen und verspätet und zu ihrem absoluten Entsetzen sahen sich Martin und Matthew Sergeant Alfred Mabely gegenüber.

Matthew erholte sich als erster und starrte Martin und ganz besonders den Joint in seiner Hand an. Martin erstarrte eine Sekunde lang und versteckte dann den Stein des Anstoßes hinter seinem Rücken.

»Alles in Ordnung, Alfred?«, fragte Matthew lächelnd.

»Ja, ja.« Alfred stand wie immer, die Hände auf dem Rücken verschränkt und den Kopf leicht fragend nach vorne geschoben. Aber zum Glück lächelte er. »Nanu, Dr. Bamford«, sagte er, als er Martin bemerkte.

»Hallo.« Martin bemerkte plötzlich, dass er die Lungen voller Rauch hatte, und wich keuchend zurück an die Mauer. Der Joint zischte leise hinter ihm, als er den Efeu berührte.

Aber der Polizist strahlte ihn weiter an. »Also ... ich fragte mich, ob Sie mir vielleicht einen Gefallen tun könnten.«

»Äh ... hm, ja, hm.« Martin hustete laut und hielt sich in einem heroischen Versuch, den Rauch zu verbergen, mit der Hand den Mund zu. Alfred fasste sich mit der linken Hand an sein Ohr und zuckte zusammen. »Es geht um mein Ohr. Sie müssten noch einmal danach sehen. Es plagt mich noch immer.«

Martin prustete und klopfte sich auf die Brust. Sprechen konnte er nicht.

»Wie wäre es, wenn ich morgen in der Praxis vorbeischauen würde? Könnten Sie dann danach sehen?«

Immer noch unfähig zu sprechen, sah der glücklose

Arzt den Polizisten mit weit aufgerissenen Augen an und klopfte ihm dann härter als beabsichtigt auf den Rücken.

Falls Alfred durch diese Geste überrascht war, zeigte er es nicht. Er nickte nur. »In Ordnung dann, ich gehe jetzt. Ich habe mich schon von Grace verabschiedet, es gibt da noch etwas zu erledigen.« Er sah Matthew mit einem eifrigen Funkeln in den Augen an. »Es wird von Lachswilderern draußen an der Flussmündung berichtet.«

Bis Alfred außer Sichtweite und, wie sie hofften, auch außer Hörweite war, verhielten sich die beiden Männer mucksmäuschenstill. Als Martin schließlich den Mund öffnete, kämpfte er mit einem Anfall von stoßweisem Husten, der ihn zwang, sich nach vorne zu beugen und die Hände auf seine Brust zu pressen.

»Bist du in Ordnung?«, fragte Matthew.

»Ich sterbe«, stöhnte Martin. »Gott, du hast ja keine Ahnung! Du hast ja absolut keine Ahnung …« Unfähig, den Satz zu beenden, beugte er sich erneut nach vorne und hustete sich die Lunge aus dem Leib. »Du bist nicht gerade ein Botschafter der medizinischen Qualitäten von Dope«, bemerkte Matthew. »Was hast du überhaupt damit gemacht?«

Martin deutete auf das Gras hinter sich. Die feuchten Efeublätter hatten den Joint gelöscht und er lag verloren am Fuße der Mauer. Matthew hob ihn auf und zündete ihn wieder an. »Ich kann nicht glauben, dass Alfred nichts bemerkt hat«, sagte er, als er den süßlichen Rauch einsog.

»Ich schon.« Martin stöhnte und richtete sich zu seiner vollen Größe auf. Dann sah er den Joint. »Jetzt geht's mir besser. Sei ein netter Kerl und lass mich mal ziehen.« Er griff danach. »Es ist ziemlich leicht, den alten Alfred zum Narren zu halten. Jemanden hinters Licht zu führen ist ein Kinderspiel.«

»Nun, dieses Spiel wirst du eine Weile nicht spielen können«, sagte Matthew. »Das war der letzte Stoff.« Er sah zum Himmel hoch. »Genieße ihn, solange du kannst; es wird ein langer kalter Winter werden.«

Er hatte wahrscheinlich Recht, aber die blühenden Kamelien, Azaleen, Magnolien ließen eher einen langen warmen Frühling erahnen. Matthew hatte noch keine Ahnung davon, dass er lange vor dem Wintereinbruch in einer ganz anderen Liga spielen würde. »Komm«, sagte er, während er Martin beobachtete, der sich die Finger an der glühend heißen Kippe verbrannte, »wir sollten besser Nicky suchen und uns von Grace verabschieden.«

Grace war in der Küche und räumte die Reste ihres Lebens auf. Diesen Eindruck hatte sie zumindest. Eigentlich stand sie nur unsicher neben dem Mülleimer und kratzte halbherzig die Essensreste von den Tellern. Hinter ihr an dem mit Abfall übersätem Tisch saß Harvey Sloggit mit einer Dose Bier vor sich und leistete ihr moralischen Beistand. Das war zumindest seine Absicht. Aber tatsächlich ging er ihr auf die Nerven.

»Meine Mutter wollte immer so 'nen Geschirrspüler haben«, sagte er, als Grace die Teller neben der Spüle stapelte. Er machte eine Pause und wartete auf eine Reaktion von Grace. Es kam jedoch keine. Harvey zuckte mit den Schultern und fuhr standhaft fort: »Aber mein Vater sagte, sie hätte doch schon einen.« Er machte wieder eine Pause, aber Grace reagierte noch immer nicht. »Nämlich ihn«, fügte Harvey erklärend hinzu. Ihm war klar, dass dies nicht besonders komisch war, aber die alte Grace hätte wenigstens geantwortet oder zumindest gegrinst. Die neue Grace ging nur zum Tisch zurück, um den nächsten Stapel Teller zu holen. Er meint es gut, sagte sie sich. Wie die anderen, wie Matthew und Nicky. Sie wusste, dass es so war. Von allen Trauergästen in St. Liac war es die jüngere Generation und nicht ihre Altersgenossen, die ihr am meisten zu Hilfe eilte. Und Harvey, Nickys Kumpel von der *Sharicmar*, war besonders hilfreich, aber Grace wollte keine Hilfe. Sie wollte allein sein.

Harvey sah sie aus dunklen grübelnden Augen an.

»Also Grace, wenn ich irgendwas für dich tun kann, also im Haus oder ...«

»... nein!«, schnauzte Grace. Dann sah sie den verblüfften Ausdruck in Harveys Gesicht und lächelte. »Nein, eigentlich nicht«, sagte sie sanft. »Alle sind so freundlich, aber ... Es geht mir gut. Wirklich!« Sie wandte den Blick von Harvey ab und nahm die große gläserne Kuchenplatte in die Hand, ein Hochzeitsgeschenk, wie sie sich dumpf erinnerte. Als sie zum Spülbecken zurück ging, sprang Harvey plötzlich auf und versuchte, sie ihr abzunehmen. »Ich mache das für dich«, beteuerte er.

»Harvey!« Erschreckt von der plötzlichen Bewegung, ließ Grace vorübergehend die Platte los. Überrascht von Graces Gesichtsausdruck tat Harvey das Gleiche. Die Platte fiel krachend zu Boden. Grace und Harvey sahen sich an. Dann blickten sie beide auf die Scherben zu ihren Füßen.

Es lag nichts Anklagendes in Graces Blick, als sie Harvey wieder ansah, aber die unmissverständliche Aufforderung, sie alleine zu lassen, war zu erkennen. »Es geht mir gut. Wirklich! Es geht mir gut, Harvey.«

Harvey wusste, wann er verloren hatte. Er lächelte verlegen, murmelte etwas davon, nicht zu spät nach Hause zu kommen, und griff nach seiner Jacke, die über dem Stuhl hing. In diesem Moment tauchten Matthew, Martin und Nicky auf. Die gespannte Atmosphäre in der Küche machte ihnen klar, dass ihre Entscheidung, nach Hause zu gehen, nicht einen Moment zu früh gekommen war. Das bestätigte ihnen auch Harveys Blick. Und obwohl Grace wieder lächelte, als sie sie durch das Haus führte, und obwohl jeder die richtigen Dinge sagte und jeder sich bei ihr bedankte, hatte die ganze Abschiedsszene doch etwas Hohles und Gehetztes.

Als sie mit knirschenden Schritten die gekieste Auffahrt entlang gingen, wandte Nicky sich zu Grace um. Sie stand in der Tür und wirkte zwergenhaft klein vor der Fassade des riesigen Hauses und den riesigen Palmen zu beiden Seiten des Eingangs. Aber Nicky war zu weit entfernt, als dass sie den Ausdruck in Graces Augen sehen konnte. Genauso wenig konnte sie erraten, was in ihrem Kopf vorging.

Grace wusste es auch nicht genau. In ihrem Kopf brandete eine Flut von widerstreitenden Emotionen. Kummer, Verzweiflung und Erschöpfung kämpften gegeneinander – gemeinsam mit Zorn und Überraschung. Zorn über die Anwesenheit dieser Frau auf dem Friedhof; Überraschung darüber, dass es noch jemanden gab, der von ihr wusste. Und dieser Jemand war Gerald Percy. »Sie ist nicht hier«, hatte er geflüstert, als er sah, dass Grace ergebnislos den Salon nach ihr absuchte. »Ich weiß Bescheid, aber mach dir keine Sorgen, niemand sonst weiß es.« Dann hatte er ihren Arm in einer, wie er hoffte, beruhigenden Geste gedrückt. »Sie ist sofort nach dem Gottesdienst gegangen. Versuch zu vergessen, Grace, und versuch zu vergeben. Du hast sie zum letzten Mal gesehen.«

Als aber John Trevethans Witwe die Tür hinter den letzten Trauergästen schloss, kamen ihr Geralds Worte wieder in den Sinn. Gleichzeitig kam der schleichende Verdacht, dass er sich womöglich geirrt hatte. Grace hatte das schreckliche Gefühl, dass sie John Trevethans Geliebte nicht zum letzten Mal gesehen hatte.

Kapitel 2

Grace war Anfang zwanzig gewesen, als sie nach Liac kam. Das kleine Fischerdorf, der geschäftige Hafen und die schmalen Straßen, die sich von der Küste hinauf in die Hügel wanden, hatten sie sofort entzückt. Sie fand die Hummerfangkörbe, die am Ufer zum Trocknen aufgehängt waren und das von den Gezeiten bestimmte Leben der Fischer ebenso faszinierend wie das Wetter, das in einem Augenblick mordsmäßige Stürme und im nächsten strahlenden Sonnenschein brachte. Sie hatte die Spaziergänge entlang der Klippen genossen, die sie hinunter zu den felsigen, wunderschönen und einsamen Stränden führten, wo sie eimerweise Muscheln sammelte.

Ihre leidenschaftliche Liebe für diesen Ort war so umfassend gewesen, dass selbst die hartgesottenen Zyniker aufhörten, sie als herablassende Londonerin zu bezeichnen, und sie in ihrer Mitte willkommen hießen. Man hatte schon lange darüber spekuliert, dass der in London arbeitende John Trevethan eine von dort heiraten würde. Der einzige Vorbehalt, der nach Bekanntgabe der Verlobung laut wurde, war, dass Grace sich langweilen würde und sich schnell wieder den hellen Lichtern, den Cocktailpartys und der Sünde zuwenden würde, oder schlimmer noch, sie würde ihre leichtlebigen Freunde nach Liac House mitbringen.

Aber sie hatten nicht mit Graces sprießender Leidenschaft am Gärtnern gerechnet. In Chelsea hatte sie nur deshalb in einem sehr angesehenen Garteneinkaufszentrum gearbeitet, weil sie sich lieber mit Dingen umgab, die gediehen, als mit Menschen, die in ihren Büros verdorrten. In Cornwall nun konnte sie ihr

Bedürfnis zu hegen und zu pflegen umsetzen – und schon bald sollte es herrliche Früchte tragen. Sie entdeckte, dass das milde Klima Cornwalls für Pflanzen wie ein Gottesgeschenk war. Auch für subtropische Pflanzen. Es dauerte nicht lange, und Grace hatte zur Weihnachtszeit blühende Kamelien (wenn auch mit ein wenig Hilfe aus dem Gewächshaus), bereits im März die stattliche rosafarbene *Magnolia campbellii* und lange bevor im Sommer die Touristen kamen, die später in Scharen herbeiströmten, hatte sie Veilchen, Buschwindröschen, Schwarzwurz und Lichtnelken an mehreren Stellen ihres Gartens.

Später begann Grace selbst zu experimentieren, was aber ziemlich entmutigend verlief. Sie begriff, dass ein Garten niemals wirklich vollkommen wurde. In diesen ersten Jahren fühlte sie sich wie der sagenumwobene Sisyphus, der dazu verdammt war, bis in alle Ewigkeit einen Felsblock auf den Berg zu wälzen, nur um festzustellen, dass er kurz vor dem Ziel wieder hinunter rollte. Grace erfuhr, was mühevolle Arbeit war, aber auch das konnte sie nicht abschrecken. Eines Tages würde sie ihr Ziel erreichen.

Und das tat sie. Sie entdeckte für sich die Orchideen, und diese, so schien es, entdeckten sie. Sie widmete sich ihnen ganz, und die Pflanzen wiederum schienen sie durch eine ganzjährige Blüte zu belohnen. Sogar schwierige Arten, die bei ihren Bestäubern wählerisch waren, passten sich Graces Methoden an. Wenn sie sich normalerweise von Motten ernährten, taten sie dies nun auf Graces Geheiß hin mit kriechenden Insekten. Grace erlangte mit ihren Kreuzungen Berühmtheit.

Aber dann, nach fünf Jahren Ehe, begannen sich die Gerüchte zu verbreiten, dass Grace unfruchtbar sei (es kam den Leuten nie in den Sinn, dass es an John liegen könnte – er war ja schließlich einer von ihnen).

Für Grace wurden ihre Orchideen zu einem Heilmittel gegen ihre Unfruchtbarkeit. Sie waren in gewisser Weise sinnliche Pflanzen und hatten einiges mit der menschlichen Anatomie gemeinsam. Wie die verstorbene und wenig entbehrte Helen Notbury verbreitet hatte, stammte ihr Name vom griechischen Wort für Hoden ab, und sie hatten eine stark aphrodisische Wirkung. »Ganz besonders die Wurzeln«, behauptete sie. »Sie sind heiß und feucht, und unter dem Einfluss der Venus (damit meinte sie Grace) steigern sie die Wollust.«

Die meisten Leute waren der Ansicht, dass Helen Unsinn redete, aber selbst Graces glühende Verehrer begannen Mitleid mit ihr zu haben. Sie ließen die Ansicht gelten, dass Grace sich so verzweifelt ein Kind wünschte, dass sie ihre Wünsche auf die Pflanzen übertrug.

Grace war nicht dumm. Sie wusste mehr über Orchideen als sonst jemand (einschließlich der Tatsache, dass der Terminus *orchis* tatsächlich vom griechischen Wort für Hoden abstammte), und es war ihr klar, was über sie geredet wurde. Selbst Jahre nachdem sie akzeptiert hatte, dass sie und John nie Kinder haben würden, setzte sie die Orchideenzucht fort. Doch nicht etwa, weil sie ihr die Kinder ersetzen sollten, als Ersatzbefriedigung, sondern einfach, weil sie erfolgreich darin war.

In den trüben Tagen nach Johns Beerdigung waren die Orchideen Graces Rettung. Sie hegte und pflegte sie, sie topfte sie um, sie experimentierte, aber am meisten dachte sie nach. Nicht über die Orchideen, sondern über sich selbst und ihr Leben. Sie hatte die vage Vorstellung gehabt, dass sich ihr Leben als Witwe drastisch verändern würde. Nun musste sie feststellen, dass dies nicht der Fall war. Ganz und gar nicht. Ihr Leben verlief beinahe genauso wie vorher, der einzige

Unterschied war genau gesagt, dass John jetzt auf Dauer abwesend war statt nur vorübergehend. Sie war daran gewöhnt, dass seine Geschäftsreisen Tage oder sogar Wochen dauerten; jetzt musste sie sich an die Tatsache gewöhnen, dass er für diese letzte Reise keine Rückfahrkarte gehabt hatte.

Dass John auch im Geist nicht länger bei ihr war, war schwieriger zu verarbeiten. Diese schmerzvoll aufkeimende Erkenntnis traf sie bis ins Mark – und war quälend. Grace schlug auf ihre Weise zurück – sie erinnerte sich an die Frau die auf der Beerdigung und damit an den Teil von Johns Leben, der eine Lüge gewesen war. Diese Methode war ziemlich wirksam: Grace stellte fest, dass sie wütend wurde, als ihr die Briefe an eine Frau namens Honey Chambers einfielen, die sie für John (er musste doch vermutet haben, dass sie Bescheid wusste) zur Post bringen sollte. Im Zusammenhang mit Geschäften hatte John diesen Namen nie erwähnt. Er hatte ihn überhaupt nie erwähnt.

Grace versuchte ihren Ärger zu zügeln, indem sie sich sagte, dass sie keinen Ehemann mehr hatte und dass *er* keine Geliebte mehr hatte, und damit basta. Das alles war jetzt Vergangenheit und sie konnte es sowieso nicht mehr ändern. Sie verbannte dieses flüchtige Gefühl der Trauer, das sie am Tag von Johns Beerdigung gehabt hatte. Auch das war jetzt Vergangenheit.

Es waren also genauso die Orchideen wie ihre eigene verschrobene Logik, die ihr halfen, diese dunklen Momente durchzustehen. Und natürlich Matthew. Grace wusste nicht, wie sie ohne ihn zurechtkommen sollte. Immer freundlich mit einem Lachen und immer hilfsbereit. Für Grace war es nicht so wichtig, dass er nicht der Geschickteste war. Die Arbeiten im Garten, die Geschick oder Feingefühl erforderten, übernahm Grace selbst. Matthew grub um, sammelte verblühte Knospen ab, beschnitt die robusteren Pflanzen und mähte den Rasen. Mit dem voranschreitenden Frühling wurde diese Arbeit zunehmend aufwendiger. Sogar mit dem traktorähnlichen Rasenmäher, den John ihr zu ihrem letzten Geburtstag geschenkt hatte, war es immer noch schwere Arbeit, aber Matthew erledigte sie mit Tatkraft. Soweit es Grace betraf, hatte der neue Mäher noch einen Vorteil: der starke Motor übertönte Matthews Gesang völlig. Matthew sang so leidenschaftlich, wie er den Rasen mähte – und mit genauso wenig Talent. Aber es war schön, ihn in der Nähe zu haben, und einige Wochen nach Johns Beerdigung begann Grace, sich wieder an den schönen Seiten des Lebens zu erfreuen.

An einem Montagmorgen, genau einen Monat nach Johns Beerdigung, verließ sie federnden Schrittes Liac House, um auf ihre gewöhnliche, wenn auch wenig aufregende Einkaufstour durch das Dorf zu gehen. Grace verabscheute Einkaufen, auch ihr Termin mit dem Bankdirektor würde mit Sicherheit todlangweilig werden – aber das war ihr jetzt ganz egal. Es war warm, der Himmel war kristallklar und Matthew, der Gute, sang.

»Guten Morgen!«, rief sie, als sie ihn am See traf. Oder vielmehr *im* See. Matthew hatte sich entschlossen, den See auszubaggern.

»Aber das ist doch gar kein *richtiger* See«, hatte sie protestiert, als er den Vorschlag gemacht hatte. »Was ich sagen will: Es fahren keine Boote darauf und man kann nicht darin schwimmen, weil er zu flach ist. Er ist künstlich – nur zum Ansehen. Er muss eigentlich nicht ausgebaggert werden.«

Matthew hatte sie mit einem lakonischen Blick fixiert, gemildert durch das Zwinkern seiner durchdringenden blauen Augen, und hatte ihr erklärt, dass es dort, wo er herkam, praktisch nichts über die Beschaffenheit von Wasser gab, was er nicht wusste.

»Aber du bist doch aus *Glasgow*.«

»Na und? Es gibt dort jede Menge künstliche Seen, man weiß nie, was man findet, wenn sie überlaufen. Und deshalb«, fügte er mit Bestimmtheit hinzu, »müssen sie ausgebaggert werden.«

»Du lieber Himmel!«, rief Grace als sie näher kam. »Wie um alles in der Welt ist das dort hineingekommen?«

Matthew zuckte mit den Schultern. »Keine Ahnung. Wahrscheinlich ist irgendwann im achtzehnten Jahrhundert eine Magd darin ertrunken.«

»Im achtzehnten Jahrhundert gab es noch keine Fahrräder, Matthew.«

»Nein? Oh.« Matthew sah das demolierte, völlig verrostete Gerät an. »Also dann eben im neunzehnten Jahrhundert. Vielleicht ist es ja sogar das eine oder andere Pfund wert, wenn es erst mal sauber ist.« Er sah Grace abschätzend an.

Aber Graces Gesichtsausdruck machte deutlich, dass sie an dieser Art der Geldbeschaffung nicht interessiert war. Sie weiß es nicht, dachte Matthew, noch nicht.

Aber das würde sich ändern, und zwar schon sehr bald.

Die Gerüchte hatten – wie in St. Liac üblich – in der Poststelle ihren Anfang genommen. Genauer gesagt fing alles an, als Diana Skinner die riesige Menge an Briefen bemerkte, die Archie, der Postbote, hinauf zum Liac House schleppen musste.

»Grace bekommt ganz schön viel Post«, hatte sie zu Margaret gesagt.

»Ja, wieso nicht?« Margaret, die allgemein als die vernünftigere von beiden angesehen wurde, fand das nicht weiter überraschend. »Beileidsschreiben und so was eben.«

»In braunen Umschlägen?«

»Na ja ... die sind dann bestimmt von Johns Geschäftspartnern. Die wollen bestimmt ihre Angelegenheiten regeln. Briefe, die Grace unterschreiben muss.«

»Molly Pentyre hat aber nicht halb so viele bekommen, als der alte Jack starb.«

»Oh, *Diana*«, mahnte Margaret, »du hast schon wieder nachgezählt.«

»Nein. Ich ... hab mir nur Sorgen um Grace gemacht.« Das entsprach zweifellos der Wahrheit. Diana sah es als ihre Lebensaufgabe an, sich nicht nur um Grace, sondern um die gesamte Bevölkerung von St. Liac zu kümmern. Außerdem sah sie sich als die Schutzheilige des Dorfes für gescheiterte Angelegenheiten und verloren gegangene Dinge. Dieses wurde durch ihr Verhalten begünstigt: sie sah nicht nur aus wie eine strebsame kleine Wühlmaus, sie handelte auch so. Aber ihre ausgeprägte Gedankenlosigkeit behinderte sie. Diana war vergesslich. Ihre Fähigkeit, Dinge wieder zu finden, hatte weniger mit übersinnlichen Fähigkeiten als vielmehr damit zu tun, dass sie Dinge fand, die sie hatte mitgehen lassen, und anschließend vergaß. Normalerweise handelte es sich um Kleinigkeiten (wie die Erdnüsse, die sie am Tag nach Johns Beerdigung in ihrer Handtasche gefunden hatte). Aber da Diana nie wirklich wertvolle Dinge nahm, wurde diese Angewohnheit allgemein toleriert und sogar belächelt.

Margaret jedoch konnte über Dianas Beobachtungen bei Graces Post nicht lachen. Sie wusste alles über braune Umschläge. Sie verhießen absolut niemals etwas Gutes.

Nur um ganz sicherzugehen, äußerte sie ihre Besorgnis gegenüber Joyce, die in der Bäckerei arbeitete. Joyce bestätigte, dass braune Umschläge eine schlimme Sache waren. »Wer bekommt schon haufenweise braune Umschläge, wo doch John Trevethan immer noch betrauert wird?«, fragte sie. Margaret konnte nicht antworten und wechselte das Thema: »Wie tapfer Grace doch ist mit all dem Druck unter dem sie steht.« So kam die Geschichte der braunen Umschläge ins Rollen und gewann an Glaubwürdigkeit, als Melvyn Stott aus der Bank eines Abends zu viel im *Anchor* trank und Charlie erzählte, dass Grace ihm ihre gesamte Post anvertraut habe und er wirklich nicht wisse, was er tun solle. Am nächsten Tag begann die Bank, Graces Schecks zurückzuweisen, und die Geschichten wurden zur Tatsache: Grace war pleite.

Obwohl jedermann bereitwillig den Gerüchten geglaubt hatte, wollte doch niemand die Tatsache wahrhaben. Man war sich schnell einig, dass Johns vorzeitiger Tod seine Anwälte und Buchhalter in ein Durcheinander gestürzt hatte und dass sein Nachlass mit administrativen und nicht mit finanziellen Problemen belastet war. Das Problem bestand nicht etwa in zu wenig Kapital, sondern darin, an das Kapital heranzukommen. Tatsächlich war jede Menge Geld vorhanden. Johns Geschäftsangelegenheiten waren so verwickelt, weil er so reich gewesen war, und wenn erst einmal alles geklärt war, würde Grace steinreich sein.

Dieses schon viel ansprechendere Gerücht erfreute sich größerer Beliebtheit als die Geschichte der braunen Umschläge und entfachte wilde Spekulationen darüber, was Grace tun würde, wenn sie erst einmal ihr riesiges Erbe erhielt. In der Zwischenzeit und bis alles aufgeklärt war, darin waren sich alle einig, war es das Beste, Grace nichts von den ungedeckten Schecks zu erzählen. Es handelte sich ja nur um kleine Summen, und welchen Sinn hatte es schließlich, in so einer überschaubaren Gemeinde zu leben, wenn man sich in Zeiten der Not nicht beistand? Es gab einige, die kein Wort dieser Gerüchte glaubten – und Matthew Stuart war einer von ihnen –, aber die trotzdem schwiegen. Niemand wollte Grace aufregen, und Matthew wollte nicht darüber nachdenken, dass er seinen Job verlieren könnte.

Da die Gerüchte Grace betrafen, hatte sie selbst keine Ahnung davon. Es entsprach den Tatsachen, dass sie Melvyn Stott die braunen Umschläge geschickt hatte und reumütig eingestand, dass ihr jeglicher finanzieller Scharfsinn, ja jegliches Verständnis dafür fehlte. Und Melvyn hatte versprochen, dass er sich um alles kümmern werde. Zwei Wochen nachdem er den ersten Schwung von Graces Post erhalten hatte, rief er sie an und bat um die wahrscheinlich schrecklichste und erschütternste Verabredung seines Lebens.

Aber Grace hatte keine Ahnung davon. Sie war mit sich und der Welt zufrieden, als sie Matthew das Ausbaggern des Teiches überließ und die Straße hinunter ins Dorf spazierte; glücklich lächelnd begrüßte sie die Leute mit einem freundlichen »Hallo« und bemerkte nicht, dass sie ihr nicht in die Augen sehen konnten und viel schneller als sonst an ihr vorbei gingen.

Als erstes ging sie zur Post, die nicht nur ein Laden, sondern auch (ohne dass Margaret und Diana dies wussten) eine Touristenattraktion war. Alle Besucher, die zum ersten Mal nach St. Liac kamen, blieben unwillkürlich vor dem Schaufenster stehen und starrten hinein. Seit den fünfziger Jahren hatte sich die Auslage nicht wesentlich verändert. Das Gleiche galt für Margaret und Diana. Ihr letztes großes Zugeständnis an die neuen Zeiten war die Umstellung auf die Dezimalrechnung gewesen, und das war ihrer Meinung nach schon traumatisch genug gewesen. Dass ihr Geschäft der Zeit hinterherhinkte, störte weder die Besitzer noch die Kunden. Es gab dort alles zu kaufen, was ein vernünftiger Mensch sich vorstellen konnte – und wenn es einige gab, die unvernünftig unmodern waren, so störte das niemanden in St. Liac. Die Dorfbewohner hatten sich schon seit langem an die schwarzgesichtige Puppe im Schaufenster, das spitzbrüstige Mannequin im rosafarbenen Büstenhalter und an die Damenschlüpfer auf dem Ladentisch gewöhnt. Auch die von der Decke hängenden Hummerscheren und die Tatsache, dass Cornflakes zusammen mit Karbolseife, Turnschuhen und Zahnpasta im Regal standen, machte ihnen nichts mehr aus. Auch Margaret und Diana, die gemeinsam seit undenklichen Zeiten hinter der Theke standen, allzeit bereit, ihre Kunden zu bedienen – die erste mit ihrer roten Schürze, die zweite mit ihrer Wollmütze –, wurden für selbstverständlich hingenommen. Da die Theke hinter dem Schaufenster war, hatten sie einen guten Platz, um jederzeit zu sehen, was in St. Liac vor sich ging.

Sie waren dementsprechend auf Graces Ankunft vorbereitet, lange bevor sie die Tür öffnete und eintrat. Die anderen beiden Kundinnen waren instruiert worden, sich zu verhalten, als sei nichts geschehen, und Grace so zu begrüßen wie immer. Daher war die Atmosphäre gespannt und es herrschte betretenes Schweigen, Margaret und Diana erwarteten Grace mit einem eher abwehrenden Grinsen. Aber Grace schien dies nicht zu bemerken.

»Hallo, meine Damen«, sagte sie mit einem strahlenden Lächeln.

Diana traute sich nicht zu antworten.

Margaret brachte immerhin ein »Morgen, Grace« zustande, bevor sie wieder in Schweigen verfiel.

Die beiden anderen Kundinnen hatten plötzlich das dringende Bedürfnis, möglichst weit von Grace entfernt nach Ware zu suchen.

Grace sah auf ihre Einkaufsliste und runzelte die Stirn. »Eigentlich brauche ich gar nichts, aber ich wollte meine Rechnungen begleichen und, ach ja, ich hätte gern Paracetamol.«

Das war noch schlimmer, als sie gefürchtet hatten.

Diana starrte nur, aber Margaret hatte sich schnell gesammelt. »Ähm ... nein ... du kannst deine Rechnungen nicht bezahlen. Wir haben sie ... sie sind uns abhanden gekommen.«

»Oh.« Grace war überrascht. Das war sehr ungewöhnlich, selbst für ein Unternehmen, in dem Diana arbeitete. »Oh. Nun ...«

»... das ist alles sehr mysteriös«, flüsterte Diana.

»Ja. Ja, das kann ich mir vorstellen.«

»Warum bezahlst du nicht einfach nächsten Monat?«, schlug Margaret vor.

Diana nickte. »Wenn wir deine Rechnungen gefunden haben.«

»Oh. In Ordnung. Dann bitte nur das Paracetamol.«

Diana und Margaret wechselten einen Blick. »Wir schreiben es auf deine Rechnungen, ja?«

Aber Grace hatte schon ihr Portemonnaie geöffnet. »Nein, nein«, sagte sie zu Margaret. »Das sind doch nur Pennies.«

Widerstrebend griff Margaret unter die Theke und holte die gewünschte Packung. »Das macht fünf Pennies.«

»Wie viel?«

»Fünf Pennies.«

»Das kann nicht sein!« Grace sah auf das Preisschild. »Hier steht ein Pfund fünfundzwanzig.«

»Sonderangebot«, bellte Margaret.

»Oh.« Ein wenig verunsichert griff Grace tief in ihre Geldbörse und brachte ein Geldstück zum Vorschein. »Wenn ihr euch sicher seid.« Sie steckte die Packung in ihre Tasche und wandte sich zum Gehen. Sie hatte das leise Gefühl, dass irgendetwas nicht stimmte, aber sie konnte nicht genau sagen, was. Erst als sie sich von

Margaret und Diana verabschiedet hatte, wurde ihr klar: Margaret und Diana waren einsilbig gewesen. Innerhalb einer Minute war Grace wieder aus dem Geschäft herausgekommen. Normalerweise brauchte sie mindestens zehn, um guten Tag zu sagen.

Diana atmete erleichtert auf, als sich die Tür hinter Grace schloss. »Nun«, sagte sie stolzerfüllt, »wir haben ihr geholfen, ein Pfund zu sparen.«

»Ja. Jedes kleine bisschen hilft.« Margaret sah aus dem Fenster und hob entsetzt die Hand vor den Mund. »Oh, mein Gott!«

»Was?«

»Sieh mal. Sie geht geradewegs auf die Dame von der Lebensrettungsgesellschaft zu.«

Diana sah hinaus. Es stimmte: Grace ging schnurstracks auf die Dame zu, die eine Sammelbüchse in der Form eines Rettungsbootes in der Hand hatte. Sie wussten, was das bedeutete: Grace war ungeheuer großzügig gegenüber lokalen Wohltätigkeitsvereinen. Sie würde mehr geben als das Pfund, das sie gerade in der Post gespart hatte und das sie so dringend brauchte.

Aber Diana und Margaret hatten sich umsonst gesorgt. Mrs. Reid, die Dame von der Lebensrettungsgesellschaft, die noch nicht mal aus St. Liac, sondern dem nahe gelegenen Constantine Bay kam, war bestens über Graces Situation unterrichtet. Sie hatte sie einmal kennen gelernt und erinnerte sich an ihr verhaltenes Lächeln, ihr honigfarbenes Haar und ihr Benehmen, das zu ihrem Namen passte. Sie wusste auch das eine oder andere über besondere Umstände, und wenn es je einen solchen gegeben hatte, dann war es Mrs. Trevethan in ihrem derzeitigen Dilemma. Also versteckte Mrs. Reid die Sammelbüchse hinter ihrem Rücken, als Grace auf sie zukam, und lächelte so verlegen, wie man es tut, wenn man verhindern möchte, dass jemand für wohltätige Zwecke spendet.

Grace zögerte ein wenig, aber durchstöberte dann ihre Handtasche nach ihrem Portemonnaie. Mrs. Reid trat einen Schritt zurück.

»Ich wollte bloß ... äh ...«

»... Nein!« Mrs. Reid presste die Sammelbüchse leicht panisch an ihre Brust und trat noch weiter zurück. Als sie merkte, dass ihr Verhalten zumindest ein wenig unfreundlich war, lächelte sie Grace an. »Schöner Tag«, sagte sie.

Grace war völlig verblüfft. »Möchten Sie nicht ...?«

»Tschüss!«, kreischte Mrs. Reid. Sie drehte sich auf dem Absatz um und rannte davon.

Margaret hatte sie aus dem Fenster des Postbüros beobachtet und nickte zustimmend. »Das hat sie gut gemacht«, sagte sie zu Diana. »Aber ich glaube, wenn das alles nicht bald geklärt wird, wird Grace misstrauisch werden.«

»Nein, nein«, entgegnete Diana, »nicht, wenn wir weiterhin so taktvoll sind.«

Taktgefühl war etwas, das Melvyn Stott ziemlich gut beherrschte. Das war auch absolut erforderlich. Als Direktor der Zweigstelle der Southern Bank in St. Liac war er eher daran gewöhnt, schlechte Nachrichten zu übermitteln als gute. Das hatte weniger mit St. Liac zu tun als vielmehr mit Bankdirektoren im Allgemeinen. Wie dem Rest dieser Spezies war Melvyn beigebracht worden, Kunden mit einem Guthaben zu ignorieren (»Nutzlos für uns«, war die abfällige Haltung des Managements) und sein Fingerspitzengefühl auf die Leute zu lenken, die der Bank Geld schuldeten (»Es gibt nichts Besseres als einen Schuldner«, war die Ansicht des Managements). Schulden bedeuteten Zinsen. Und ungenehmigte Überziehungen bedeuteten Zinsen in Schwindel erregenden Prozentzahlen.

Das war alles kein Problem, wenn man als ein gesichtsloses Individuum in einem anonymen Büro saß und sich nur mit Stücken aus Papier und nicht mit den Bruchstücken menschlicher Existenzen befasste. Aber als Direktor einer regionalen Bank war Melvyn alles andere als gesichtslos: mit wenigen Ausnahmen duzte er seine Kunden; mit der Hälfte pflegte er auf Abendgesellschaften zu gehen, und was noch schlimmer war, er sorgte sich um sie. Er sorgte sich sehr um Grace. Aber er wusste beim besten Willen nicht – selbst wenn er jeden Trick aus dem Buch der Diskretion anwandte –, wie er Grace die Neuigkeiten über ihre Zwangslage beibringen sollte, ohne sie aus der Fassung zu bringen. Vielleicht war Zwangslage eine Untertreibung: Katastrophe traf wohl weit besser zu.

So war Melvyn selbst in einer Zwangslage, als ihm Graces Besuch pünktlich um elf Uhr angekündigt wurde. Und es war Grace, die ihm half.

»Irgendetwas ist nicht in Ordnung, oder?«, fragte sie, sobald er sie zu einem Stuhl ihm gegenüber geführt hatte.

»Äh ... wie meinst du das?«

»Nun, ich bin ja nicht blöd«, sagte Grace mit einem halbherzigen Lachen. »Erst gerade eben ... durfte ich auf der Post nichts bezahlen, und die Frau von der Lebensrettungsgesellschaft wollte auch kein Geld von mir nehmen.«

»Wirklich?« Melvyn war empört. Er erinnerte sich, weshalb Grace hier war, und schluckte die Antwort hinunter, die ihm gerade auf der Zunge lag. Dies war nicht der richtige Zeitpunkt, Grace darauf hinzuweisen, dass sie Spenden von der Steuer absetzen konnte. Er sah auf den ordentlichen, wenn auch dicken Stapel Papier auf seinem Schreibtisch.

»Nun, Grace, wo du es gerade erwähnst, Johns Angelegenheiten sind ein bisschen ... durcheinander.«

»Ja. Er hatte seine Finger überall drin, stimmt's?«

Wenn er nur seine Finger in einigen Kassen gehabt hätte, dachte Melvyn. Er hustete. »Ja. Es ist nur ... sag mal, Grace, gibt es noch irgendetwas, das du mir nicht erzählt hast?«

Grace blinzelte. »Was meinst du?«

»Johns Angelegenheiten. Bist du sicher, dass dies die gesamte Korrespondenz ist? Sind das alle wichtigen Papiere?«

»Ja. Ich habe dir den gesamten Inhalt seines Schreibtisches gegeben und, nun ... du hast alle Briefe, die ich bekommen habe, seit ... nachdem ...«

»Sehr gut. Gut. Hm ... nun, nicht gut, wie es scheint. Sieh mal«, flehte er beinahe, »es muss noch andere Papiere geben. Lebensversicherungspolicen, Wertpapiere, Investitionen?«

Grace schüttelte den Kopf. »Ich glaube nicht.« Sie lehnte sich über den Schreibtisch. »Melvyn, irgendetwas stimmt ganz und gar nicht, oder? Versuchst du mir beizubringen, dass John nicht wohlhabend war? Dass er mir nicht viel hinterlassen hat?«

»Oh, er *war* wohlhabend. Zweifellos. Nur ... nicht mehr, als er starb.«

»Oh.«

»Tatsächlich war er zu diesem Zeitpunkt *überhaupt nicht* wohlhabend.«

Grace sah ihn an, als hätte er sie geschlagen. »Ich verstehe das nicht, Melvyn. Irgendjemand muss einen Fehler gemacht haben. Ich meine, es ist ja noch nicht so lange her, dass Johns Vater gestorben ist, und ich *weiß*, dass er ihm eine Menge hinterlassen hat. Allein das Haus ist viel wert ...«

»... Es ist so, Grace, dass John das Haus als Vermögenswert genommen hat, um an Kapital zu kommen.«

»Das ist doch nicht falsch, oder? Das ist doch allgemein üblich, nicht?« Grace unterdrückte einen Anflug von Panik. »Ich erbe doch immer noch das Haus, nicht wahr?«

»O ja. Aber ... du erbst auch die Hypothek.« Zu spät bemerkte Melvyn, dass er wenig taktvoll vorging.

Die Hypothek. Das stimmte nicht, das *konnte* nicht stimmen. Grace schaffte es, sich selbst davon zu überzeugen, dass dies nicht richtig sein konnte. Sie lächelte Melvyn an. »Das ist in Ordnung. Das Haus ist dreihundert Jahre alt. Die Hypothek muss ja wohl inzwischen getilgt sein.«

Ach du liebe Zeit, dachte Melvyn. Er wies wieder auf den Stapel Papiere. »Äh ... du verstehst nicht.« Er seufzte. »Er hat das Haus als Sicherheit genommen, um Kredite für andere Geschäfte aufzunehmen ...«

»Er hat jede Menge Geschäfte gemacht, ja, das stimmt.«

»... Keins davon war wirklich ... erfolgreich.«

Grace lächelte immer noch, aber sie war sich dessen nicht bewusst. Sie fühlte sich, als ob ihr die Wirklichkeit langsam entglitt und sie den Albtraum einer anderen Person erlebte. Sie wollte flüchten. »Was ist mit dem Geld, das er mir hinterlassen hat?« Die Frage war mehr ein Flüstern.

Die Antwort auch.

Grace blinzelte heftig.

»Das Wichtigste ist jetzt, nicht in Panik zu verfallen, Grace«, sagte Melvyn.

»Ja.«

»Wir setzen uns zusammen und arbeiten eine Strategie aus, ja?«

»Strategie?«

»Ja. Einen Plan, wenn du so willst. Eine Liste mit Prioritäten.« Was Melvyn meinte, waren Zahlungen. Sein Herz sank, als er nach seinem Stift griff. »Also ... Liac House. Ich nehme an, du willst es nicht ... verkaufen?«

»Nein.«

»Fein. Gut.« Aber es war gar nicht gut. Melvyn kaute auf seinem Stift und sah auf das Blatt Papier vor sich. »Also ist die erste Priorität die Hypothek.«

»Wie hoch ist sie?«

»Äh … zweitausend Pfund. Im Monat.«

Grace wurde starr vor Angst. »Aber Melvyn … ich habe keine zweitausend Pfund. Im Monat. Ich habe nicht einmal zweitausend Pfund.«

Melvyn wusste das. Er wusste auch, dass die Hypothekenzahlungen nur die Spitze des Eisbergs waren. Und er wusste, dass, egal wie lange er die Zahlungen hinauszögern konnte, die Zentrale schließlich eingreifen würde und die kärglichen Überreste von Graces Existenz an sich raffen würde.

»Was soll ich tun?«, flüsterte die zutiefst verstörte Frau.

Melvyn hatte keine Ahnung, er konnte ihr auch nicht wirklich helfen, denn tief in seinem Herzen wusste er, dass Grace nicht zu retten war.

Kapitel 3

»Was wird sie tun?«

»Verkaufen, nehme ich an.«

Nicky war entsetzt. »Aber sie *kann* nicht verkaufen. Liac ist ihr Leben. Es muss doch irgendwas geben, das sie tun kann, Matthew.«

Matthew zuckte mit den Schultern. Er versuchte, nicht über Graces Situation nachzudenken – schon allein deshalb, weil sie seine eigene widerspiegelte. Aber genau deshalb wollte Nicky darüber sprechen. An den Billardtisch gelehnt, konnten auch Matthew und Harvey an nichts anderes denken. Graces Finanzen, besser gesagt, die nicht vorhandenen Finanzen, waren inzwischen allgemein bekannt, nicht zuletzt deshalb, weil Grace sich Matthew anvertraut hatte, als sie von ihrem Besuch bei der Bank zurückkam. Außerdem hatte sie ihn entlassen.

Matthews Reaktion war aufrichtiges Mitleid gewesen. Als sein Scheck in der vergangenen Woche geplatzt war, hatte er geschwiegen, genau wie die anderen, die davon betroffen waren. Er hatte versucht, daran zu glauben, dass es sich um ein administratives Problem handelte, und hatte seine Arbeit fortgesetzt. Aber als Grace aus dem Dorf zurückgekommen war, hatte ihr gequälter Gesichtsausdruck erkennen lassen, dass nichts mehr so sein würde wie vorher. Ihre Worte bestätigten dies: Sie sagte, dass sie es bedaure, ihr aber keine Wahl bleibe. Sie hatte ihm seinen Lohn bis zum Ende der Woche in bar ausgezahlt. Dann war sie ins Haus gegangen, weil sie, wie Matthew vermutete, ihm nicht länger in die Augen sehen konnte. Sie wusste, dass Matthew es sich nicht leisten konnte, ohne Job in

St. Liac zu bleiben. Und Jobs in St. Liac waren sehr schwer zu bekommen.

Nicky wusste das besser als die meisten. Sie hatte ihr ganzes Leben dort verbracht und den Exodus vieler ihrer Schulfreunde beobachtet, als ihnen klar wurde, dass die Worte ›Arbeit‹ und ›St. Liac‹ unvereinbar waren. Nicky hatte jedoch Glück gehabt. Ihr Vater war Fischer gewesen und sie hatte seine Liebe zur See und nach seinem Tod vor fünf Jahren auch sein Boot geerbt. Sie hatte auch Harvey geerbt, und das war gut so, denn für das Boot war eine Besatzung von zwei Personen notwendig, genauso wie es zwei Personen ernähren konnte. Aber das Geld, das sie verdienten, reichte nur für zwei.

Nicky seufzte und nahm ihr Glas in beide Hände. Neben ihr lag Matthew ausgestreckt auf dem Sofa, in der einen Hand ein Glas Whisky, in der anderen eine Zigarette, und sah aus, als hätte er keine Sorgen. Aber das war typisch für ihn. Das war es, was Nicky ursprünglich zu ihm hingezogen hatte. Das und die markigen Züge, die gerunzelte Stirn und seine strahlenden blauen Augen. Erst als sie ihn besser kennen gelernt hatte, begriff sie, dass seine sorglose Haltung über die deprimierende Kindheit in einer wenig anziehenden Siedlung Glasgows hinwegtäuschte, dass er ziellos umherzog, hier und da einen Job annahm, weil er weder nach Glasgow noch sonst irgendwo hinpasste. Matthew erzählte ihr viel später, dass er sich immer wie ein Fisch auf dem Trockenen gefühlt habe und erst St. Liac so etwas wie Heimat für ihn geworden sei.

Das war höchst paradox, denn Matthew mochte die See eigentlich nicht, und Boote machten ihn krank. Selbst wenn sie es sich hätte leisten können, war dies ein weiterer Grund, warum Nicky ihn nicht einstellen konnte. Sie wollte nur mit ihm zusammen sein. Als die deutlich pragmatischere von beiden wusste sie auch, dass sie nicht zusammen bleiben konnten, solange Matthew keine Arbeit hatte. Unabhängig von diesen finanziellen Erwägungen und Matthews Behauptung ein Einzelgänger zu sein, war ihr bewusst, dass kein Mann von siebenunddreißig Jahren aus Glasgow sich von seiner beinahe zehn Jahre jüngeren Freundin, die zudem noch eine selbstständige Fischerin war, aushalten lassen würde.

Seufzend entschloss sich Nicky, das Thema direkt anzusprechen. »Matt, meinst du nicht, es wäre gut, wenn du dich sofort nach einem neuen Job umsiehst? Ich meine, selbst wenn Grace nicht verkauft, wird sie doch nicht genug Geld haben, um dich wieder einzustellen, oder?«

»Sie wäre auch verrückt, ihn wieder einzustellen, selbst wenn sie im Lotto gewinnen würde.« Diese äußerst kluge Bemerkung kam von Martin Bamford von der anderen Seite des Billardtisches.

»Danke, Martin.«

»Nun, das stimmt doch. Gartenarbeit hat was mit Gedeihen und Wachsen zu tun, nicht mit Töten.«

»Leute, die im Glashaus sitzen, Martin …«

»Also wirklich, wenn du nicht mal ein bisschen Unkraut am Leben erhalten kannst, was für einen Sinn hat das dann? Du bist eine echte Niete, Matthew.«

»Unkraut?«, sagte Harvey, ließ sich auf der Ecke des Sofas nieder und zündete eine selbst gedrehte Zigarette an. »Warum sollte man Unkraut züchten?«

»Nicht Unkraut, Harve. Kraut«, verbesserte Matthew.

»Ach so, jetzt erinnere ich mich. Was ist damit passiert?«

Martin sah Matthew scharf an.

Außer Graces Tragödie hatte Matthew noch ein paar schlechte Nachrichten für Martin gehabt. Neuigkeiten, die er wohl jetzt auch mit Harvey teilen musste.

»Es … geht ein.«

»Was? Das Zeug, das ihr in Bodmin gekauft habt?«

»Das Zeug, das *ich* gekauft hab«, verbesserte Martin gereizt. »Ich hab es bezahlt und Matthew sollte es anbauen. *Sollte* ist das Wort, auf das es ankommt.«

Bedauernd sah Harvey in sein Bier. Auch wenn dies nicht so schrecklich war wie Graces Desaster, schien es doch Unheil verkündend. Seinem düsteren keltischen Äußeren entsprechend frönte Harvey einem dunklen keltischen Glauben. Er glaubte an Zeichen. »Vielleicht hättest du nicht versuchen sollen, es aus Samen zu ziehen«, sagte er.

»Ich hatte keine Wahl, Samen war alles, was ich kriegen konnte. Und es war *Superstoff*. Eine Kreuzung aus *Indica* und *Sativa*.«

»Was?«, fragte Nicky. Entgegen Martins Meinung hatte Nicky nichts gegen Hasch, sie rauchte es nur nicht. Und sie wusste auch nicht viel darüber.

»*Indica*«, erklärte Harvey, »ist afghanisches Haschisch. Da wirst du wirklich high von. *Sativa* kommt aus Mexiko – und ist noch besser. Wenn man die beiden also kreuzt …«

»… wird man also total high …«

»Ja.« Harvey grinste Nicky an, »dann bist du *echt* hin.«

»Ich hab alles versucht. Ich glaube, die gehen absichtlich ein. Ich rede sogar mit ihnen.«

»Was sagst du?«

»Würde es euch etwas ausmachen, nicht einzugehen?«

Martin schnaubte und schluckte den Rest seines Biers auf einmal hinunter.

»Du bist wirklich ein Scheiß-Gärtner, Matthew.«

»Also, woher soll ich was vom Gärtnern verstehen? Ich komme aus Glasgow. Und überhaupt hast du auch nicht gerade den besten Ruf, wenn es darum geht, etwas am Leben zu erhalten.«

»Oh, hört auf, ja?«, seufzte Nicky. Dann grinste sie Martin an. »Er kann nichts dafür, er ist ja aus London.«

»Hm.« Martin tat so, als wäre er betroffen. »Noch eine Runde?«, schlug er vor.

»Wir hatten schon fünf.«

»Und?«

Matthew hielt sein Glas hoch. »Also ist die nächste unsere sechste.«

»Ich bin schon beim sechsten«, sagte Harvey.

»Wie bitte?«

»Den sechsten Sinn.«

Martin schnaubte wieder und schlenderte zur Bar.

»Das stimmt«, erklärte Harvey Matthew, »ich habe diese Gabe. Ich habe schon Dinge vorhergesehen, stimmt's Nicky?«

»Hm.« Soweit Nicky beurteilen konnte, hatte Harvey tatsächlich eine ungewöhnliche Begabung – eine sehr wilde Fantasie.

»Und dies alles verkündet Unheil«, fuhr Harvey fort. »Das ist wie ein Zeichen.«

»Was für ein Zeichen?«

»Armageddon.« Harvey ließ seinen Blick in die Ferne schweifen. »Ein Mann fällt vom Himmel. Du verlierst deinen Job. Und alle diese Pflanzen sterben. Es ist, als ob der Teufel am Werk wäre.«

Harvey war nicht der einzige, der in dieser Nacht an den Teufel dachte. Und er war auch nicht der einzige Einwohner von St. Liac mit einer wilden Fantasie. Als er sich seinen Weg durch die tiefschwarzen Wälder hinter Liac House bahnte, erfreute sich Gerald Percy mit der Vorstellung von Monstern, Gespenstern, Hexerei und dem bösen Herrn Luzifer. Das Heulen einer Eule irgendwo in den Bäumen tat ein übriges, genauso wie die hin und her flitzenden Fledermäuse. Ein heulender Wolf war allerdings das, was hier noch fehlte, fand Gerald. Aber Wölfe, egal ob heulend oder nicht, gab es in Cornwall nicht mehr. Die Bestie von Bodmin, Cornwalls Antwort auf das Monster von Loch Ness, war irgendwo da draußen. Gerald war überzeugt, dass es sich um einen Wolf handelte, einen riesigen Wolf mit enormen Fängen.

Aus verständlichen Gründen behielt der Pastor Gerald Percy seine Leidenschaft für Horror (er nannte es ein Hobby) für sich. Für jemanden seiner Berufung war es durchaus in Ordnung – sogar notwendig –, an den Teufel zu glauben, aber es schickte sich nicht, ihn zu glorifizieren und mit diesem Flair zu umgeben. Gerald zog es vor, nicht darüber nachzudenken, dass sein eigener Herr dagegen vergleichsweise trübselig erschien.

Aber Gerald dachte an Gott, sogar sehr oft. Er hatte von frühester Jugend an ihn geglaubt, hatte seit seinem fünfundzwanzigsten Lebensjahr in diesem geistlichen Amt gearbeitet, und auch jetzt noch, vierzig Jahre später diente er seinem Herrn noch genauso gerne. Die einzigen Zweifel, die er je gehabt hatte, waren über die Art und Weise, wie er diente. Tief in seinem Innern bedauerte Gerald, dass er nicht zum Katholizismus übergetreten war. Ein Protestant zu sein war in Ordnung, aber wenn es um den Teufel, gequälte Seelen, Feuer und Schwefel oder schieres gruseliges Drama ging, war der katholische Glauben nicht zu schlagen. Außerdem sahen die Gewänder besser aus. Aber nun ja, man konnte nicht alles haben.

Grace Trevethan, sinnierte Gerald, wusste über all das Bescheid. Grace war der Grund, warum er durch den nächtlichen Wald schlich, denn der Garten des Pfarrhauses grenzte an den Wald und der wiederum an das Grundstück von Liac House. Gerald war gekommen, um Grace zu trösten und ihr sein tief empfundenes Beileid auszusprechen. Er hatte sich bereits dazu entschlossen, ihr keinen Vortrag über Gott zu halten, denn er wusste, dass Grace nicht sehr gläubig war. Vielleicht wünschte sie ihren Mann sogar in die Hölle, wegen der enormen Schulden, der Hypothek und seiner Geliebten. Und Gerald wollte nicht eines seiner Gemeindemitglieder in der Hölle wähnen, oder um genauer zu sein, wollte er nicht über die Geliebte sprechen.

Grace sah jedoch nicht so aus, als wollte sie überhaupt irgendetwas besprechen. Als Gerald an der Vordertür klingelte, dauerte es mehrere Minuten, bis sie öffnete, und als sie es schließlich tat, schien sie geneigt, ihn herein zu bitten. Das war sonst gar nicht Graces Art.

»Hallo«, entgegnete er auf ihr »Oh«. Er sah sie genauer an und stellte fest, dass sie geweint hatte. Auch das war sonst nicht Graces Art, aber es war auch nicht überraschend. Gerald hielt die Plastiktüte hoch, die er mit gebracht hatte. »Ich habe dir ein paar Fischstäbchen und etwas von meinem Kartoffelwein mitgebracht.«

»Oh.« Graces Miene bleib ausdruckslos. »Danke.«

»Ich wollte sehen, ob es dir gut geht.«

Grace machte immer noch keine Anstalten, ihn herein zu bitten, sondern lächelte und sagte, es gehe ihr gut.

Gerald beschloss, dass hier ein weniger ernsthaftes Vorgehen angesagt war. »Hm ... Grace, es gibt da einige Traditionen, die Britannien zu Ruhm verholfen haben. Eine davon ist, dass du den Pfarrer herein bitten musst, wenn er vorbeikommt, damit er neben er dir sitzen kann und dich mit Plattitüden in dieser Trauerzeit erbauen kann.« Zu seiner Erleichterung fing Grace an zu kichern.

»Sherry ist natürlich freiwillig«, bemerkte er.

»Natürlich musst du herein kommen, Gerald«, sagte Grace, winkte ihn in den Flur und schloss die Tür hinter ihm. »Es tut mir Leid. Es ist nur ... nun, um ehrlich zu sein, bin ich im Augenblick etwas beunruhigt. Ich gehe gerade diese Papiere durch und ... nun ...« Grace fuhr sich mit der Hand durch ihr ohnehin schon zerzaustes Haar und lächelte ihn traurig an. »Es sieht ... nicht gut aus.«

»Ja.« Gerald streckte die Hand aus und klopfte ihr auf die Schulter. »Das habe ich gehört.«

»Es macht dir doch nichts aus, in die Küche zu gehen?« Grace drehte sich um und führte ihn zur Rückseite des Hauses. »Wahrscheinlich sollte ich meinen Besuch etwas formeller behandeln, so wie sie es im Film machen, aber ehrlich gesagt ist der Salon ein bisschen trostlos, und abends ist das Gartenzimmer scheußlich und das Frühstückszimmer benutzen wir sowieso nie ...«

»Grace!« Gerald lachte und unterbrach ihren Redefluss. »Bei mir musst du keine Form wahren. Ich bin sowieso nicht so wie die Pfarrer im Film.« Aber einen Pfarrer wie Gerald gab es nirgendwo. Er folgte ihr den Flur entlang zur Rückseite des Hauses und dachte, dass Liac House sich keinesfalls als Hintergrund für seine Lieblingsfilme eignete. Es war viel zu schön und zu einladend für ein Spukhaus. Spukhäuser, so wusste er aus Filmen, waren nicht mit Laubwerk bewachsen und verfügten auch nicht über ein warmes, ansprechendes Inneres. Sie hatten vielmehr bedrohliche Türme und nackte, bloße Mauern auf steilen Klippen, die ins Meer stürzten und gegen die drohende, schäumende Wellen schlugen. Riesige Wellen, die endlos gegen die Felsen donnerten und alle, die dumm genug waren vorbei zu segeln, zu ertränken drohten. Und selbst wenn sie nicht ertranken, wäre irgendwo da draußen ein Vampir, denn Gerald wusste, dass Dracula in einem Boot nach England – nach Whitby, wenn er sich erinnerte – gekommen war, und das war mysteriös, denn ...

»Bitte entschuldige die Unordnung«, sagte Grace und riss ihn aus seinen Träumereien, als sie die Küche betraten. »Wie ich schon sagte, ich versuche gerade, die Papiere zu sortieren. Melvyn Stott hat mir alle Briefe zurückgegeben, und ich versuche ... nun, ...« Sie drehte sich zu Gerald um. »Ich verstehe nicht viel davon.«

»Ja.« Die unpassenden und eher peinlichen Vampir-Vorstellungen verschwanden aus Geralds Gedanken, als er sich über die Papiere beugte, die auf dem Tisch verstreut lagen. »Nein. Mir liegt ... so was auch nicht.«

»Wein?«, fragte Grace.

»Das wäre nett.« Gerald hielt die Plastiktüte hoch. »Du solltest die Fischstäbchen besser in die Gefriertruhe legen.«

»Oh, ja.« Grace nahm die Tüte, stopfte sie in die Truhe und stellte den Kartoffelwein in den Kühlschrank. Sie fragte sich, warum jemand, der in einem Fischerdorf wohnte, sich bemüßigt fühlte, diese Dinger zu kaufen, die nur wie Kabeljau aussahen. Dann öffnete sie den Schrank, in dem sie den richtigen Wein aufbewahrte. Selbst in ihrem derzeitigen Zustand von Geistesabwesenheit erwog sie keine Minute, Geralds furchtbares Spezialgebräu zu trinken.

Gerald war erleichtert. Kartoffelwein eignete sich gut als Geschenk, aber es bestand keine Notwendigkeit, ihn zu trinken. Er war Ekel erregend.

Grace öffnete eine Flasche Rotwein, füllte zwei Gläser und brachte sie an den Tisch.

»Kann ich dir irgendwie helfen?«, fragte Gerald, als sie sich setzten.

»Ich weiß nicht. Ich glaube eigentlich nicht.« Grace ergriff einen Stoß Papier und starrte darauf wie auf ein fremdartiges Wesen. »Das ergibt alles keinen Sinn. Jedenfalls nicht für mich. Wie kommst du mit Buchhaltung klar?«

Gerald schüttelte den Kopf. »Nicht sehr gut, fürchte

ich. Hat er … äh … hat John wirklich so ein Durcheinander hinterlassen?«

Graces Lachen fehlte der Humor. »Schlimmer als das. Er hat eine vollständige Katastrophe hinterlassen. Oder besser gesagt, er hat nichts als Schulden hinterlassen«, fügte sie mit tonloser Stimme hinzu.

Gerald verließ der Mut. Er betrachtete das Meer an Papieren vor ihm und runzelte die Stirn. »Was ist mit einem Aktien-Portfolio. Hast du so was?«

»Keine Ahnung. Was ist das?«

»Weiß ich auch nicht.« Gerald rutschte unruhig auf seinem Stuhl hin und her. »Ich dachte nur, du hättest vielleicht eins.«

»Nein.« Grace trank einen Schluck Wein und nahm einen Kontoauszug in die Hand. »Aber wir haben ein Konto in der Schweiz.«

»Aber das ist doch großartig! Da ist immer viel Geld drauf, nicht?«

»Nicht auf diesem. Es ist leer.« Grace lächelte traurig. »Aber wenigstens haben wir eins.«

»Ja.«

Grace durchwühlte weitere Papiere, und zum x-ten Mal, seit Melvyn sie ihr zurückgegeben hatte, fuhr sie sich nervös durch die Haare. »Ich verstehe das einfach nicht, Gerald. Es gibt Konten für Firmen, von denen ich noch nie etwas gehört habe. Und Kreditbriefe, und dann die Rechnungen …«

»Ist da vielleicht noch etwas, irgendwo dazwischen?«

»Nein. Das war das, was ich zu finden gehofft hatte. Aber nein, da ist nichts.« Grace lehnte sich in ihrem Stuhl zurück und starrte die Farne an, die ihr gegenüber vom Küchenschrank hingen, ohne sie jedoch wahrzunehmen.

»Was in Gottes Namen soll ich bloß tun?«, fragte sie flüsternd.

Gerald wusste es nicht. Und er vermutete, Grace wusste es auch nicht. Unter weniger bedrohlichen Umständen hätte er ihr geraten, eine Zum-Teufel-Haltung anzunehmen, aber dass wäre hier höchst unangebracht gewesen. Um nicht zu sagen unverantwortlich.

Grace unterbrach die Stille, die ewig zu dauern schien, und stellte ihm die gefürchtete Frage. »Woher wusstest du von ihr?«

»Äh ... von wem?«

Grace nahm einen Schluck Wein und sah über den Rand des Glases in Geralds Augen. »Honey Chambers.«

Gerald fingerte an seinem hohen, steifen Kragen und fuhr sich mit den Händen durch sein schütter werdendes Haar. »Ah. Ich dachte mir schon, dass du mich danach fragen würdest.«

»Ich wollte dich schon früher danach fragen, aber ich dachte, wenn ich John begraben konnte, könnte ich auch die Vergangenheit begraben und alles vergessen. Und vergeben. Das hast du gesagt, nicht wahr, Gerald? Dass ich vergeben soll.«

»Ja.«

Grace vergaß ihre Frage und trank von ihrem Wein. »Ich habe die ersten Briefe gelesen«, sagte sie.

»Briefe?«

»Ja. Er hat ihr Briefe geschrieben.« Grace schniefte erneut. »Er war so dumm«, sagte sie mit einem kläglichen Lächeln. »Er hat es immer mir überlassen, die Briefe abzuschicken, und wahrscheinlich hat er gedacht, ich würde nicht bemerken, dass sie nicht an eine Firma adressiert waren und dass sie von Hand geschrieben waren und ... ich weiß es auch nicht. Irgendwas *war* anders an diesen Umschlägen. Ich habe eigentlich immer gedacht, dass weibliche Intuition ... welches Wort benutzt Martin doch ständig?«

»Scheiße.«

»Richtig. Ich habe Intuition immer für Scheiße gehalten, aber irgendwas stimmte nicht mit diesen Briefen ... also habe ich einen geöffnet.«

Gerald griff nach Graces Arm.

»Das war ziemlich schockierend.«

»Kann ich mir vorstellen.« Gerald drückte ihren Arm verständnisvoll.

»Nicht ... nicht, wie du vielleicht denkst. Am meisten schrieb er über mich.« Grace bekam feuchte Augen, als sie Gerald ansah, und schien wieder nicht zu wissen, ob sie lachen oder weinen sollte. »Wie sehr er mich liebte. Das war alles sehr merkwürdig, weißt du. Er schrieb ihr, dass er mich liebte und mich nie verlassen würde und dass sie ihn nie darum bitten sollte. Er ... er schrieb, dass wir sehr glücklich mit einander seien ...« Grace machte eine Pause. »Wir *waren* glücklich zusammen, weißt du.« Das klang wie eine Rechtfertigung: eine verborgene Frage, auf die sie eine Antwort haben wollte.

»Ja«, sagte Gerald. »Ich weiß, dass ihr das wart.«

»Ich nehme an, es war auch meine Schuld.«

»Was?«

»Die Sache mit ... Honey. John ist in den letzten Jahren so viel gereist, und ich hatte den Garten und das Gewächshaus ... und die Orchideen gediehen so gut und ich dachte, ich könnte sie nicht allein lassen, also ist John gefahren ... und ich blieb hier.« Grace lachte wieder. »Also hat er sich woanders Gesellschaft gesucht. Was für ein Klischee, nicht wahr? Noch etwas Wein?«, fragte sie etwas zu fröhlich und sprang auf.

»Ja, bitte.«

»Es ging mehr um *Gesellschaft* als um etwas anderes«, fuhr sie fort als sie mit der Flasche zurückkam. »Das war zumindest was ich dachte, bis ...« Sie wies auf die Papiere. »... bis das alles passiert ist.«

»Ich glaube nicht ... ich weiß nicht, was du meinst, Grace.«

Grace sah den Pfarrer schuldbewusst an. »Ich habe

noch einen Brief geöffnet, und ... darin ging es um die Freundschaft, die sie miteinander verband. Oh, ich nehme an, sie müssen auch ... nun, du weißt schon, aber es schien eher eine *Freundschaft* zu sein als sonst was, also habe ich mir klargemacht, da ich den Garten und die Orchideen hatte, war es nicht so schlimm, dass John ... diese Honey hatte.« Grace runzelte die Stirn. »Das ist ein wirklich alberner Name, nicht?«

»Äh ...«

»Aber jetzt kommt *das*«, fuhr Grace fort und schenkte noch Wein nach. Gerald bemerkte, dass ihre Hand zitterte. »Ich weiß wirklich nicht, wie er mir das antun konnte. Und ich weiß nicht, *warum*. John war immer so großzügig, weißt du.«

»Ja, das weiß ich. Er war immer der erste, wenn es darum ging, etwas für die Kirche zu spenden.«

»Und er war so gut zu mir. Er hat nie meine Ausgaben begrenzt. Nicht, dass ich je viel ausgegeben hätte.« Grace fingerte an ihrer Strickjacke und sah auf ihren zweckmäßigen Rock und die Schuhe, die ihrer Erinnerung nach mindestens fünf Jahre alt waren. Vielleicht war das ein weiterer Grund, warum es Honey gegeben hatte, dachte sie. Vielleicht war sie, Grace, eine alte Schachtel ohne jeden Schick und Honey ein schrilles, bezauberndes Wesen mit endlos langen Beinen und einer exquisiten Garderobe, von John bezahlt. Sie versuchte sich die Frau auf dem Friedhof ins Gedächtnis zu rufen, aber es gelang ihr nicht.

»Also«, sagte sie zu Gerald, »die einzige Erklärung, die ich finden kann, ist, dass Honey eine geldgeile Schlampe gewesen ist, die John ausgenommen hat.«

Vor Überraschung über die Boshaftigkeit in Graces Worten stieß Gerald beinahe sein Glas um. »Ich ... nun, Grace, ich weiß wirklich nicht ...«

»Da du der einzige Mensch bist, der von ihrer Existenz weiß, will ich, dass du mir erzählst« – Grace rückte näher an Gerald heran und sah ihm eindringlich in die Augen – »was du über sie weißt, Gerald. Wie hast du es herausgefunden?«

Gerald seufzte tief und lehnte sich zurück. »Ungefähr vor einem Jahr kam John zu mir. Das an sich war schon eine Überraschung. Wie du weißt, war er kein sehr religiöser Mensch. Und als er sagte, er wollte etwas beichten, war ich ... nun ...« Gerald schloss die Augen und versuchte sich zu erinnern. Er erinnerte sich jedoch nur an das, was er selbst gedacht hatte, und das würde Grace nicht helfen. Er hatte gedacht, wenn er nur katholisch wäre, könnte er John in den Beichtstuhl zerren und entsprechend reagieren – ein für alle Mal. Aber das war natürlich nicht möglich gewesen.

»Du hast was?«, nahm Grace das Gespräch wieder auf.

»Ich ... ich bat ihn, mir mehr zu erzählen. Er sagte, dass er sich gelegentlich mit jemandem treffe ...«

»Gelegentlich?«

Gerald nickte. »Ja, genau das hat er gesagt. Und dass er wisse, dass es falsch sei, aber ...« Gerald sah Grace nicht an. »... dass er die Gesellschaft genieße. Dass es jemand sei, mit dem er gerne zum Abendessen ging.«

Grace beugte den Kopf vor. Mit dem er gerne zum Abendessen ging. Hatte er denn nicht gerne mit ihr zu Abend gegessen? Hatten sie nicht an genau diesem Tisch gesessen, zusammen gelacht und Wein getrunken? War das denn alles geheuchelt gewesen? Nein, dachte sie, das war Wirklichkeit gewesen. Genau wie die Tatsache, dass sie nicht mit John auf seine Geschäftsreisen gegangen war und er alleine zu Abend essen musste. Oder auch eben nicht.

Gerald ergriff erneut ihren Arm. »Ich denke, du hast Recht, Grace, es war mehr Freundschaft als etwas anderes.«

»Ja«, sagte Grace kleinlaut. Aber ihre nächsten Worte waren hart und bitter. »Es überrascht mich, wie bereitwillig ich das geglaubt habe. Denn eigentlich kann das gar nicht stimmen, oder?«

»Ich verstehe nicht, warum ...?«

»... denn wegen Honey hat sich John so hoch verschuldet. Er wollte sie beeindrucken. Sie war ein geldgieriges kleines Biest und ... und ...« Grace biss sich auf die Lippen. »Was ich eigentlich sagen will, Gerald, ich glaube, dass er mit ihr zusammen eine Familie hatte und das ganze Geld dahin geflossen ist.«

»Aha.«

»Ich will, dass du mir sagst«, fuhr Grace nach einem Augenblick fort, »dass das nicht stimmt. Gerald?«

»Das kann ich nicht, Grace. Es tut mir Leid, aber das kann ich nicht.« Er rückte näher an sie heran. »Aber ich bin sicher, dass John es mir erzählt hätte, wenn es so gewesen wäre. Warum sollte er mir nur eine Hälfte der Geschichte erzählen? Gerade du solltest wissen, dass John kein Freund von halben Sachen war.«

»Ja«, schniefte Grace, »das stimmt.« Sie wies auf die Papiere, die vor ihr lagen. »Das sind keine halben Sachen.«

»Du weißt, was ich meine, Grace. Ich glaube wirklich, dass er es mir gesagt hätte.«

Grace seufzte. »Was ich nicht verstehe, ist, warum er es dir überhaupt erzählt hat. Wir wissen alle, dass er nicht religiös war. Was wollte er also bei dir?«

Gerald zuckte mit den Schultern. »Vergebung? Absolution?« Dann schüttelte er den Kopf. »Nein, er wusste, dass er die nicht bekommen würde. Ich glaube, er wollte nur die Bestätigung, dass er im Unrecht war.«

»Und hast du sie ihm gegeben?«

»Ja, und ich habe ihm gesagt, was er ganz offensichtlich hören wollte.«

»Und was war das?«

»Das er die Sache beenden sollte.«

»Aber das hat er nicht getan, oder?«, sagte Grace leise.

Gerald antwortete nicht. Er wollte nicht auf das hören, was ihm eine Stimme zuflüsterte. John hatte sich weiterhin mit Honey getroffen. Stattdessen, so vermutete Gerald, war er seiner männlichen Logik gefolgt (in sich schon meistens ein Widerspruch, fand Gerald) und hatte eine sehr mangelhafte Lösung für sein Problem gefunden. Er würde Grace für seinen Betrug entschädigen, indem er eine Menge Geld verdiente. So hatte er gehofft, sich freikaufen zu können. Dann waren seine Pläne auf schreckliche Weise gescheitert. Unfähig mit der Schuld zu leben, die er auf sich geladen hatte, war der letzte Ausweg aus dem Dilemma der Sprung aus dem Flugzeug gewesen.

Sollte es wirklich so gewesen sein, war es erst recht tragisch, denn Grace, die sich nie für Geld interessiert hatte, musste sich nun geballt damit befassen.

Damit hatte Gerald Recht. Als Grace eine Stunde nach Geralds Abschied zu Bett ging, konnte sie nicht schlafen. Trotz körperlicher Erschöpfung ließen ihr die vielen Fragen doch keine Ruhe. Sie hielten sie beinahe die ganze Nacht wach und wirbelten unbeantwortet in ihrem Kopf herum. All diese Fragen über Honey wühlten ihre Gefühle auf, aber Grace schob die Gedanken daran beiseite, denn sie musste eine Entscheidung über ihre unmittelbare Zukunft treffen. Sie würde ihr Haus nicht verlassen. Sie erlaubte sich nicht einen Gedanken daran, dass sie das Einzige, was sie noch liebte, möglicherweise verlieren würde. Irgendwie würde sie das Geld aufbringen, um es zu behalten. Aber wie?

Als John Trevethan, angesehener Bürger des kleinen Fischerdorfes St. Liac in Cornwall, bei einem Flug tödlich »verunglückt«, trauert die ganze Gemeinde.

Während Reverend Percy (Leslie Phillips) die Grabrede hält, verarbeiten der Gärtner Matthew (Craig Ferguson) und Doktor Bamford (Martin Clunes) den Verlust auf ihre Weise.

Die Witwe Grace Trevethan (Brenda Bleythyn) will nicht wahrhaben, dass der Tod ihres Mannes vielleicht doch kein Unfall war.

Als selbst Mrs. Reed plötzlich keine Spende annehmen will, ahnt Grace, dass hier etwas nicht stimmt. Der Reverend klärt sie schließlich auf.

Matthews Freundin Nicky (Valerie Edmond) macht sich Sorgen, denn Grace kann Matthew nicht weiter als Gärtner bezahlen.

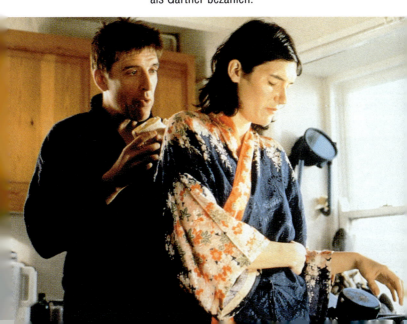

Die Rettung naht in Form einer kleinen Marihuana-Pflanze, die in Grace' Gewächshaus in rasantem Tempo zu wachsen beginnt.

Sgt. Alfred (Ken Campbell), der Dorfpolizist, fischt bei seinen Untersuchungen mal wieder in trüben Gewässern.

Bei einem Glas Wein lernt Grace
Honey (Diana Quick), die frühere Geliebte ihres Mannes,
besser kennen.

Kapitel 4

Grace hatte immer zu den Menschen gehört, die morgens aus dem Bett springen und sich auf den Tag freuen. Nicht zu denen, die den Morgen schweren Herzens begrüßen, mit noch schwereren Augenlidern und bösen Vorahnungen, dass der Tag kein guter sein würde.

Als erstes riss sie die Vorhänge auf (sie schlief immer bei geöffnetem Fenster) und atmete die Morgenluft ein. Wie schon an den letzten Tagen war es auch heute kühl und feucht, der Himmel war diesig und es versprach, ein sonniger Tag zu werden. Wenigstens in einer Hinsicht würde es ein schöner Tag werden. Graces Stimmung hob sich ein wenig.

Sie sank jedoch wieder, als sie, immer noch im Morgenmantel, die Treppe hinunterging und auf der Fußmatte die drei großen braunen Umschläge sah, die Archie gebracht hatte. Sie seufzte, hob sie auf und steckte sie sich unter den Arm, um sie mit in die Küche zu nehmen. Aus dem Augenwinkel sah sie den Mülleimer und blickte wieder auf die Umschläge. Es war eigentlich gar nicht nötig, sie zu öffnen, sie wusste ohnehin, was drin war. Also warf sie sie in den Mülleimer.

Automatisch folgte sie ihrer morgendlichen Routine von Tee, Toast und Zeitungslektüre, bevor sie sich anzog und so schnell wie möglich die Hausarbeit erledigte. Für Grace war sie eine lästige Pflicht. Das Haus sauber und ordentlich zu halten war ein notwendiges Übel und sollte so schnell wie möglich beendet werden. Früher hatte das die alte Maeve zweimal in der Woche getan – sehr langsam allerdings – und dann, als sie krank wurde, nur noch einmal. Und jetzt kam sie gar nicht mehr, denn sie war tot.

Grace hatte sich nie nach einem Ersatz umgesehen, denn zu diesem Zeitpunkt reiste John bereits viel und sie war oft im Garten oder im Gewächshaus, sodass das Haus nur wenig Pflege bedurfte. Als John und sie noch unter der Woche in London gelebt hatten und nur am Wochenende das Pförtnerhaus bezogen hatten, lagen die Dinge noch ganz anders. Johns Eltern hatten im großen Haus gewohnt und zwei Zimmermädchen, einen Koch, einen Chauffeur und einen nicht abreißenden Strom von Hausgästen beherbergt. Sie hatten auch zwei Gärtner in ihren Diensten, die kurz nach dem Tod von Johns Mutter in Pension gegangen waren. Grace hatte ihren Abschied nicht bedauert, da sie, um es klar zu sagen, ziemlich nutzlos gewesen waren.

Als Grace daran dachte, musste sie ein wenig lächeln. Wenigstens hatte sie diese Tradition fortgesetzt: Matthews Gesellschaft war wundervoll, aber niemand konnte ihm nachsagen, dass er ein guter Gärtner war. Das Lächeln verschwand, als ihr bewusst wurde, dass Matthew bald nicht mehr kommen würde. Dieses war seine letzte Woche bei ihr. Grace würde ihn schmerzlich vermissen.

Er kam zwei Minuten nachdem Grace damit fertig war, die Küche auszufegen. Eigentlich hatte sie vorgehabt, auch noch zu wischen, aber als Matthew mit einem breiten Grinsen und schmutzigen Gummistiefeln an den Füßen herein geschlendert kam, konnte sie sich erleichtert eingestehen, dass es sich nicht lohnen würde. »Hallo«, sagte er und warf sich auf einen Stuhl. Es war ein Art Ritual: Sie tranken zusammen eine Tasse Tee, um dabei die anstehenden Arbeiten zu besprechen. In Wirklichkeit schwatzten sie über alles und nichts.

Heute jedoch war alles etwas anders. Matthew erschien genauso kräftig wie sonst, aber er litt unter den Folgen des übermäßigen Alkoholgenusses am vorangegangenen Abend, und außerdem versuchte er krampfhaft so zu tun, als sei alles so normal wie immer. Aber das war es nicht.

»Ich habe mir gedacht«, sagte Grace, die auch den Anschein von Normalität wahren wollte, »es wäre gut, heute mit dem Rasenmähen zu beginnen. Es sieht so aus, als ob sich das Wetter halten würde. Was meinst du?«

»In Ordnung.«

Plötzlich wünschte sich Grace, sie hätte es nicht vorgeschlagen, denn das hieß, dass Matthew die nächsten zwei Tage auf dem Rasenmäher sitzen würde. Sie hätte ihn lieber in ihrer Nähe gehabt, selbst auf die Gefahr hin, dass er den ganzen Tag singen würde.

»Netten Abend gehabt?«, fragte sie ohne besonderen Anlass.

»Äh … ja. Warum fragst du? Sehe ich aus, als hätte ich einen Kater?«

»Nein«, sagte Grace und goss lachend den Tee ein. »Hast du einen?«

»Ja, einen kleinen. Ich habe gar nicht mitbekommen, dass wir so viel getrunken haben. Sogar Nicky war heute Morgen ein wenig verkatert, und das ist sie sonst *nie*.«

»Wie geht es ihr?«

»Verkatert.«

»Nein, ich meine wie es ihr sonst geht.«

»Gut. Du weißt schon … sie geht fischen. Gott weiß, wie sie es schafft, so verkatert Boot zu fahren.«

»Nun, Nicky ist praktisch auf einem Boot groß geworden.«

»Das stimmt.« Er legte beide Hände um seine Teetasse und zog bei der Vorstellung eine Grimasse.

»Wie kommt ihr mit dem Tapezieren voran?«

»Oh, gut.« Matthew war verlegen. »Nun … nicht gut. Im Moment ist Nicky ein bisschen sauer auf mich. Sie sagt, ich erledige meinen Anteil nicht.«

»Und hat sie Recht?« Das würde gar nicht zu Matthew passen.

»Na ja ... ich hasse es, Tapeten abzukratzen. Stinklangweilig.«

»Hm, ich nehme an, du arbeitest lieber draußen.«

»Ja.«

Sie wechselten einen verlegenen Blick. Nicht mehr lange, das wussten sie beide.

»Okay.« Matthew schob seinen Stuhl zurück und stand auf. »Gehen wir an die Arbeit.«

»Ja.« Auch Grace erhob sich und zeigte auf einen Setzling, der in einem Topf auf der Arbeitsplatte stand. »Eins meiner neuen Projekte.«

Matthew betrachtete die winzige Pflanze. »Oh. Was ist das?«

»Meine neue Kreuzung. *Phalaenopsis pathopedilum*. Sie wird wunderschön.«

Matthew war fasziniert. »Ich weiß nicht, wie du das machst, Grace. Ich meine, woher weißt du, wie sie aussehen wird?«

Grace zuckte mit den Schultern. »Oh, ich weiß auch nicht ... ich habe eben ein bisschen Übung darin.«

»Haha ... ein bisschen? Du bist ein wandelndes Nachschlagewerk.« Das war richtig, aber Grace würde sich nie so sehen. Sie war lächerlich bescheiden, wenn es um ihre Fähigkeiten ging.

Matthew schlenderte in den Garten, und Grace begann an ihren Pflanzen im Haus zu arbeiten. Sie wusste, dass sie dafür eigentlich keine Zeit hatte, aber die Alternative – sich wieder in die Papiere zu vertiefen – war zu deprimierend. Noch deprimierender waren die quälenden Gedanken, die sie die ganze Nacht wach gehalten hatten und die verschwinden würden, wenn sie sich mit ihren Orchideen beschäftigte.

Genau das tat sie jetzt.

Grace konnte die Leute nicht verstehen, für die Orchideen einfach nur Pflanzen waren. In ihren Augen waren sie Wunder der Natur, die sich in 120 Millionen Jahren entwickelt hatten und die wahrscheinlich noch da sein würden, wenn die Menschheit längst von der Erdoberfläche verschwunden war. Sie hielt sie für die aufregendste Pflanzenfamilie, die es gab. Sie veränderten sich ständig und passten sich neuen Bedingungen an, sie gediehen an jedem Flecken dieser Erde; und wenn sie nicht in der Antarktis wuchsen, so lag das nur daran – wie Vivienne Hopkins gerne ausführte –, dass Grace mit ihrem grünen Daumen und ihrem Kompost noch nicht da gewesen war.

Grace hatte lachen müssen, als sie Vivienne dies sagen hörte, denn eigentlich wusste sie gar nicht so viel über Orchideen. Sie wusste, dass es über 35 000 verschiedene Arten gab, viel mehr, als sie jemals in die Hände bekommen würde. Aber sie wusste auch – und das war ein Teil ihres Erfolgsgeheimnisses –, dass es wichtig war, die Herkunft der Arten zu kennen, die sie züchten wollte.

Sie wanderte mit der Gießkanne in den Salon und blieb neben dem Klavier stehen, auf dem eine auffallende *Dendrobium* stand. Der Mann in der Gärtnerei hatte gesagt, sie käme aus Australien, aber sie wusste, dass sie im Himalaja beheimatet war und dass sie im Frühling einen erhöhten Stickstoffbedarf hatte. Deshalb war es ihr wahrscheinlich gelungen, sie zu einer artgemäßen Blüte zu bringen. Sie sagte sich selbst (und nur sich selbst), dass sie auf diese Pflanze ziemlich stolz war.

Sie war gerade dabei, sie zu gießen, als es an der Tür klingelte. Grace runzelte die Stirn. Sie erwartete niemanden, und selbst wenn dem so gewesen wäre, war es üblich, dass bekannte Besucher sich selbst herein ließen, nachdem sie geklingelt und in der Eingangshalle laut »Hallo« gerufen hatten. Wenn sie keine Antwort bekamen, hielten sie im Garten nach Grace Ausschau. Grace wartete darauf, dass sie die Tür hören würde, aber nichts passierte. Sie seufzte, als sie sich an ihre Vorahnungen für den heutigen Tag erinnerte. Sie stellte die Gießkanne ab und ging in den Flur. Als sie die Tür öffnete, war sie überrascht, Vivienne Hopkins, Diana Skinner und Margaret Sutton zu sehen.

»Oh.« Grace geriet ins Wanken und trat einen Schritt zurück. »Was ... was für eine angenehme Überraschung.« Ihr Lächeln fiel ein wenig schwach aus, als sie bemerkte, wie die Frauen gekleidet waren. Sie vermutete, dass es keine so angenehme Überraschung sein würde. Sie hielten ihre Handtaschen schützend vor sich (Verteidigungsstellung), trugen Hüte (ernste Angelegenheit) und bemühten sich ein wenig zu krampfhaft um ein Lächeln.

»Hallo, Grace«, sagte Vivienne. »Ich hoffe, wir stören dich nicht.« Margaret und Diana strahlten.

»Nein. Nein ... ganz und gar nicht. Ich wollte gerade ... Tee kochen. Möchtet ihr nicht hereinkommen und eine Tasse mit mir trinken?«

Bereitwillig wurde die Einladung angenommen, und Graces Mut sank. Die Hüte und Handtaschen waren angemessen für Tee aus Porzellantassen im Salon, und nicht aus Bechern in der Küche, und dazu hatte sie wirklich keine Lust. Sie wies auf den Salon. »Geht doch bitte hinein. Ich komme in einer Minute.«

Diana kam jedoch näher und sah mit ihrer Spürnase zu ihr auf. »Soll ich dir helfen, Grace?«

»Nein, wirklich nicht.« Grace lächelte die kleine Frau an und wies wieder auf den Salon. »Ich brauche bloß eine Minute.«

»Nun, dann.« Sie folgte den anderen und sah noch einmal zurück. »Bist du sicher?«

»Ganz sicher.« Grace eilte den Flur entlang. Das Letzte, was sie brauchte, war, dass Diana ihr beim Teekochen über die Schulter sah. Sie meinte es gut, aber sie war von Tee besessen, und es gab nur eine richtige Art für dessen Zubereitung – ihre. Das bedeutete endloses Aufbrühen und Herumfuhrwerken und das Bewundern irgendwelcher Ornamente in der Küche, was wiederum dazu führte, dass anschließend irgendetwas fehlte. Das hatte zur Folge, dass Diana wieder kam und behauptete, sie habe das fehlende Objekt im Geschäft gefunden, ob es Grace gehöre, und Grace musste ja sagen und Diana eine Tasse Tee anbieten. Grace hatte das Ganze schon mehrere Male durchgestanden.

Sie warf ein paar Teebeutel in die Kanne, schnappte sich Tassen und Untertassen, knallte sie auf ein Tablett und füllte die Kanne mit kochendem Wasser. Bevor Vivienne Hopkins sich gesetzt hatte, war sie zurück im Salon.

»Es ist so friedlich hier«, sagte Vivienne und wandte sich vom Fenster ab, als Grace eintrat. Genau in diesem Moment warf Matthew den Motor des Rasenmähers an und unterbrach damit die friedliche Stille.

Grace lachte. »Das ist Matthew, aber keine Sorge, er fängt am unteren Ende an zu mähen, es wird gleich leiser werden.« Sie stellte das Tablett neben die *Laelia purpurata* auf den Tisch und bat die anderen, sich zu setzen.

»Eine schöne Pflanze«, bemerkte Margaret.

»Oh, danke. Sie ist hübsch, nicht wahr?« Grace goss den Tee ein und lauschte dem leiser werdenden Geräusch des Rasenmähers. Sie gab jeder der Damen eine Tasse Tee, und nachdem sie dies und das obligatorische Ritual »Schöner Tag heute« hinter sich gebracht hatten, wiederholte sie, wie überrascht sie über den Besuch sei.

»Nun«, sagte Vivienne mit einem verstohlenen Blick auf ihre Komplizinnen, »eigentlich geht es um die übernächste Woche.«

»Wie bitte?«

»Das Institut für Frauen.«

»Oh.« Grace schwante nichts Gutes. »Was ist damit?«

»In Anbetracht deiner Probleme«, fuhr Vivienne fort und wählte ihre Worte sehr sorgfältig, »dachten wir, du wolltest vielleicht absagen.«

»Ja«, sagten Diana und Margaret einstimmig. »Wir dachten, es macht dir zu viel Mühe«, beendete Diana und trank vorsichtig einen Schluck Tee.

»Es ist ja nur eine Teegesellschaft«, sagte Margaret, »die können wir auch woanders abhalten.«

Grace sah die Frauen an, die ihr gegenüber aufgereiht auf dem Sofa saßen. Die Teegesellschaft war ihr eigentlich egal, was sie betroffen machte, war der Grund für die Absage. Ihre ›Probleme‹. Sie fragte sich, ob dies in Zukunft die Form des Umgangs mit ihr sein würde. Sie versammelten sich alle um Grace, natürlich mit den besten Absichten, und machten doch nur deutlich, wie verzweifelt ihre finanzielle Zwangslage war.

Grace versuchte sich ihre innere Unruhe nicht anmerken zu lassen, trank einen Schluck Tee und sagte, dass die Teegesellschaft immer in Liac House abgehalten worden sei. »Das ist eine Tradition«, beendete sie mit einem Lächeln. »Ich sehe keinen Grund, warum wir damit brechen sollten.«

Diana und Margaret sahen skeptisch drein, aber Vivienne, die Präsidentin des Instituts für Frauen war, schien hocherfreut. Grace vermutete – richtigerweise –, dass die anderen beiden sie zu dem heutigen Besuch gezwungen hatten.

»Wenn du sicher bist …«, lenkte sie ein.

»Absolut. Und übrigens«, verkündete Grace, »ich habe eine neue Kreuzung gezüchtet. *Phalaenopsis pathodelium*. Ich denke, dass sie nächste Woche anfangen wird zu blühen.«

»Vielleicht kann ich dir bei der Teegesellschaft zur

Hand gehen«, sagte Diana. Grace registrierte amüsiert, dass ihre nur halb ausgetrunkene Tasse wieder auf dem Tablett stand.

»Oh ... ich glaube nicht. Es ist wirklich keine Arbeit.«

»Aber ...«

»In Ordnung, meine Damen«, sagte Vivienne und stoppte Dianas Redefluss erfolgreich. »Zurück zum Geschäft. Sollen wir Dr. Bamford einladen, nachdem er sich letztes Jahr so schändlich aufgeführt hat?«

Grace grinste. Bevor sie antworten konnte, erklang von draußen ein merkwürdiger erstickter Laut.

»Was ist das?«, fragte Vivienne überrascht.

»Ich weiß es nicht.« Grace sprang auf und lief zum Fenster. Sie hielt sich die Hand vor die Augen, um nicht geblendet zu werden, und sah hinaus in den Garten. Ein weiterer Aufschrei erklang. Es war Matthew. Er saß auf dem Rasenmäher und schrie zwei Männer an, die neben ihm standen.

Grace bekam es mit der Angst zu tun. Sie wandte sich den drei Frauen auf dem Sofa zu und bat, sie für einen Moment zu entschuldigen. Sie wartete die Antwort gar nicht erst ab, sondern eilte aus dem Zimmer. Mit einer bösen Vorahnung lief sie über den Rasen und erreichte Matthew, als er gerade die Männer erneut gequält anschrie: »Nein!«

»Was ist hier los?«, stieß sie hervor. Dann bemerkte sie, dass sie die beiden Männer kannte. »Hallo, Terry«, sagte sie zu dem größeren der beiden und lächelte den anderen an. »Bob. Wie geht es deiner Mutter mit ihrer Hüfte?«

Die Männer sahen beschämt aus. »Viel besser, Mrs. Trevethan«, murmelte Bob.

Grace bemerkte den Ausdruck auf ihren Gesichtern, den großen Lieferwagen, der in der Einfahrt hinter ihr stand, und Matthews rebellische Haltung.

»Matthew?«

»Sie wollen den Rasenmäher mitnehmen, Grace.«

»Was?«

»Nicht wir wollen das!«, protestierte Bob, den Grace auf ihren Knien geschaukelt hatte, als sie frisch verheiratet gewesen war. »Wir würden Ihnen das nicht antun, Mrs. Trevethan.«

»Die Firma will das«, sagte Terry leise. Grace hatte ihn das letzte Mal gesehen, als sie ihm an seinem letzten Schultag einen Preis für seine sportlichen Leistungen überreicht hatte. Jetzt hatte er den dringenden Wunsch, den Boden zu seinen Füßen genau zu untersuchen, und wich Graces Blick aus.

»Ich … verstehe nicht.«

»Die, ähm, Ratenzahlungen sind schon lange überfällig«, erklärte Bob. »Das ist Teil der Geschäftsbedingungen. Und weil Sie auf den letzten Brief nicht geantwortet haben, sind wir gekommen, um … ihn abzuholen.«

»Oh. Aber …« Es lag Grace auf der Zunge zu sagen: »Aber er ist doch ein Geburtstagsgeschenk gewesen«, aber sie biss sich auf die Zunge. Natürlich war er das nicht gewesen. Nur eine weitere Lüge von John. Sie riss sich zusammen und lächelte die beiden an. »Nun, dann solltet ihr ihn besser mitnehmen.«

Matthew schnaubte, zuckte mit den Schultern und hievte sich aus dem Sitz. Ohne Grace oder die Männer anzusehen, marschierte er über den Rasen und verschwand hinter dem Haus. Diana, Margaret und Vivienne beobachteten ihn aus dem Fenster im Salon. Dianas Augen waren so groß wie Untertassen als sie sich zu ihren Gefährtinnen umdrehte. »Was für ein Theater! Ich würde Handwerker niemals so behandeln.« Sie schüttelte den Kopf. »Das ist wirklich schlechtes Benehmen. Er ist eben ein Schotte«, fügte sie mit einem düsteren Blick hinzu.

»Ich glaube eigentlich nicht, dass das Handwerker sind, Diana. Ich glaube wirklich, es ist besser, wenn wir jetzt gehen«, sagte Vivienne. »Grace möchte sicher nicht mehr über die Teegesellschaft reden.«

Margaret schürzte die Lippen, als sie Bob und Terry dabei beobachtete, wie sie den Rasenmäher in die Ladeklappe des Lieferwagens hievten. »Arme Grace«, flüsterte sie, nahm Viviennes Wink auf, folgte ihr in den Flur und zur Vordertür hinaus.

»Grace!«, rief Vivienne. »Können wir irgendwie helfen?«

Die kleine verloren wirkende Gestalt am Ende des Rasens drehte sich um. Etwas verspätet erinnerte sich Grace wieder an ihren Besuch. »Nein. Nein, danke.« Sie war zu weit entfernt, als dass die Frauen ihren Gesichtsausdruck hätten deuten können, aber wie sie die Hände rang, sagte mehr als genug. »Wenn es euch nichts ausmacht, können wir ein andermal darüber sprechen«, schlug sie vor. »Ich muss ... ich muss etwas mit Matthew klären.«

»Kein Problem!«, rief Vivienne und winkte zum Abschied.

»Und vergiss nicht«, rief Margaret, »wenn wir dir irgendwie helfen können ...«

»Danke!«

»Danke für den Tee!« Diana drückte ihre Handtasche fest an sich und folgte den beiden Frauen. »Wie um alles in der Welt soll sie achttausend Quadratmeter Rasen ohne einen Mäher schneiden?«, flüsterte sie, als sie sie eingeholt hatte.

Aber das kümmerte Grace am wenigsten. Sie sah die drei Frauen und nach ihnen Bob und Terry mit dem Lieferwagen verschwinden. Mit gesenkten Schultern trottete sie zurück zum Haus und wünschte sich inbrünstig, dass John noch am Leben wäre. Nicht etwa, weil sie ihn vermisste, sondern weil sie ihn umbringen wollte.

Als sie die steinerne Balustrade erreichte, die den Rasen von der weitläufigen Kiesfläche vor dem Haus trennte, erschien Matthew wieder und zog einen alten, rostigen Handrasenmäher hinter sich her. Mit starrem Gesicht zog er ihn auf den Rasen. Es kostete ihn enorme Anstrengungen, die widerspenstigen Schneidemesser in Bewegung zu setzen. Er schien noch aufgebrachter zu sein als Grace.

Seine Entschlossenheit rührte Grace. Mit einem schwachen Lächeln setzte sie sich auf die Balustrade, um seine Bemühungen zu würdigen.

»Du weißt, dass du das nicht tun musst.«

Matthew antwortete nicht. »Matthew …?«

»Du hast mich bis zum Ende der Woche bezahlt. Der Rasen muss geschnitten werden, also …« Noch während er sprach, wurde die Anstrengung zu viel für ihn. Er ließ den Mäher fallen und setzte sich neben Grace auf die Mauer.

Grace sah ihn nicht an. »Ich kann nicht glauben, dass er das getan hat. Ich kann nicht glauben, dass er sogar wegen des Rasenmähers gelogen hat. Er sagte, es sei ein Geburtstagsgeschenk.«

Matthew fühlte, dass sie den Tränen nahe war. Er legte seinen muskulösen Arm um ihre Schultern und zog sie an sich.

Grace schniefte. »Er hat nur gelogen. Alles war gelogen. *Alles*.«

»Ja.« Matthew wollte nicht über John Trevethan nachdenken, denn dann würde ihn der Ärger überwältigen, und das würde Grace auch nicht weiterhelfen.

Sie blieben still sitzen. Zwei kleine Gestalten inmitten einer idyllischen Landschaft und einem absoluten Chaos.

»Könntest du dir nicht einen Job suchen?«, fragte Matthew schließlich.

»Als was denn?« Aus Graces Stimme klang eher bedauernde Belustigung als Selbstmitleid.

»Nun, du könntest ...« Dann wurde Matthew klar, dass das unmöglich war. »In Ordnung«, sagte er nach einer Weile, »wie wäre es mit ... einer Tasse Tee oder so?«

Grace schüttelte den Kopf. Als Matthew aufsprang, streckte sie die Hand aus und berührte seine Hand. »Matthew, es tut mir wirklich Leid wegen deiner Arbeit.«

Matthew nickte. »Is schon okay.« Er sah auf den Rasen und zwinkerte Grace zu. »Du wirst dir eine Ziege anschaffen müssen.«

»Ja, das muss ich wohl. Aber Matthew, wenn es irgendetwas gibt, das ich für dich tun kann ...«

»Ich hatte gehofft, dass du das sagen würdest.«

»Tatsächlich?« Grace war ziemlich überrascht. »Warum?«

Das Zwinkern in Matthews Augen machte einem Strahlen Platz. Die Idee, die ihm heute Nacht plötzlich gekommen war, war ihm so lächerlich erschienen. Jetzt konnte er das nicht mehr verstehen. Er holte tief Atem. »Äh ... Ich habe da einige Pflanzen, denen es sehr schlecht geht. Sie brauchen dringend Hilfe.«

Das Gärtnerherz in Grace war besorgt. »Oh. Ich wusste gar nicht, dass du zu Hause Pflanzen hast.«

»Nun ja, eigentlich nicht zu Hause. Weißt du, wir haben ja gar keinen Garten ...«

»... das weiß ich.«

»... und ich konnte sie nicht im Haus anbauen, also habe ich sie an einen etwas abgelegenen Ort gepflanzt.«

»Matthew, du hättest sie hier anpflanzen können. Es überrascht mich, dass du nicht gefragt hast. Ich bin betroffen, dass du das nicht getan hast ...«

»Nein!« Matthew war entsetzt bei dem Gedanken,

dass er Grace verletzt haben könnte. »Ich hätte sie unmöglich hier pflanzen können.«

»Warum nicht?«

»Äh … es ist ein bisschen kompliziert. Aber du kommst nachher mit mir und siehst sie dir an?«

»Natürlich.« Grace freute sich. »Wir können jetzt gehen, wenn du willst.«

Matthew schüttelte den Kopf. »Nein, nein. Das wäre nicht recht. Ich muss noch arbeiten, und du hast mich dafür bezahlt. Wir könnten … nach der Arbeit gehen.«

Grace zuckte mit den Schultern. Es war ihr eigentlich egal, wann sie nach Matthews Pflanzen sahen, aber nach der Arbeit war wohl in Ordnung. So hatte sie einen Vorwand, um sich nicht an den Küchentisch zu setzen und sich abzumühen, etwas aus den Trümmern zu retten. Sie war immer noch entschlossen, dass es Liac House sein würde – auch wenn sie immer noch nicht wusste, wie.

Matthew arbeitete den ganzen Tag wie besessen. Er beschnitt den Efeu, der am Haus wuchs; er begann die riesige Hecke hinter dem alten Küchengarten zu bearbeiten; er fegte den Kies auf der Einfahrt und zwischendurch schnitt er immer wieder den Rasen mit dem alten rostigen Handmäher. Eine Ziege hätte jedoch ein besseres Ergebnis erzielt.

Grace verbrachte die meiste Zeit im Gewächshaus und pflegte die empfindlicheren Orchideen. Einige von ihnen waren wertvoll. Grace hatte den nagenden Verdacht, dass einige davon auf illegalem Weg nach England importiert worden waren. Die seltene *Paphiopedilum supardii* war beispielsweise auf vielen Umwegen zu ihr gelangt, die sie nie hinterfragt hatte. Denn obwohl Grace entsetzt darüber war, dass Schmuggler die Wälder und Dschungel plünderten, um in den Besitz seltener Pflanzenarten zu kommen, war sie doch nicht stark genug gewesen, um dieses Juwel zurückzuweisen. Wie immer betrachtete sie die Pflanze mit einer Mischung aus Ehrfurcht und Schuld. Sie wusste, dass sie sie eigentlich nicht besitzen sollte, aber sie war nun einmal hier im Gewächshaus von Liac House.

Dann nahm eine Idee Gestalt an. Je mehr sie darüber nachdachte, desto lächerlicher erschien sie ihr. Sie begann leise und ohne es zu merken stark zu atmen. Die Idee war aufregend und – realistisch. Grace wusste alles über Orchideen. Sie kannte die meisten Orchideensammler in England zwar nicht persönlich, aber sie waren ihr vom Namen her geläufig. Und sie korrespondierte regelmäßig mit anderen Experten in der ganzen Welt.

Sie fragte sich, wie viel ihre Sammlung wohl wert war. Oder genauer, wie viel sie wert wäre, wenn sie noch ein paar Arten hätte, die ... ungewöhnlich wären. Was sie meinte, war illegal. Von sich selber überrascht, sogar etwas schockiert über die Richtung, in die ihre Gedanken gingen, begann Grace sich schuldig zu fühlen, und musste über sich selbst schmunzeln. Über die Vorstellung, dass sie, Grace Trevethan, eine Orchideenschmugglerin werden könnte.

Vor ungefähr zehn Jahren hatte es einen Aufsehen erregenden Fall gegeben (zumindest unter Orchideenzüchtern), bei dem ein Orchideenschmuggler dumm genug gewesen war, sich erwischen zu lassen. Wie viel war seine Sammlung wert gewesen? Zehntausende Pfund, da war sich Grace sicher. Das Lachen verging ihr, als ihr einfiel, dass er auch zehntausend Pfund Strafe zahlen musste und, noch schlimmer, ins Gefängnis gekommen war. Aber vielleicht war er ja nur dumm gewesen. Oder vielleicht hatte er nicht die richtigen Leute gekannt. Vielleicht ...

Grace warf ihren Pflanzen einen kritischen Blick zu

und wusste, dass sie es nicht tun konnte. Nicht etwa weil sie nicht mit dem Gesetz in Konflikt kommen wollte (diese Erkenntnis war einigermaßen befremdlich), sondern weil sie sich als ein Mitglied der Wissenschaft über Orchideen und deren Behüterin sah – und nicht zum Diebstahl von Pflanzen aus anderen Ländern beitragen wollte. Die Vorstellung von Grace Trevethan als Kriminelle war auf absurde Art komisch, aber Grace als Zerstörerin war etwas ganz anderes. Sie verbannte alle Gedanken daran aus ihrem Hirn, vergrub sich in die Arbeit und konzentrierte sich so darauf, dass sie erschrak, als Matthew seinen Kopf zur Tür des Gewächshauses hineinsteckte.

»Grace ...?«

»Matthew! Hast du mich erschreckt!« Sie lächelte, als sie sah, dass es dunkel geworden war und Matthew bereits vor Stunden hätte nach Hause gehen sollen. »Oh, Matthew, du solltest wirklich nicht mehr hier sein. Ich weiß, es gibt noch viel zu tun vor ... vor dem Wochenende, aber wirklich ...«

Matthew grinste und zog die Augenbrauen in die Höhe, wodurch die Furchen auf seiner Stirn noch tiefer wurden. Grace fand, dass ihn das nur noch besser aussehen ließ. »Ich würde mich wirklich freuen, wenn du jetzt noch nach meinen Pflanzen sehen könntest.«

»Oh!« Grace wischte sich die Hände an ihrem Rock ab. »Das hatte ich total vergessen. Natürlich. Wo, sagtest du, sind sie?«

»Oh ... komm einfach mit.« Er macht eine Pause. »Kannst du mir vielleicht eine Taschenlampe leihen?«

»Selbstverständlich.« Grace griff nach einer der Taschenlampen, die auf dem Regal neben der Tür standen, und gab sie Matthew. Dann schloss sie die Tür des Gewächshauses hinter sich und folgte ihm über den Rasen und ins Gehölz.

»Matthew«, hob sie an, als er in dem Dickicht verschwand, das Liac House und das Pfarrhaus voneinander trennte. »Wo um Himmels willen ...?«

»Pst!« Matthew legte einen Finger auf die Lippen und umfasste mit der anderen Hand die Taschenlampe, sodass sie nur noch einen dünnen Lichtstrahl warf, der Grace den Weg zeigte.

Grace kam zu ihm und fragte ihn flüsternd, warum sie flüstern mussten.

»Ich will nur keine Eichhörnchen oder so was aufschrecken.« Er bedeutete ihr, dass sie ihm folgen solle, brach durch das Dickicht und sie betraten das verwilderte Ende des Pfarrhausgartens.

»Matthew! Wir sind in Geralds ...«

»Ich weiß. Es ist nur ... nun, hier sind sie.«

Matthew kniete nieder und beleuchtete mit der Taschenlampe die wohl traurigste Ansammlung von Setzlingen, die Grace je gesehen hatte. Stirnrunzelnd kniete sie neben ihm nieder.

»Gehören diese Pflanzen Gerald?«

»Nein, sie gehören mir.« Matthew betrachtete bedauernd die verwelkten Blätter.

Grace nahm ihm die Taschenlampe ab und kroch auf Händen und Füßen näher.

Nach einem Augenblick intensiver Betrachtung drehte sie sich zu Matthew um. »Ich bin nicht blöd, Matthew, ich weiß sehr wohl, was das ist.«

Matthew hatte das befürchtet. »Äh ... was ist es?«

»Hanf.«

Matthew kratzte sich am Kopf. »Ja, es ist Hanf. Ich wollte damit ein Geschäft eröffnen. Hanfhosen sind im Moment total in.«

Grace warf ihm einen Blick zu, der besagte, dass sie nicht von gestern war. Dann beleuchtete sie die Pflanzen wieder. »Nun, sie bekommen hier nicht genug Licht, stimmt's?« Sie sah sich die Bäume über ihnen und den Untergrund des Beetes an. »Selbst bei

Tageslicht ist es zu dunkel. Hier werden sie nie wachsen.«

Matthew war verlegen. »Ja ... nun, ich wollte nicht, dass sie irgendjemand zu Gesicht bekam.«

»Natürlich nicht, Matthew«, sagte Grace und lächelte. »Die Welt der Hosen ist ziemlich gefährlich, nicht wahr?«

Matthew wurde immer verlegener. Es war dumm gewesen, Grace nicht von Anfang an reinen Wein einzuschenken. Und es war noch dümmer gewesen, Cannabis in Reverend Percys Garten anzupflanzen.

Wie aufs Stichwort sah Grace sich um. Das Pfarrhaus war ihr immer als ein ziemlich gruseliges Wohnhaus für einen Mann des Glaubens erschienen. Diese schaurige Konstruktion aus viktorianischer Zeit wirkte – genau wie der Hanf – in ewige Dunkelheit gehüllt. Aber als Grace genauer hinsah, entdeckte sie ein flackerndes Licht in einem der Fenster im Erdgeschoss. Sie glaubte auch, einen leisen, spitzen Schrei aus der Richtung des Hauses hören zu können, aber das war sicherlich nur Einbildung.

Das Rollen des Donners bildete sie sich jedoch nicht ein. Es zog ein Gewitter auf. Grace hatte es während der vergangenen Stunden fühlen können, und das Letzte, was sie im strömenden Regen tun wollte, war, auf dem Boden des Pfarrgartens zu knien und eingehende Pflanzen zu untersuchen.

»Also, Matthew, wenn diese Pflanzen wirklich wachsen sollen, brauchen sie bessere Erde und mehr Licht.«

Matthew fühlte mehr, als dass er sehen konnte, dass Grace sich in Richtung der Lichtung bewegte. »In Ordnung«, sagte er.

Grace merkte, dass er seine Schultern enttäuscht hängen ließ, und bewegte sich seufzend wieder vorwärts. Hatte sie nicht eine Karriere als Orchideenschmugglerin erwogen, ohne bei dem Gedanken an den Gesetzesbruch zurück zu schrecken? Eine kleine Cannabis-Pflanze großzuziehen war ja wohl nicht halb so schlimm. Außerdem wollte sie Matthew helfen. Seufzend kroch sie vorwärts und zeigte auf eine der Pflanzen. »Lass uns diese mit zurück ins Gewächshaus nehmen. Mal sehen, was wir tun können.«

»Vielleicht solltest du das lieber nicht tun«, sagte Matthew ohne große Überzeugung.

Grace hob die Augenbrauen. »Ich bin Gärtner«, sagte sie und nickte, »und das da sind kranke Pflanzen.« Erfreut griff Matthew in seine Tasche und brachte einen kleinen Pflanzenheber zum Vorschein.

»Was ist das?«

Matthew war überrascht. »Ein Pflanzenheber.«

Grace schüttelte den Kopf und grinste. Dann griff sie in ihre eigene weite Tasche und zog ein deutlich besseres Werkzeug hervor. »*Das* ist ein Pflanzenheber«, sagte sie mit funkelnden Augen. Dann grub sie die kleine Pflanze mit einem einzigen fachmännischen Stich aus und entfernte sich von der Lichtung. Als Matthew ihr folgte, erhellte ein Blitz den Himmel. »Schnell«, drängte er, »in einer Minute gießt es.« Er sah zurück zum Haus. »Oh, *Scheiße*!«

»Was ist?«

Matthew legte wieder einen Finger auf die Lippen. »Gerald. Er ist am Fenster.«

Grace folgte seinem Blick. Es stimmte, Geralds Gestalt zeichnete sich an einem der Fenster ab, hinter ihm sah man die flackernde Beleuchtung des Fernsehers. Als es wieder blitzte, sah Grace, wie er sich erfreut die Hände rieb. »Ist schon in Ordnung«, flüsterte sie Matthew zu, »er kann gar nicht mehr gut genug sehen, um uns zu erkennen. Ich glaube, er wartet nur auf den Regen. Wird seinem Garten gut tun und …«

»*Komm*, Grace!« Matthew wölbte die Hände über die

Taschenlampe, um den Lichtschein zu dämpfen, und lief zurück ins Gehölz. Grace folgte ihm.

Einen Augenblick später wandte sich Gerald Percy vom Fenster ab. Dieses Mal war er sich sicher, dass er sich nicht getäuscht hatte; er wusste, dass ihm seine Einbildung keinen Streich gespielt hatte. Er war sicher, dass er Geister in seinem Garten gesehen hatte. Wäre er selbst ein Geist gewesen, wäre er auch in einer solchen Nacht umhergewandert. Die drückende Nachtluft, das Gewitter, das sich zusammenbraute, und natürlich die himmlischen Zeichen. Gerald wandte seine Aufmerksamkeit gerade rechtzeitig dem Fernseher zu, um zu sehen, wie Dracula seine Zähne in die milchigweiße Haut seiner letzten Braut stieß. Sie schrie. Gerald seufzte zufrieden.

Matthew und Grace trennten sich vor dem Gewächshaus.

»Bist du sicher, dass du wirklich keine Hilfe brauchst?«, fragte er.

»Nein, wirklich nicht, Matthew.« Ihr schelmisches Lächeln sagte ihm, dass sie sich amüsierte. Er freute sich darüber. Grace brauchte etwas Abwechslung, etwas, das sie von ihren Sorgen ablenkte. Mit etwas Verspätung begann Matthew sich Gedanken zu machen. Er war sich sicher, dass Grace noch nie das Gesetz gebrochen hatte.

»Nun ... versteck sie irgendwo, ja?«

Grace dachte an ihre Vorstellung einer Schmugglerkarriere und unterdrückte ein Kichern. Es war besser, Matthew nichts davon zu sagen, dachte sie. Matthew wäre entsetzt.

Neckisch schubste sie ihn in Richtung Einfahrt.

»Geh nach Hause. Nicky wird sich fragen, wo du bist. Mach dir keine Sorgen um mich. Niemand wird vermuten, dass eine Witwe mittleren Alters in ihrem Gewächshaus Cannabis anbaut!«

Kapitel 5

Nicky hatte sich tatsächlich Sorgen um Matthew gemacht. Als er schließlich zu Hause ankam und gestand, dass er den Abend damit verbracht hatte, Grace als Retterin seiner Pflanzen anzuwerben, war sie gar nicht begeistert.

»Aber sie macht das, weil sie mich entlassen musste. Ist es nicht nett von ihr?«, hatte er gesagt.

Genau das war Matthews Problem, dachte Nicky. Er war einfach zu nett und glaubte zu leicht an die Nettigkeit anderer Leute. Zugegeben, sein Optimismus und sein Enthusiasmus gehörten zu seinen liebenswertesten Eigenschaften, aber sie grenzten nah an Naivität, vermutete Nicky.

»Nun«, sagte sie, »ich denke, Grace hat schon genug Probleme, auch ohne eure Drogengeschichte.«

»Drogen! *Drogen!*« Lachend hatte Matthew sie auf das Bett geschoben. Er sprang neben sie und versuchte, grimmig auszusehen. »Es ist doch nur ein klitzekleines bisschen Dope.«

»Du weißt genau, wovon ich spreche, Matthew. Es ist immer noch illegal. Und Grace ist im Moment völlig schutzlos.« Sie sah ihm tief in die Augen. »Ich hoffe, du nutzt das nicht aus.«

Immer noch grimmig dreinschauend, hatte Matthew nach ihr gegriffen und gesagt, es gebe da jemand anderen, den er ausnutzen wollte. Nicky hatte keine Einwände erhoben, und innerhalb weniger Sekunden war das Dope vergessen.

Aber mitten in der Nacht war Nicky aufgewacht und hatte sich Sorgen gemacht. Weniger um Grace als um Matthews sorglose Haltung, seine Weigerung, sich wegen einer neuen Stelle Gedanken zu machen, und ihre Befürchtung, dass ihr gemeinsames Leben auf ernstere Bahnen zusteuerte.

In Martins Praxis wurden diese Befürchtungen nun bestätigt.

»Ja«, sagte Martin, »tatsächlich schwanger.« Sein Ton war locker, beinahe schnoddrig, aber als er Nicky über den Schreibtisch hinweg anblickte, wartete er auf ihre Reaktion. Er wusste, dass er den Ruf hatte, Leben – und manchmal auch Tod – wie Spaß zu betrachten. Er wusste auch, dass dies eine erfolgreiche Methode war, ein enges Verhältnis zu seinen Patienten aufzubauen. »Ist das gut so?«, fragte er und beobachtete sie scharf.

Nicky versuchte undurchdringlich auszusehen, konnte aber einen Augenblick lang ihre Freude nicht verbergen. Sie sah auf ihren Schoß und dann wieder Martin an. »Ja«, sagte sie, »das ist gut so.« Dann gab sie alle Täuschung auf. Ihre dunklen Augen glühten, als sie Martin anlächelte. »Eigentlich ist es absolut toll.«

Martin nickte. »Äh ... irgendeine Ahnung, wer der Vater sein könnte?«

Für einen Sekundenbruchteil war Nicky wütend. Dann versuchte sie, böse auszusehen. Martin beachtete das nicht und sah die medizinischen Berichte auf seinem Schreibtisch durch. »Nun, ich glaube, ich weiß es. Ich habe mir die Testproben angesehen. Einige der Chromosomen trugen kleine Kilts.«

»Sehr witzig, Martin.«

Martin sah besorgt auf. »Ich habe aber auch eine schlechte Nachricht für dich.«

Angst flackerte in Nicky auf. »Was meinst du ...?«

Martin beugte sich vor. »Da ist ein kleines Risiko, dass es rote Haare haben könnte«, flüsterte er.

Nicky atmete erleichtert auf, dann sagte sie Martin, er solle sich verpissen.

Martin nickte freundschaftlich und legte die Berichte zurück in die Mappe. »Wenn du noch etwas wissen willst, weißt du ja, wo du mich finden kannst.«

»Das ist alles?«

»In diesem Stadium ja. Du bist erst am Anfang, Nicky. Alles, was ich dir raten kann, ist, in zwei Wochen wiederzukommen, die Kippen sein zu lassen ...«

»... ich rauche nicht.«

»Ach ja, hatte ich vergessen. Nun, lass den Alkohol und halte dich von Drogen fern. Ach, da wir gerade beim Thema sind ... wie geht es unseren Pflanzen?«

Nicky zog eine Grimasse. »Matthew hat einen Experten hinzu gezogen.«

Martin war tief beeindruckt. »Oh, das klingt gut. Diese Samen waren verdammt teuer, weißt du. Es wäre wahrhaft eine Tragödie, wenn sie eingingen. Ich hoffe ...«

»Martin«, unterbrach ihn Nicky, »erwähn das Baby noch nicht, ja? Ich möchte ... es ihm erzählen, wenn der richtige Augenblick dazu gekommen ist.«

Sie macht sich Sorgen, dachte Martin. Dann fiel ihm ein, warum. Matthew hatte keinen Job. Das und die Tatsache, dass Nicky mit ihrer fortschreitenden Schwangerschaft auch ihre eigene Arbeit nicht mehr würde ausführen können, würde Probleme mit sich bringen. Er hoffte, dass der richtige Augenblick bald kommen würde.

Er warf Nicky einen Blick völligen Erstaunens zu. »Welches Baby denn?«

Nicky grinste.

Martin deutete auf das Glas mit den Süßigkeiten, das auf seinem Schreibtisch stand. »Nimm dir ein Bonbon. Normalerweise sind sie nur für meine Lieblingspatienten, aber ...«

»... ich wette, das sagst du zu allen Mädchen.« Nicky nahm sich ein Brausebonbon. »Und zu den

Jungens. Und zu den netten alten Damen. Und ...«

»Ja, ja. Und jetzt raus mit dir. Du kannst nicht den ganzen Tag meine Praxis blockieren.« Sie wussten beide, dass Martins schroffe Art nur vorgetäuscht war. Er freute sich für Nicky. Und für Matthew. Aber als Nicky die Tür hinter sich schloss, machte er sich Sorgen. Er wünschte sich, dass es seinen Freunden gut ging, und es war klar, dass es Matthew im Augenblick nicht besonders gut ging.

Matthew sah das jedoch anders. Zur gleichen Zeit, als Nicky aus der Dorfpraxis trat, schlenderte er in Graces Gewächshaus.

Grace stand an einem ihrer Pflanztische, vor sich die Cannabis-Pflanze. »Wird sie überleben, Frau Doktor?«, fragte er und trat näher.

Grace gab sich große Mühe, nicht allzu selbstzufrieden auszusehen. Sie war sich nicht sicher, ob es ihr gelingen würde, und wandte ihren Blick deshalb wieder der Pflanze zu. »Ich denke schon«, sagte sie nur.

Matthew sah die so harmlos aussehende Pflanze an. War es nur Wunschdenken, oder sah sie schon besser aus als letzte Nacht? Sie erschien ihm kräftiger und triebfreudiger.

»Woher sind die Samen?«, fragte Grace.

»Oh ... hm ... von einem Typen aus dem Pub in Bodmin.«

Grace lachte. »Nein, ich meine, was für eine *Sorte* sind sie?«

»Ach so. Sie sind eine Kreuzung. *Indica* und *Sativa*. Hm ... Purpurdunst und Morgenperle gekreuzt mit *Ruderalis*.«

Einen Moment lang war Grace verblüfft. »Nun, wie auch immer, sie gedeihen nur in einem sehr sonnigen Klima.«

Matthew schaute geknickt drein. Er vermutete, dass

sie selbst in Graces sehr hellem Gewächshaus nicht wachsen würde. »Oh ... wenn du das sagst.«

Grace bemerkte Matthews Enttäuschung, doch ein Lächeln stahl sich auf ihre Lippen. »Es ist die Blüte, auf die du scharf bist?«, fragte sie und beugte sich über die Pflanze.

Matthew stand neben ihr und versuchte, nicht wie ein ungezogener Schuljunge auszusehen. »Nun, hm ... ja.«

»Schau mal.«

»Was denn?«

»Sieh hin.« Grace gab Matthew ihre Lupe, und er sah, was sie meinte. Zu seinem Erstaunen hatte eine winzig kleine Knospe zu wachsen begonnen.

»Du lieber Himmel!« Matthew ließ beinahe die Lupe fallen. »Wie hast du das in weniger als vierundzwanzig Stunden geschafft?«

Grace zuckte die Achseln.

Matthew sah sie plötzlich in einem ganz anderen Licht. »Du bist eine Hexe«, erklärte er.

Grace musste wieder lachen. »Oh, ich habe damit gar nichts zu tun. Es ist nur eine Frage des Lichts. Kein Licht, keine Blüten, so einfach ist das.«

»Aber die Knospe ist *über Nacht* gewachsen. Da war es dunkel.«

»Aber nicht hier drinnen.« Grace wandte sich um und deutete auf die vielen Apparate, ohne die viele ihrer Pflanzen eingegangen wären. »Ich hatte die ganze Nacht den Luftbefeuchter an. Nicht so, dass sie ganz nass geworden wäre, nur ein wenig Feuchtigkeit alle paar Minuten. Auf der anderen Seite hatte ich die Lampe, also ...«

»... also habe ich Recht. Du bist eine Hexe.« Matthew schüttelte verwirrt den Kopf. »Harvey und Martin werden sehr zufrieden sein.« Und das war er auch, genauso wie Grace. Der Anbau von Marihuana,

Cannabis oder Hanf oder wie immer das Zeug hieß, war zwar illegal, aber es machte dennoch Spaß.

Der einzige wirkliche Feind des Gärtners war in Graces Augen die Unwissenheit, also schlug sie später an diesem Morgen in ihrer stattlichen Menge an Gartenbüchern nach. Sie suchte nach weiteren Informationen über ihren jüngsten Patienten.

Auch wenn Matthew behauptete, seine Pflanze sei eine Kreuzung, war sich Grace doch einigermaßen sicher, dass es sich um eine Abart von Hanf handelte, der so genannte *Cannabis sativa*. Es amüsierte sie, dass die Bedeutung von *sativa* ›nützlich‹ war. Der Autor des Buches fand das jedoch überhaupt nicht amüsant. Er wies darauf hin, dass es völlig legal sei, die Wurzeln, Stiele und Halme zu besitzen (die bei der Herstellung von Papier, Kleidung, Brennstoff und Nahrung sehr nützlich waren), der Besitz der Blüten und Blätter jedoch ein verabscheuungswürdiges Verbrechen war. Grace musste nicht weiter lesen, um herauszufinden, warum. Sie wunderte sich jedoch über die perverse Logik des Gesetzes hinsichtlich der Pflanze Cannabis. Sie lachte laut auf, als sie las, dass es legal war, den Samen zu besitzen (und zu essen), solange er unfruchtbar war. Sie beschloss, sich das gut zu merken, um es Matthew erzählen zu können.

Das Buch beschrieb weiter die verschiedenen Eigenschaften der Pflanze, ohne ihr jedoch Hinweise zu geben, wie sie ihr Wachstum beschleunigen konnte, denn ›es ist unmöglich, die Pflanze *Cannabis sativa* anzubauen, ohne gleichzeitig in den Besitz der illegalen Droge Marihuana zu gelangen‹. So viel, dachte Grace, zu Matthew und seinen Hosen. Dann runzelte sie die Stirn: wie stellte man eigentlich Hosen aus Hanf her?

Aber auch diese Information enthielt das Buch nicht. Dennoch hatte sie genug über die Eigenschaften und die Herkunft der Pflanze erfahren, um einzuschätzen, wie sie sie möglichst schnell anbauen konnte. Tuffgestein oder Perlit wäre vermutlich gut, da die Pflanze nicht zu nass gehalten werden sollte. Was den Boden anging hatte Grace mit einem pH-Wert von 6,5 schon das Richtige getroffen, denn ein saurer Boden würde überwiegend männliche Pflanzen hervorbringen. Das wiederum war schlecht wegen der Blüten. Grace runzelte die Stirn. Die Blüten waren das größte Problem. Künstliches Licht war gut und schön, aber handelsübliche Glühbirnen – egal wie stark – strahlten immer einen hohen Anteil an Infrarotlicht aus, was wiederum das Wachstum der Stiele begünstigte. Das war in Ordnung für die Herstellung von Segeltuch, aber Matthew hatte nicht die Absicht, segeln zu gehen. Grace kicherte in sich hinein. Matthew wollte eher davongetragen werden.

Grace war völlig vertieft in ihr neues Projekt. Alle Sorgen über ihre finanzielle Notlage waren vergessen: sie wollte nur so viele Blüten wie möglich für Matthew züchten. Sie schloss das Buch, ging durch den sonnendurchfluteten Salon und blieb vor dem Bücherregal stehen. Irgendwo musste ein Buch sein, in dem alles über Licht und Gärtnern stand. Was sie wirklich brauchte, war eine ganze Batterie von großen UV-Strahlern. Sie würden der Pflanze zu schnellem Wachstum verhelfen. Grace wollte nicht darüber nachdenken, was das wohl kosten würde. Sie blätterte die Bücher durch. Es gab Bücher über Hortensien und Hydrokultur, aber wo war eins über Licht? Brauchte sie eher blaues Licht für den Cannabis oder rotes? Oder war es weißes gewesen? Sie konnte sich beim besten Willen nicht erinnern.

Sie grübelte noch darüber nach, als es an der Tür klingelte. Grace beschloss, das Klingeln nicht zu beachten. Sie erwartete niemanden, und wenn jemand aus dem Dorf unangemeldet vorbeikam, wusste er, was er zu tun hatte. Sie studierte weiter die Bücher. Es klingelte erneut, diesmal länger. Grace seufzte. Die warnende Stimme in ihrem Inneren erinnerte sie an ihre düsteren Vorahnungen von gestern, aber sie schenkte ihnen keine Beachtung, wie dem Klingeln an der Tür. Sie hatte Wichtigeres zu erledigen.

Das hatte die Person an der Tür auch. Nachdem der Besucher noch zweimal geklingelt hatte, gab er auf, versuchte die Tür zu öffnen und war angenehm überrascht, dass sie nicht verschlossen war. Graces Herz setzte einen Schlag lang aus, als sie eine fremde Stimme zögernd ihren Namen rufen hörte. Grace unterdrückte den Wunsch, sich zu verstecken, ging in den Flur und sah sich einem dienstbeflissen aussehenden jungen Mann in einem billigen Anzug gegenüber. In seiner Hand hatte er ein Klemmbrett.

»Ah! Mrs. Trevethan?«

»Ja.« Wahrscheinlich sollte ich lächeln, dachte Grace. Bestimmt jemand, der den Zähler ablesen will, sagte sie sich.

Aber die Leute, die kamen, um die Zähler abzulesen, streckten normalerweise nicht die Hand aus und stellten sich vor. »Nigel Plimpton«, sagte er und schüttelte kräftig ihre Hand. Er sah Grace erwartungsvoll an.

Aber Grace hatte keine Ahnung, was er erwartete. Alles, was sie sagen konnte, war: »Oh.«

Nigel Plimpton wies durch die geöffnete Haustür auf die Einfahrt. »Kann ich mein Auto dort stehen lassen?«

Grace sah den blauen Golf, der neben ihrem uralten Mini stand. »Äh ... ja.«

»Gut, gut.« Nigel Plimpton trat einen Schritt näher. Dann sah er sich besorgt um.

»Hunde?«, fragte er und sah sich um.

»Hunde?«

»Ja, Hunde. Haben Sie Hunde?«

»Ach, jetzt verstehe ich. Nein, nein ... ich habe keine Hunde.«

»Sehr gut«, sagte der erleichterte Besucher und grinste. »Briefträgern und Gutachtern können unsere vierbeinigen Freunde absolut nicht widerstehen.«

Bevor Grace ihn daran hindern konnte, hüpfte er an ihr vorbei und sah sich wohl wollend im Flur und im Salon um. »O ja. Ja, ja, ja! Dies ist fabelhaft«, sagte er mit unverhohlener Begeisterung. »Hinreißende Jalousien.« Während er zum nächstgelegenen Fenster rannte, holte er ein Zentimetermaß aus der Brusttasche. »In einem so alten Haus sind so große Fenster wirklich selten. *Wunderschöne* Aussicht. Daher so groß, nehme ich an.«

Völlig sprachlos folgte Grace ihm in das Zimmer. Sie verstand nicht, was gerade vorging. »Kann ich Ihnen helfen?«, bot sie an.

»Nein, nein, ich komme schon allein zurecht.« Er machte sich eine Notiz auf seinem Klemmbrett und wandte sich wieder in seiner munteren Art an sie. »Eine Tasse Tee wäre jedoch sehr nett«, fügte er hinzu.

Grace wurde immer verwirrter. »Es tut mir Leid«, sagte sie, »ich habe keine Ahnung was Sie hier wollen. Wahrscheinlich sind Sie im falschen Haus.«

Aber Nigel war stolz darauf, dass er nie Fehler machte. »Liac House?«, fragte er.

»Ja.«

Er strahlte sie wieder an. »Dann ist es richtig.« Er drehte sich erneut dem Fenster zu. »Ich mache einfach meine Arbeit, ja? Oh, und ... mit Milch und Zucker.«

»Hier muss ein Irrtum vorliegen«, sagte Grace. Sie war jetzt ärgerlich und wollte diesen schrecklichen Menschen aus dem Haus haben. Und ganz sicher würde sie ihm keinen Tee machen.

Jetzt war Nigel verwirrt und sah sie an. Diesmal

schenkte er ihr mehr Aufmerksamkeit. Sie sah nett aus, dachte er. Sogar hübsch für ihr Alter. Aber was ihm am meisten auffiel, war die Angst in ihren Augen. Langsam wurde ihm die Situation klar. Sie hatte die ganze Angelegenheit aus ihrem Hirn verbannt. Das passierte ihm nicht zum ersten Mal. »Schätzung für die Firma Ramptons betreffs ausstehender Schulden?«, gab er ihr das Stichwort.

Grace schüttelte den Kopf.

Nigel wurde die Situation peinlich. »Das ist die normale Vorgehensweise, bevor ein Haus versteigert wird.«

»Aber dieses Haus wird nicht versteigert!«

»Ah.« Nigel seufzte. »Nun ... ich fürchte doch.« Als er Graces zutiefst erschrockenen Gesichtsausdruck bemerkte, hustete er und griff in seine Jacketttasche. »Ich habe hier, hm, eine Kopie des Schreibens.«

»Was für ein Schreiben?«

»Der Brief von Ramptons.« Er gab es Grace.

Aber der maschinengeschriebene Brief verschwamm vor ihren Augen.

»Leute in Ihrer Lage«, fuhr Nigel fort und mied ihren Blick, »öffnen häufig ihre Post nicht mehr, also ... also bin ich oft der erste Beweis, dass es wirklich so ist.«

»Dass was wirklich so ist?«

»Die, äh .... die Schätzung.«

Eigentlich war das nicht so schwierig, aber Grace wollte nicht glauben, was der Mann ihr gerade sagte. Also glaubte sie ihm nicht. Sie bat ihn zu gehen.

Nigel trat von einem Fuß auf den anderen. »Es tut mir Leid, aber ... das kann ich nicht.« Er sah sie halb bittend und halb entschuldigend an. »Ich muss das hier wirklich tun.«

Grace holte tief Atem. Sie hatte keine Kraft mehr, mit dem Mann zu streiten, aber sie wollte ihn auch keine

Minute länger im Haus haben, sonst würde sie selbst am Ende noch glauben, was er soeben beginnen wollte.

»Ich möchte wirklich, dass Sie jetzt gehen«, wiederholte sie.

Nigel Plimpton setzte gerade zu einer Antwort an, als plötzlich ein strammer Kerl von ein Meter achtzig in Gummistiefeln und mit finsterem Blick hinter Grace auftauchte. Zornerfüllt sah er Nigel an. »Haben Sie nicht gehört, was die Dame gesagt hat?«, bellte er mit tiefer Stimme und einem breiten schottischen Akzent. »Sie möchte, dass Sie jetzt gehen.«

Nigel lächelte schwach – und leistete keinen Widerstand. Er hatte keineswegs die Absicht, sich auf eine Auseinandersetzung mit dieser Gestalt einzulassen. »Ah.« Er kramte in einer weiteren Tasche und brachte eine Visitenkarte zum Vorschein. Matthew im Auge behaltend, reichte er sie Grace. »Ja. Ich verstehe, dass dies nicht der günstigste Zeitpunkt ist. Warum rufen Sie nicht im Büro an und verabreden einen neuen Termin?«

Wie betäubt nahm Grace die Karte und beobachtete, wie Nigel durch den Torbogen verschwand und sich in seinem Auto in Sicherheit brachte.

Besorgt sah Matthew Grace an. »Geht es dir gut?«

Grace nickte.

»Was wollte er?«

»Er ... nun, er schien zu glauben, dass dieses Haus versteigert werden soll.«

»*Was?*«

Grace rang die Hände und versuchte Matthew anzulächeln. Es gelang ihr nicht. Ihr Gesichtsausdruck verriet ihre Qual.

»Das kann nicht stimmen«, sagte Matthew.

»Nein«, sagte Grace.

Matthew kratzte sich am Kopf. »Warum rufst du nicht Melvyn Stott in der Bank an? Er kann das sicher erklären.«

Aber im Grunde glaubte er das nicht. Nicht wirklich. Genauso wenig wie Grace.

»Ruf ihn an«, sagte Matthew und wies auf den Apparat im Flur. »Ich gehe und ... mache uns eine Tasse Tee.«

»Die wollte er auch haben«, sagte Grace.

»Äh, wer?«

Grace zeigte auf die Karte in ihrer Hand. »Der Mann von Ramptons.« Sie lachte spröde und ohne einen Anflug von Humor. »Er wollte eine Tasse Tee haben, während er das Haus schätzte.«

Matthews Gesicht verriet, dass er eine genaue Vorstellung davon hatte, wohin der Mann von Ramptons sich seinen Tee stecken sollte.

Er wies wieder auf das Telefon und verschwand in Richtung Küche.

Grace ging zum Telefon und wählte mit zitternder Hand die Nummer der Bank.

»Southern Bank, guten Tag.«

»Oh ... guten Tag. Ich ... würde gern mit Melvyn Stott sprechen.«

»Wer spricht, bitte?«

»Grace Trevethan.«

»Oh, Mrs. Trevethan!« Die Stimme, die bis jetzt sehr geschäftig (und ein wenig affektiert) geklungen hatte, fiel in den vertrauten lokalen Tonfall. »Wie *geht* es Ihnen?« Das war eigentlich keine Frage, sondern mehr ein Ausdruck von Mitleid.

O Gott, dachte Grace. Gibt es denn keinen Ausweg? Einen kurzen heftigen Moment lang war sie geneigt, einfach den Hörer aufzuknallen, aber das würde die Dinge nur noch schlimmer machen. Auch wenn Wendy Treglowan es gut meinte, würde sie in kürzester Zeit im Dorf verbreiten, dass Grace am Durchdrehen war. Grace verfluchte innerlich, dass sie in so einer kleinen Gemeinde lebte, doch sie holte Atem und setzte die

Unterhaltung fort. »Es geht mir gut, danke, Wendy. Wie geht es Ihnen?« Dann biss sie sich auf die Lippen. Das war das absolut Falscheste, was sie sagen konnte.

»Nun, es ist merkwürdig, dass Sie danach fragen. Ich hatte da diesen Schmerz in meinem Ohr, und Sie kennen mich, ich fackele nicht lange, also habe ich einen Termin bei Dr. Bramford gemacht, und ... nun, und ...!« Wendy senkte ihre Stimme. »Ich weiß, dass es irgendeine Verbindung zwischen Nasen und Ohren gibt, aber mein Geruchssinn hat immer einwandfrei funktioniert, und ich bin fast umgefallen, als ich seine Fahne roch!«

»Wendy ...«

»Dr. Bamfords Fahne. In der Praxis!«

»Wendy, ich würde wirklich gern mit Melvyn sprechen, bitte.«

»Oh.« Statt affektiert klang Wendy jetzt ärgerlich, als sie wieder geschäftsmäßig wurde. Aber den letzten Klatsch musste sie noch loswerden. »Ich stelle Sie durch. Ich hätte schwören können, dass er auch geraucht hatte. *In der Praxis.*«

Diesmal war Grace schlau genug, nicht zu antworten.

»Ich stelle Sie durch«, wiederholte Wendy.

Einen Augenblick später erklang Melvyns Stimme. »Grace.« Auch wenn er nur dieses eine Wort sagte, klang es, als ob er mit einer Kranken spräche. Im Grunde war er so etwas wie ein Arzt. Oder wenigstens ein Berater.

Grace hatte genug Nettigkeiten mit Wendy ausgetauscht und verzichtete auf weitere Formalitäten. »Melvyn, ich hatte gerade Besuch von einem *Mann* ...« O Gott, dachte sie, ich höre mich an wie Wendy. »Ich hatte gerade Besuch von diesem kleinen Mann, der mir weismachen wollte, dass das Haus zur Versteigerung anstünde. Er sagte, ... er müsse es schätzen, aber ich habe ihm gesagt, dass das nicht stimmen kann, und er hat mir seine Karte gegeben, und dann hat ihn der liebe Matthew rausgeschmissen und …O Gott, Melvyn! Was soll das alles bedeuten? Hast du etwa eine Ahnung, was er wollte?«

Melvyn hatte eine Ahnung. Mehr als nur eine Ahnung. Er kannte alle Fakten. Außerdem lag ein Brief von Ramptons vor ihm, der diese Fakten im Detail erläuterte. Er war gerade im Begriff gewesen, sie Grace in einem Brief mitzuteilen.

»Grace. Beruhige dich, Grace«, sagte er sanft. »Weißt du, von welcher Firma der Mann kam? Hast du die Karte?«

»Ja.« Grace ließ beinahe den Hörer fallen, als sie ihm die Details vorlas. »Die Firma heißt Ramptons.«

»Ah.«

Grace konnte die Resignation in Melvyns Stimme hören. »Wer sind die, Melvyn? Wie können sie irgendetwas mit meinem Haus zu tun haben?«

Melvyn holte tief Luft. »Nun, die Sache ist die, Grace. Es scheint, dass John … einige Interessen hatte, über die er nicht gesprochen hat.«

Ja, dachte Grace. Honey Chambers zum Beispiel.

»Ich habe gerade selbst erst einen Brief von Ramptons bekommen. Und … nun, ich bin genauso überrascht wie du, Grace.«

»Überrascht *worüber*?«

»Hm … Ramptons ist eine große Investment-Gesellschaft in der Stadt. John war Teilhaber an einer Interessengemeinschaft, die … den Bach runtergegangen ist.«

Grace hatte gedacht, sie hätte das Schlimmste hinter sich. Sie fragte sich, ob Melvyn wohl ihr Herz am Ende der Leitung schlagen hören konnte, so laut erschien es ihr. Sie schluckte. »Also … also schulde ich ihnen Geld, stimmt's?« Es war verrückt, aber eigentlich wollte sie darüber lachen. Was bedeutete schon Geld? Und was

Schulden? Und überhaupt: es war ganz egal. Sie hatte kein Geld.

»Ja«, sagte Melvyn.

»Wie viel?«

Melvyn war froh, dass Grace ihn nicht sehen konnte. Er sah auf die Zahlen, die klar und deutlich vor ihm lagen. »Wenn du sie nicht bezahlst, können sie ... Anspruch auf einige oder auch auf alle deiner Vermögenswerte erheben.«

Grace hätte beinahe gelacht. »Ich habe *keine* Vermögenswerte, Melvyn.«

»Nein. Nicht Bargeld oder so etwas.« O Gott, dachte er. Das wird Grace gar nicht gefallen. »Du hast ... du hast Liac House.«

»Aber da sind Hypotheken drauf! Ich muss jeden Monat zweitausend Pfund dafür bezahlen!«

Melvyn seufzte wieder. Wie er diese Unterhaltung verabscheute. Ganz besonders mit dieser Frau. »Ja, aber die Hypothek, die John aufgenommen hat, war nicht über den gesamten Wert des Hauses. Theoretisch, verstehst du ... nun, eigentlich, ... das heißt, rechtlich kann Ramptons den gesamten Rest beanspruchen.«

Grace schwieg.

Melvyn dachte, sie hätte ihn nicht verstanden. »Das Haus stellt immer noch einen Vermögenswert dar, verstehst du?«

Grace fand ihre Stimme wieder, allerdings eine sehr zittrige. »Wie viel?«

»Nun, ich würde darauf bestehen, eine zweite Schätzung einzuholen. Wir können Ramptons nicht das alleinige Sagen überlassen ...«

»Nein ... wie viel schulde ich Ramptons?«

Melvyn räusperte sich und sah wieder auf den Brief. »Äh ... dreihunderttausend Pfund.«

»Drei ... hundert ... tausend ...«

»... Ungefähr.«

»Ungefähr«, echote Grace kaum hörbar. Was hatte sie sich doch letzte Nacht geschworen? Dass sie das Haus auf alle Fälle behalten würde? Plötzlich klang das hohl in ihren Ohren.

»Grace?«

Grace hörte immer noch den hohlen Klang.

»Grace?«, wiederholte er. »Ich verstehe, dass das alles ein bisschen viel auf einmal ist. Soll ich dir nicht die Einzelheiten aufschreiben und ...«

»...Drei ... hundert ... tausend«, wiederholte Grace.

»Ich weiß, das ist eine Menge, aber ich bin sicher ...«

»Melvyn, was soll ich *tun*?«, jammerte Grace.

»Nichts«, sagte Melvyn bestimmt. »Du sollst gar nichts tun, Grace. Wenn Ramptons sich wieder meldet, verweise sie an mich. Und, Grace, mach dir keine Sorgen«, setzte er mitfühlend hinzu, »ich werde mir etwas ausdenken. Vertrau mir.« Er legte den Hörer auf und wünschte, er hätte das Wort ›vertrauen‹ nicht benutzt. Er wusste, dass er Grace enttäuschen würde. Ihre Situation war aussichtslos und er konnte nichts dagegen tun. Dass ihre Lage allgemein bekannt war, machte es nicht leichter. Es war bedauerlich, dass es ihm nicht gelungen war, die Angelegenheit zwischen sich und Grace zu halten. Aber Geheimnisse ließen sich in St. Liac nur schwer bewahren.

Es überraschte ihn, dass es ihm gelungen war, sein eigenes kleines Geheimnis schon so lange für sich zu behalten.

In Liac House dachte auch Grace über das Wort ›Vertrauen‹ nach. Ein merkwürdiges Wort, grübelte sie. Und so trügerisch. Immerhin hatte auch sie John vertraut.

Wie in Trance wanderte sie durch die Halle und den Flur entlang zur Küche. Sie übersah Matthew und tief in Gedanken versunken ging sie schnurstracks auf

Johns Fotografie zu, die auf der Kommode stand. Sie nahm sie hoch und betrachtete sie völlig emotionslos, als wäre es das erste Mal. Ein gut aussehender Mann, dachte sie. Sorglos lachte er sie aus seinem Liegestuhl heraus an. Grace schüttelte den Kopf. »Scheißkerl!«, stieß sie hervor und knallte die Fotografie mit dem Gesicht nach unten auf die Kommode.

»Grace?«

Grace fuhr zusammen und wandte sich zu Matthew um, der am Küchentisch saß und sie mit einer Mischung aus Sorge und Verlegenheit betrachtete. »Oh!«, sagte sie, »Matthew ... ich hatte ... ich hatte vergessen ...« Es war Grace peinlich, dass er Zeuge ihres ungewöhnlichen Ausbruchs geworden war. Sie konnte ihn nicht ansehen.

Matthew stand auf. »Wäre es dir lieber, wenn ich jetzt ginge?« Matthew war sensibel genug, um zu spüren, wann er die Privatsphäre eines anderen Menschen verletzte.

»Ja. Nein ... ich meine ... das heißt ...« Grace konnte ihren Satz nicht beenden. Sie brach in Tränen aus.

Matthew reagierte instinktiv. Er schob seinen Stuhl zurück, lief zu Grace und nahm sie in die Arme. Sie vergrub ihr Gesicht an seiner Schulter und weinte. Sie standen ganz still und Grace fühlte sich jämmerlich – und war Matthew dankbar. Matthew wünschte, es würden ihm die passenden Worte einfallen. Aber Worte schienen absolut überflüssig und Matthew betrachtete die gegenüberliegende Wand. Zusammenhanglos fragte er sich, was Grace dazu veranlasst haben mochte, den Raum in diesem merkwürdigen Lila-Ton zu streichen. Dann erinnerte er sich, dass sie versucht hatte, den Raum ein wenig aufzuhellen, da er als einziger des Hauses ziemlich dunkel war. Der Versuch war fehlgeschlagen, dachte er. Die Küche sah immer noch düster aus.

Grace schniefte und löste sich von Matthew. »Tut

mir Leid«, sagte sie und sah ihn mit einem zögernden Lächeln an. Sie war noch verlegener. Matthew war ihr Gärtner. Und sie war Grace Trevethan – und nicht Lady Chatterley.

»Ist schon in Ordnung«, erwiderte Matthew und täuschte Lässigkeit vor. Er trat einen Schritt zurück und sah ihr in die Augen. »Es ist schlimm, oder?«

Sie nickte. »Noch schlimmer.« Grace griff nach einem Taschentuch, trocknete sich die Augen und schniefte erneut. »Dieser schreckliche kleine Mann hatte jedes Recht, mit seinem Klemmbrett und seinem Zentimetermaß in dieses Haus zu kommen ... Ich werde das Haus verlieren, Matthew.«

»Nein!«

»Ich kann nichts dagegen tun.«

Matthew kratzte sich am Kopf. Es war schrecklich, aber er befürchtete, dass Grace Recht hatte. »Sieh mal«, sagte er, » wir setzen uns jetzt hin und ... und trinken eine Tasse Tee.« Sobald er die Worte ausgesprochen hatte, bedauerte er es. Tee. Das großartige britische Wundermittel. Das Allheilmittel. Er wünschte, er hätte stattdessen Whisky gesagt.

»Ich möchte keinen Tee«, sagte Grace.

»Nein.«

»Ich möchte Wein.«

Matthew musste lachen. »Grace, es ist erst vier Uhr nachmittags.«

Grace grinste. »Nun, irgendwo auf der Welt geht bestimmt gerade die Sonne unter. Das hat mein Vater immer gesagt.«

»Oh ...«

»Mach eine Flasche auf, ja, Matthew?« Grace tupfte sich wieder die Augen, ging zu einem der hinteren Schränke und begann darin herum zu wühlen. Sie fand nicht, wonach sie suchte, und öffnete den nächsten. Sie durchstöberte noch zwei Schubladen, bis sie das Gesuchte fand. Als sie sich wieder zu Matthew umdrehte, hielt sie in der einen Hand eine Schachtel Zigaretten und in der anderen eine Packung Streichhölzer.

»Grace!«

Graces Hand zitterte, als sie ein Streichholz anzündete. »Frauen dürfen auch rauchen, Matthew.« Das klang schärfer, als sie beabsichtigt hatte. Grace wurde selten scharf und sie setzte sich selten durch. Vielleicht war das ihr eigentliches Problem.

Matthew schämte sich. »Ich meinte doch bloß ... nun, ich wusste nicht, dass du rauchst.« Er warf einen Blick in den Kühlschrank und mit einer Grimasse wies er auf Gerald Percys Kartoffelwein. Ohne Begeisterung nahm er die Flasche und zeigte sie Grace. »Den hier?«

»Um Gottes willen, nein!« Grace war entsetzt.

Matthew grinste erleichtert. »Grauenhaftes Zeug, nicht?«

Grace inhalierte den Rauch tief. Er schmeckte ein wenig abgestanden, aber das war eigentlich egal. »Furchtbar. In dem Schrank daneben steht ein anständiger Rotwein. Nimm den.«

Matthew zuckte mit den Schultern. Wenn es Grace danach besser ging, würde er sicherlich nicht mit ihr darüber streiten.

Grace holte Gläser aus einem anderen Schrank. Durch die Zigarette fühlte sie sich ein bisschen benebelt im Kopf. Sie fragte sich, ob sie durch den Horror der letzten halben Stunde und den Wein komplett hysterisch werden würde. Vielleicht würde sie auch nur zusammenbrechen. Sie wandte sich wieder Matthew zu und beschloss, dass sie ihm das nicht zumuten wollte. Sie wollte es niemandem zumuten. Seufzend setzte sie sich an den Tisch und wühlte in den Papierbergen herum.

»Bist du sicher, dass das klug ist?«, fragte Matthew, der ihr gegenüber Platz genommen hatte.

»Was?«

Matthew schenkte den Wein ein. »Dass du versuchen willst, deine Finanzen in Ordnung zu bringen.«

»Oh, ich habe nicht die Absicht.« Grace trank einen Schluck Wein und drückte ihre Zigarette aus. Schon zündete sie sich die nächste an. »Ich mache eine Liste.« Sie griff nach einem der braunen Umschläge, drehte ihn um und nahm einen Stift in die Hand.

Matthew betrachtete sie verwirrt. Da saß die sonst so ordentliche, perfekt frisierte und geschminkte Grace mit zerzausten Haaren, verschmierter Wimperntusche, rauchte eine Zigarette nach der anderen und trank am helllichten Nachmittag Wein. Er war sich nicht sicher, ob er schockiert oder verwirrt sein sollte. Und was noch schlimmer war, er wusste nicht, ob Grace sich über ihre Situation klar zu werden begann oder ob sie im Begriff war, den Verstand zu verlieren.

Das erste war der Fall. »Ich mache eine Liste all der Dinge, die ich verkaufen kann.«

»Verkaufen?«

»Ja, Matthew.« Grace sah ihn mit halb geschlossenen Augen an. »Ich bin pleite, hast du das vergessen? Ich brauche Geld. Um ehrlich zu sein, brauche ich dreihunderttausend Pfund, damit ich das Haus behalten kann.« Sie warf ihm einen Blick zu, der ihn davor warnte, Fragen zu stellen. »Da sind auch noch die anderen Schulden«, fügte sie hinzu und zog eine schwungvolle Linie unter das Wort, das sie gerade geschrieben hatte.

Auch wenn es für Matthew auf dem Kopf stand, konnte er doch deutlich das Wort ›Möbel‹ erkennen.

»Bist du dir da ganz sicher?«, fragte er und deutete auf den Umschlag.

Grace nickte. »Das sind doch nur Holzstücke.«

»Ja, aber ... schöne Holzstücke. Manche sind seit Generationen in der Familie.«

Grace seufzte und drückte auch diese Zigarette aus. Rauchen passte eigentlich nicht zu ihr, befand sie. Das war der Ursprung allen Lasters. Sie war sich sicher, dass Honey Chambers rauchte. Sie nahm ihr Weinglas und sah Matthew an. »Es *gibt* keine Familie mehr«, sagte sie.

»Nein, aber ...«

»Und überhaupt mochte mich die Familie nie leiden.«

»Bitte?«

Grace musste bei der Erinnerung lächeln. »Oh, sie haben das nie *gesagt*, Johns Eltern, meine ich. Oder seine Schwester. Aber ich wusste es trotzdem. O ja, ich wusste es. Sie waren der Ansicht, John hätte unter seinem Stand geheiratet.«

»Meinst du ...?«

Grace nickte. »Sie dachten – zumindest Johns Mutter dachte –, dass ich nicht die beste Wahl war.«

»Wie bitte?«

»Nicht aus einer der alten Familien. So etwas in der Art.«

»Na ja, das ist nur dumm. Und eigentlich sind doch alle Familien alt, meinst du nicht?«

Grace kicherte. »Ja, das stimmt wohl, so habe ich das noch nie gesehen. Ich wusste immer, dass sie der Meinung waren, dass John etwas Besseres als die Tochter eines Universitätsdozenten hätte haben können.«

»Dein Vater war Universitätsdozent?«

»Hmm.«

Matthew wurde nachdenklich. »Meiner war Maurer – wenn er denn mal Arbeit hatte.«

»Und deine Mutter?« Grace war fasziniert. Matthew hatte noch nie über seine Familie gesprochen – aber das hatte sie selbst auch nicht.

Matthew sah in sein Weinglas. »Ja ... sie ist gestorben, als ich noch ganz klein war. Ich wurde ... zwischen Tanten und Onkeln herumgereicht.«

»Oh.« Daher kam also seine Ruhelosigkeit, vermutete Grace. »Wie auch immer«, wiederholte sie, »es gibt keine Trevethans mehr, die etwas erben könnten, also …«

»Du sagtest, John hatte eine Schwester. Was ist aus ihr geworden?«

Grace musste wieder kichern. Dann legte sie schuldbewusst die Hand auf den Mund. »Eigentlich ist das nicht komisch. Arme Clare. Sie hatte es sich in den Kopf gesetzt – wahrscheinlich das Werk ihrer Mutter –, dass sie nur einen reichen Großgrundbesitzer aus Cornwall heiraten würde, vorzugsweise einen mit Adelstitel.«

»Und was passierte?«

»Also, das mit dem Titel war relativ schnell vergessen. Es vergingen einige Jahre und der Landbesitz war auch nicht mehr so wichtig, solange der Mann nur reich war. Noch später beschloss man, dass es eigentlich auch keine Rolle spielte, ob er aus Cornwall kam.« Graces Lippen begannen wieder verräterisch zu zucken.

»Und dann?«

»Dann wurde verzweifelt nach jemandem gesucht – nach irgendjemandem –, Hauptsache, er war …«

»… war was?«

»Ein Mann!« Grace biss sich auf die Lippen. Eigentlich war das gar nicht komisch, tatsächlich war es sogar ziemlich traurig gewesen. Dann sah sie Matthews Gesichtsausdruck und brach in Gelächter aus. Genau wie er.

»O Gott«, stöhnte Grace und versuchte sich zu beherrschen. »Ich hätte das wirklich nicht sagen sollen. Vielleicht werde ich wirklich eine Hexe?« Der Gedanke belustigte sie, und sie fing wieder an zu kichern.

Nein, dachte Matthew, keine Hexe, nur ein bisschen hysterisch. Und unter diesen Umständen überraschte ihn das gar nicht.

»Also«, sagte Grace, als sie sich schließlich beruhigt hatte. »Die Möbel. Es gibt acht Schlafzimmer, die voll gestopft sind mit Möbeln. Ich brauche nur eins. Im Salon stehen jede Menge Antiquitäten: brauche ich irgendwas davon? Nein. Brauche ich alle die Gemälde? Nein. Und dann ist da noch das Esszimmer. Sheraton.«

»Was? Wer ist Sheraton?«

»Der Mann, der es entworfen hat.« Grace kaute auf dem Stift. »Ich wette, dafür könnte ich zwanzigtausend Pfund bekommen.«

»Schade drum.«

»Matthew, wann habe ich die letzte Abendgesellschaft gegeben?«

Matthew wusste es nicht – und auch Grace konnte sich nicht daran erinnern. Vielleicht war das auch ein Problem gewesen. Wahrscheinlich gab Honey Chambers dauernd schicke kleine Abendgesellschaften in ihrer eleganten Zweitwohnung in Wilberforce Street Nummer 44. Grace erinnerte sich an die Adresse. London SW3. Sie runzelte die Stirn und versuchte, diese Gedanken aus ihrem Hirn zu verbannen. Sie machte sich weiter Notizen. »Weißt du«, sagte sie, als sie fertig war, »es würde mich nicht wundern, wenn ich für die guten Stücke ungefähr hunderttausend bekäme. Das ist doch nicht schlecht, oder?«

»Nein«, stimmte Matthew zu, »ganz und gar nicht.«

»Fällt dir noch was ein?«

»Zum Verkaufen? Nun ... ha! Was ist mit Johns Auto?« Falls ihn seine Erinnerung nicht trog, hatte John einen erstklassigen BMW gefahren.

Aber Grace wusste schon Bescheid über Johns Auto. »Ich habe Melvyn danach gefragt.« Sie verzog angeekelt das Gesicht. »Es stellte sich heraus, dass es nicht seins war. Geleast. Die Verleihfirma hat es vom Abstellplatz in Heathrow angefordert.«

»Oh.«

»Ja.«

Schweigen.

»Ich denke, dass meine Orchideen etwas wert sind.«

»Grace«, fiel Matthew ein, »du kannst doch deine Pflanzen nicht verkaufen. Sie sind dein Leben.«

»Das ist wahr – aber jetzt könnten sie vielleicht mein Lebensunterhalt sein.«

»Nein.« Die Idee gefiel Matthew ganz und gar nicht. Er schenkte neuen Wein ein und sagte, es werde ihnen schon etwas anderes einfallen.

Aber Grace war bereits etwas eingefallen. Lebensunterhalt. Grace, die Orchideenschmugglerin. Grace mit dem grünen Daumen. Grace, die ein Buch über Hydrokultur besaß – und den Grundstock für eine hervorragende Idee.

»Matthew?«

»Hm?«

»Diese Pflanze, um die ich mich an deiner Stelle kümmere ...?«

»Hm-hm.« Irgendwie sah Grace schuldbewusst aus, fand er.

»Wie viel ist sie wert?«

O Gott. Grace war tatsächlich schuldbewusst. »Sie ist doch nicht eingegangen, oder?«, fragte er. Das fehlte ihm gerade noch.

»Nein. Überhaupt nicht. Sie, äh ... sie gedeiht. Ich fragte mich nur, wie viel ... wie viel würdest du dafür bekommen?«

Matthew korrigierte seinen Eindruck. Grace war nicht schuldbewusst. Gerissen traf es besser.

»Jede Unze von diesem guten Stoff ist Gold wert«, sagte er und beobachtete sie scharf.

»Und dieser Stoff ist wirklich gut?«

Matthew nickte. Das kann sie nicht tun, dachte er.

Nicht ernsthaft. Mit aufgerissenen Augen sah er sie über den Tisch hinweg an. »Du denkst doch nicht ... ernsthaft ... darüber nach ...?«

Grace sprang auf. »Ins Gewächshaus«, befahl sie. »Auf der Stelle!«

Kapitel 6

»Hier, das meine ich.« Grace konnte sich kaum zügeln, als sie die Cannabis-Pflanze betrachtete. Mit den vier spindeldürren Blättern und der winzigen Blüte hatte sie naturgemäß keine Ahnung von Graces ehrgeizigen Plänen für ihren kometenhaften Aufstieg. »Ich denke, wir sollten Ableger von der Mutterpflanze nehmen«, fuhr sie fort, »sie bewurzeln lassen und sie unter künstlichem Licht in Hydrokultur ...«

»... Hydro-was?«

»Hydrokultur. Anbauen von Pflanzen ohne Erde.« Graces Augen brannten vor fanatischer Leidenschaft, als sie ihren pflanzlichen Schützling betrachtete. »Das geht gut mit Kirschtomaten. Es gibt absolut keinen Grund, warum es nicht mit .. äh ...«

»Unkraut?«

Aber Grace hatte für Unkraut absolut nichts übrig. »Marihuana?«

Matthew zuckte mit den Schultern. »Alles das gleiche. Cannabis, Hanf, Dope, Shit ...«

»Was?«

»Wie bitte?«

»Warum sagst du ›Shit‹? Stimmt irgendwas nicht?«

Grace, dachte Matthew, musste noch eine Menge lernen. »Alles in Ordnung«, sagte er. »Es ist nur, nun ... Ich kann nicht glauben, dass du ernsthaft darüber nachdenkst ...«

»Versuchst du mir weiszumachen, dass du noch nie darüber nachgedacht hast?«

»Na ja ...« Matthew war verlegen. »Natürlich habe ich daran *gedacht*. Es schien mir nur ein bisschen hochgegriffen.«

»Unsinn«, verkündete Grace, die Gärtnerin, »es ist ganz einfach. Man muss nur den Wachstumsprozess der wichtigen Teile der Pflanzen beschleunigen, also in diesem Fall der Blüte.«

»Genau wie bei den Kirschtomaten, ja?«

Grace warf ihm einen warnenden Blick zu. »Das heißt«, sagte sie, »dass wir die erste Ernte in ein paar Wochen haben könnten.«

Matthew warf einen Blick auf die ahnungslose Mutterpflanze. »Wie groß könnte die Ernte sein?«

Grace dachte einen Moment lang nach. »Zwanzig Kilo?«

» *Was*?«

»Ich wüsste nicht, warum nicht.« Grace sah Matthew an. »Du weißt wirklich nichts über Hydrokultur, nicht wahr?«

»Grace, wenn ich ehrlich bin, muss ich zugeben, dass ich überhaupt nichts vom Gärtnern verstehe.«

»Das wird sich ändern, Matthew, du wirst sehen.« Sie sah ihn zuversichtlich an. »Unter meiner Anleitung wirst du ein *Experte* für Hydrokultur werden.«

Aber Matthew betrachtete immer noch zweifelnd die kleine Pflanze vor ihnen. »Bist du dir im Klaren darüber, was du gerade gesagt hast, Grace? Zwanzig Kilo ... in ein paar Wochen. Das wäre genug, damit du deine Schulden bezahlen kannst.«

Grace war skeptisch.

Also hat sie mir nicht das ganze Ausmaß ihrer Schulden gebeichtet, schloss Matthew. »Wie lange hast du Zeit, um die dreihunderttausend aufzutreiben?«

Dieser plötzliche Sprung zurück in die Wirklichkeit brachte Grace vorübergehend aus dem Konzept. »Ich weiß es nicht – aber ich nehme an, dass Melvyn sie nicht für alle Zeiten hinhalten kann. Nehmen wir mal an, ich habe zwei Wochen.«

Matthew nickte. »Wenn du zwanzig Kilo in zwei

Wochen schaffst, dann, glaub mir, kannst du dein Haus behalten.«

»Matthew, ich habe nicht die leiseste Absicht, mein Haus zu verlieren.« Sie sagte das ganz ruhig, aber sehr bestimmt. Matthew fragte sich, ob er Grace eigentlich richtig kannte. Die wirkliche Grace.

»Du weißt, dass du mit niemandem darüber sprechen darfst«, sagte er.

Grace sah auf den Cannabis. »Worüber sprechen? Dass ich Marihuana in großem Stil anbaue? Dass ich die Absicht habe, einen guten Profit damit zu erwirtschaften?« Plötzlich kamen ihr Zweifel. »Matthew, es schadet doch nicht, oder?«

»*Mir*?«

»Nein, allgemein. Es ist doch nicht schädlich für die Menschen, oder?« Grace versuchte, nicht wie eine Kriminelle auszusehen. »Ich weiß, dass es verboten ist, aber das beruht doch auf einem Missverständnis, nicht wahr?«

»Ja.« Matthew war sich sicher. »Man ist der Ansicht, dass es zum Gebrauch von harten Drogen führt, aber dafür gibt es keinen Beweis. Und es tut sogar gut«, bekräftigte er. »Es hilft wunderbar bei Schmerzen, zum Beispiel bei Arthritis. Meine Großmutter hat es genommen.«

»Was? Sie hat Marihuana geraucht?«

»Nein ... meine Tante hat damit Kuchen gebacken. Sie nannte sie Schwipskuchen.«

»Nun, so überraschend finde ich das nicht.« Grace sah sich im Gewächshaus um. »Wir werden hier eine Menge verändern müssen.«

»Ach ja?«

»Klar.« Für einen Augenblick sah Grace traurig aus. »Als erstes müssen wir die Orchideen loswerden.«

»Wie bitte?«

»Ich befürchte, es geht nicht anders. Wenigstens vorübergehend.« Graces lässige Art strafte die Tatsache lügen, dass es hier um ihre größte Leidenschaft ging. »Und wir müssen eine Liste machen.«

»Eine Liste?«

»Was wir alles kaufen müssen.«

Matthew runzelte die Stirn. »Grace, gerade hast du eine Liste der Dinge gemacht, die du verkaufen willst. Um Geld zu bekommen, erinnerst du dich?«

»Ja.« Grace lächelte. »Nun, jetzt müssen wir etwas Geld auf die Seite schaffen, damit wir die nötigen Sachen für das Gewächshaus kaufen können.«

»Was zum Beispiel?

Grace nahm eine Orchidee in die Hand und ging zur Tür. »Hydrokultur ist der Anbau von Pflanzen ohne Erde«, erklärte sie. »Man verwendet Sand oder Kies. Oder Wasser.« Sie öffnete die Tür und ließ die Orchidee draußen ins Gras fallen. »Ich denke, wir sollten Wasser nehmen, das ist die schnellste Methode.«

Matthew betrachtete seine Arbeitgeberin verwundert. Wie hatte sich diese glücklose, bankrotte und hilflose Witwe so schnell in diese energische, entschlossene Person verwandeln können? Es war, als hätte sie einen inneren Motor eingeschaltet – und den schien sie auch nicht wieder ausschalten zu wollen.

»Also«, fuhr sie fort und ergriff eine weitere Orchidee, »wir brauchen eine Wasserpumpe, die mindestens 250 Liter pro Stunde schafft. Und eine Belüftungspumpe. Wir brauchen Schläuche, Leitungen, T-Verbindungen … und am allerwichtigsten: wir brauchen eine ganze Reihe von Strahlern.« Sie lachte Matthew an. Es waren nur wenige Stunden vergangen, dass sie darüber gejammert hatte, sich diese Lampen nicht leisten zu können. Aber jetzt nicht mehr. Nicht für diesen neuen Plan. »Wir müssen auch die Stromversorgung erneuern. Verstehst du etwas von Elektrizität?«

»Hm …«

Grace grinste. »Macht nichts. Wir werden es zusammen lernen.« Leise vor sich hin summend trug sie die Orchidee nach draußen und stellte sie neben ihren gleichfalls ausgesiedelten Gefährten. Grace gestand sich einen kurzen Moment des Bedauerns, ein flüchtiges Schuldgefühl zu, bevor sie die Gedanken an das Schicksal ihrer Orchideen aus ihrem Hirn verbannte. Sie würde es später wieder gutmachen.

Sie ging zurück ins Gewächshaus und betrachtete Matthew mit gespieltem Missfallen. Er stand neben der Cannabis-Pflanze und kratzte sich am Kopf.

»Was ist, hilfst du mir?«

»Wie bitte?«

»Willst du da bloß rumstehen oder hilfst du mir dabei, das Gewächshaus auszuräumen?«

»Oh ... na klar, sicher.« Matthew riss sich aus seiner Träumerei und nahm eine Orchidee. »Grace?«

»Hm?«

»Bist du dir wirklich sicher, *ganz* sicher, dass du das hier tun willst?«

Graces Gesichtsausdruck war Antwort genug.

»In Ordnung«, sagte Matthew und grinste. »Es gibt noch einen schnelleren Weg.«

»Ja?« Grace blieb an der Tür stehen, »welchen? Ich dachte, du verstehst nichts von Hydrokultur?«

»Nun, vielleicht nicht schneller. Aber mit mehr Masse. Die anderen Pflanzen im Pfarrgarten«, erinnerte er sie.

Grace ließ beinahe den Topf fallen, den sie in der Hand hatte. »Oh, mein Gott, die habe ich ja total vergessen.« Sie runzelte die Stirn. »Wie viele?«

Matthew zuckte mit den Schultern. »Vielleicht zehn?«

Grace seufzte und schüttelte den Kopf. »Wir können das nicht riskieren, Matthew. Ich meine, wir können dieses Risiko *wirklich* nicht eingehen. Es geht jetzt nicht mehr darum, eine kranke Pflanze zu retten. Wenn uns irgendjemand sieht ...«

»Wer um alles in der Welt sollte uns sehen?«

»Gerald vielleicht. Er hat uns schon beim letzten Mal beinahe überrascht.« Sie schüttelte wieder den Kopf. »Nein, Matthew, da gehe ich nicht noch einmal hin.« Sie sah das verräterische Glitzern in Matthews Augen. »Was denkst du?«

»Ich denke«, sagte Matthew, »dass wir hingehen könnten, wenn es ganz *sicher* wäre, dass Gerald uns nicht sehen kann.«

»Du meinst mitten in der Nacht? Nein.« Grace gefiel die Vorstellung ganz und gar nicht. »Gerald hat diese merkwürdige Angewohnheit, nachts durch die Wälder zu geistern. Wirklich eigenartig für einen Pfarrer, findest du nicht? Vielleicht denkt er, es gehen böse Geister um und er müsste sie bannen.«

Grace wusste nicht, wie nahe sie der Wahrheit gekommen war. Allerdings war Geister bannen das Letzte, was Gerald während seiner nächtlichen Ausflüge zu tun beabsichtigte. Es hätte ihm jeden Spaß daran verdorben.

»Nein«, sagte Matthew. »Nicht nachts. Tagsüber.« Er machte eine Pause. »Sonntags, um genau zu sein.«

Grace sah ihn mit dem Blick eines Kindes an, das Süßigkeiten gestohlen hatte. »Du liebes bisschen«, seufzte sie. »Ich bin eine gefallene Frau. Den Gottesdienst zu verpassen kommt in Liac praktisch einem Verbrechen gleich.«

Matthew grinste. »Also machen wir es, ja?«

Grace straffte die Schultern. »Ja. Wenn ich schon kriminell werde, dann wenigstens richtig.«

Drei Tage später schwänzten Grace und Matthew den Gottesdienst, retteten die restlichen Cannabis Pflanzen aus dem Pfarrhaus und brachten sie in ihr neues Zuhause. In der Zwischenzeit hatten sie das Gewächshaus vollständig umgeräumt. Was ursprünglich ein normales – wenn auch relativ großes – privates Treibhaus gewesen war, sah jetzt eher wie eine Fabrik aus. Sie hatten das gesamte Gebäude von oben bis unten geschrubbt und weiß gestrichen, hatten das meiste der Installationen für die Hydrokultur gekauft und eingebaut. Wo ehemals reihenweise Orchideen gestanden hatten, gab es jetzt Wasserpumpen, große silberfarbene PVC-Rohre und – am Tag nach dem Gottesdienst – zehn Cannabis-Pflanzen, die über Nacht Blüten bekommen hatten. In der Zeit, bis sie Ableger produzieren würden, wollten Grace und Matthew die Strahler installieren. Grace hatte sie am Samstag in Wadebridge gekauft; allerdings hatte sie nicht genug Stromkabel mitgebracht.

Aus diesem Grund durchwühlte sie am Dienstag die Regale von Jacks Laden für Haushaltwaren in Liac. ›Laden‹ war vielleicht nicht der richtige Ausdruck. Er bestand aus zwei Garagen und man bekam dort alles von der Angel bis zum gebrauchten Kühlschrank. Da es außerdem oberhalb vom Hafen lag, war jedes Auto, das dort hinauf fuhr, weithin sichtbar.

Nicky hatte Graces Mini (Matthew nannte es eine Nuckelpinne) gesehen, als es den Berg hinauf tuckerte. Sie hatte Grace seit Tagen nicht zu Gesicht bekommen. Niemand hatte sie zu Gesicht bekommen. In der Kirche hatte man verständnisvolle Blicke gewechselt, als ihre Abwesenheit bemerkt wurde. Man vermutete, dass Grace dem Zusammenbruch nahe war.

Nicky war sich da nicht so sicher. Sie hatte immer angenommen, dass Grace stärker war, als sie aussah. Sie hielt sie für eine Überlebenskünstlerin. Sie hatte vermutet, dass Grace – vermutlich zu ihrer eigenen Überraschung – feststellen würde, dass sie mit dem Leben als Witwe gut zurechtkommen würde – selbst als verarmte Witwe.

Nicky hatte den schrecklichen Verdacht, dass Grace noch viel besser damit zurechtkam, als sie erwartet hatte, und dass sie einen neuen Lebensinhalt gefunden hatte. Normalerweise hätte Nicky das sehr gefreut. Aber jetzt befürchtete sie, dass die Umstände in Liac House vielleicht gar nicht so normal waren. Was tat Grace den ganzen Tag? Um genauer zu sein: was tat Grace, das Matthews Anwesenheit erforderte – den ganzen Tag und die halbe Nacht?

Nicky hatte den Gedanken verdrängt, als er ihr das erste Mal durch den Kopf schoss. Es war einfach ein zu starkes Klischee: die gelangweilte, einsame Witwe und der attraktive junge Gärtner. Es war einfach lächerlich, besonders da die Witwe Grace und der Gärtner Matthew war. Nicky führte ihre Verdächtigungen auf das hormonelle Durcheinander ihrer Schwangerschaft zurück. Aber das machte es nur noch schlimmer: denn über genau diese Schwangerschaft wollte sie mit Matthew sprechen. Sie wollte den richtigen Moment abwarten, um es ihm zu erzählen, aber den hatte es während der letzten Tage noch nicht gegeben. Es hatte kaum irgendeinen Moment gegeben.

Also zögerte Nicky nicht, als sie Graces Auto vor Jacks Garage sah. Sie warf die Netze zur Seite, die sie gerade flickte, und trottete in ihrem Ölzeug den Hügel hinauf. Sie nahm ihre Umgebung nicht wahr; das geliebte Dorf, die aufragenden Klippen und die schreienden und alles absuchenden Möwen. Sie konnte nur an ihre eigene Notlage denken.

Matthew und sie hatten weder über Heirat noch über Kinder gesprochen. Matthew hatte es immer geschafft, diese Themen zu vermeiden, so wie er jede Diskussion über Verantwortung umging. Er hatte nicht einmal über die Bedeutung eines gemeinsamen Lebens gesprochen, und doch hatte er sehr deutlich gemacht, dass er bei ihr einziehen wollte. Er hatte gleichfalls erklärt, dass er nie mehr aus Liac fortwollte. Nicky hatte das als Hinweis auf eine lang andauernde Beziehung interpretiert. Jetzt fragte sie sich, ob sie die Situation wohl falsch eingeschätzt hatte. Hatte sie ihn womöglich missverstanden? Vielleicht war er weniger unbekümmert als vielmehr unzuverlässig. Und dass er sich bestimmt aus dem Staub machen würde, sobald er von dem Baby erfuhr, das sie weder geplant noch vorgesehen hatten.

Grace tat nichts, um diese Befürchtungen zu zerstreuen. Als Nicky die Garage erreichte, sagte sie: »Hallo, Grace«, und die ältere Frau fuhr erschrocken zusammen.

»Oh, hallo Nicky«, erwiderte Grace und mied ihren Blick. »Wie geht es dir?«

»Gut.« Nicky sah Grace an. Sie trug Gummistiefel, eine ausgebeulte Hose und eine schmuddelige Jacke, aber sie war wie immer makellos geschminkt. Grace trug eigentlich nie viel Make-up, aber das Wenige unterstrich ihre Anmut. Egal was sie gerade anhatte, sie sah immer sehr weiblich aus. Eben wie Grace.

Nicky verwendete nur selten Make-up und verbrachte ihr Leben auf einem Fischkutter.

»Ich habe dich ja seit Ewigkeiten nicht gesehen«, sagte sie. »Wie geht es dir?«

»Oh … du weißt schon. Viel zu tun.« Graces Lächeln konnte ihr Unbehagen nicht verbergen.

Nicky runzelte die Stirn. Dann bemerkte sie die Rollen mit Kabel, die Grace aus irgendeinem Grund peinlich waren. Sie deutete darauf. »Was machst du damit?«

Grace sah noch unbehaglicher drein. »Hm, ich baue einen Zaun. Du weißt schon, wegen der Kaninchen.«

»Mit Elektrokabel?«

»Äh … ja. Es ist ein Elektrozaun.«

Nicky zuckte mit den Schultern. »Oh. Okay. Eigentlich suche ich Matthew. Ist er oben im Haus?«

Alarmiert sah Grace auf. »Nein«, sagte sie zu schnell, »er ist nicht da. Er ... ist auf der Suche nach einem Transformator.«

Nicky antwortete nicht.

»Für den Elektrozaun.«

Nicky beschloss, das Thema fallen zu lassen. Wenn Grace nicht wollte, dass sie zum Liac House kam, konnte sie nichts dagegen tun. Außer später die Wahrheit aus Matthew herauskitzeln. »Nun, ich müsste Matthew dringend sprechen. Wenn du ihn siehst, könntest du ihm ausrichten, dass ich um neun Uhr im Pub auf ihn warte?«

Grace nickte begeistert. »Ja, in Ordnung. Jetzt muss ich aber gehen. Tschüss!« Mit diesen Worten rauschte sie zu ihrem Auto. Nicky war entmutigt und noch besorgter als zuvor. Langsam schlenderte sie die Straße zum Hafen hinunter.

Grace saß hinter dem Steuer, schloss die Augen und wartete darauf, dass ihr Herz aufhörte wie wild zu schlagen. Kriminell zu sein, dachte sie, war gar nicht so schlimm, aber sich wie eine Kriminelle zu *fühlen* war scheußlich. Sie fragte sich, ob dieses Gefühl sie nun ständig begleiten würde – selbst wenn sie gar nichts tat. So wie im Moment. Mehrere Meter Kabel zu kaufen war nicht illegal, aber als Nicky plötzlich auftauchte, hatte sie panische Angst bekommen. Und Nicky war nicht blöd; sie würde wissen, dass irgendwas nicht stimmte.

Hätte Grace geahnt, welcher Natur Nickys Befürchtungen waren, wäre sie zu Tode beschämt gewesen. Und außerdem hätte sie es höchst amüsant gefunden. Die Vorstellung, dass sie und Matthew ein Verhältnis haben könnten, war zu lächerlich, um glaubhaft zu sein. Genauso wie die Vorstellung, dass eine Witwe mittleren Alters in ihrem Gewächshaus Cannabis in großem Stil anbauen könnte. Für Grace war das jedoch nicht länger nur eine Idee. Es war eine Tatsache.

Als sie sich beruhigt hatte, startete sie den Motor und tuckerte zurück nach Liac House. Der alte Mini bockte fast den ganzen Weg – noch eine Sache, über die Grace nicht nachdenken wollte. Das Letzte, was sie sich im Augenblick leisten konnte, war ein neues Auto. Wenigstens hatte sie jetzt etwas Geld – oder würde es haben, bevor der Tag zu Ende ging. Wie geplant hatte sie den Verkauf der meisten ihrer Möbel arrangiert, und der Hauptgrund, warum sie Nicky nicht in Liac House haben wollte, war, dass Matthew gerade deren Abtransport überwachte. Grace war sich im Klaren darüber, dass sie ihr Geheimnis nicht mehr lange würde bewahren können, aber bei dem derzeitigen Klima (besonders beim Klima im Gewächshaus) wollte sie keinen Besuch haben.

Zehn Minuten nachdem sie Jacks Garage verlassen hatte, bog sie in die Einfahrt ein und fuhr entlang der Rhododendronhecke jenseits des jetzt unbewohnten Pförtnerhauses auf Liac House zu. Es lag in einem kleinen Tal, was Grace sehr schätzte: das Anwesen wirkte dadurch nicht nur abgeschlossen, sondern bot auch ihren Pflanzen viel Schutz. Der große Platz vor dem Haus bot außerdem Platz für einen riesigen Umzugswagen. Als Grace ihn sah, begann sie wieder schwer zu atmen. Die Wirklichkeit war grausam. Zu überlegen, welche Möbel sie verkaufen könnte, war einfach gewesen, aber jetzt deren Abtransport zu sehen war viel schwieriger.

Grace parkte neben dem Umzugswagen. Gerade als sie ausstieg, erschienen zwei kräftige Männer in der Eingangstür und mühten sich mit dem schönen Queen-Anne-Sekretär ab, der John gehört hatte. Plötzlich hatte Grace einen Kloß im Hals. Auch wenn der Sekretär zu klein war, um als Schreibtisch zu dienen, und seit ewigen Zeiten in der Ecke des Büros gestanden hatte, war es doch ein schönes Stück, genauso alt wie das

Haus selbst und seit Generationen im Besitz der Familie Trevethan.

Dann erinnerte sich Grace, was sie Matthew über die Familie erzählt hatte, straffte die Schultern und ging auf den Mann zu, den sie für den Verantwortlichen der sich abmühenden Truppe hielt.

»Mrs. T.?«, fragte er.

Grace nickte. Sie hasste es, Mrs. T. genannt zu werden. »Sind Sie fertig?«

»Ja.« Er strich sich über das angeklatschte Haar und gönnte Grace sein salbungsvollstes Lächeln. »Da kommen gerade die letzten Stücke, und auch diese sind wirklich schön.« Grace betrachtete angewidert seinen Zweireiher und das, wie sie fand, unverschämte Grinsen. »Aber nicht schön genug, um einen anständigen Preis zu erzielen?«

Oliver Spink wurde ernst. »Nun ja, Sie wissen, wie das ist, Mrs T. Heutzutage ...« Er schüttelte den Kopf. »Ehrlich gesagt haben Sie Glück gehabt, dass wir sie Ihnen abgenommen haben.«

Aber Grace wollte nichts über ihr vermeintliches Glück hören. Das hatten sie alles schon am Telefon besprochen. Oliver Spink war schnell klar gewesen, dass Grace dringend Geld brauchte und dass sie nicht wollte, dass bekannt wurde, woher sie es bekam. Deshalb war sie in einer sehr schlechten Verhandlungsposition gewesen. Für Oliver Spink lagen die Dinge anders. Leute wie Grace hatten ihn reich gemacht. »Wenn alles in so gutem Zustand ist, wie Sie sagen, kann ich Ihnen zwanzigtausend dafür bieten«, hatte er am Telefon gesagt.

Grace war den Tränen nahe gewesen, aber sie hatte das Angebot akzeptiert. Jetzt sah es so aus, als müsste sie sich mit einem noch geringeren Preis zufrieden geben.

»Es ist so, Mrs. T.«, sagte der abscheuliche Mensch

gerade, »dass das Sheraton-Esszimmer nicht ganz das ist, was Sie gesagt haben.«

Grace war entrüstet. »Natürlich ist es das. Es ist absolut authentisch.«

Olive Spink kratzte sich am Kinn. »Ja, aber es ist beschädigt.«

»Unsinn!«

»Das heißt, es *war* beschädigt.«

»Also, wo ist dann das Problem?«

»Also, ich würde sagen, es wurde Anfang der viktorianischen Zeit repariert. An fünfen der Stühle und einer der Tischplatten kann man eine äußerst mangelhafte Art der Restauration erkennen. Das Walnussholz passt nicht ganz zueinander ... solche Dinge.«

»Ich kann Ihnen das nicht glauben.«

»Dann werde ich es Ihnen zeigen.« Oliver wusste, er würde als Sieger aus diesem Streit hervorgehen, denn es war eine der seltenen Gelegenheit in seinem Leben, in denen er aufrichtig war.

Matthew kam herbeigeschlendert. »Alles in Ordnung?«

»Ja, danke«, sagte Oliver mit schmalen Lippen. Er mochte den Blick nicht, mit dem der Schotte ihn ansah.

»Dieser Mann hier versucht sich aus unserer Abmachung herauszuwinden«, sagte Grace.

»Ah, ... Mrs. T.! Das stimmt nicht. Ich will mich nirgendwo herauswinden. Ich sage nur, dass das Sheraton-Esszimmer nicht so viel wert ist, wie Sie dachten.«

»Warum?«, bellte Matthew.

»Es ist fehlerhaft. Schauen Sie her, ich zeige es Ihnen.« Er führte Grace und Matthew in den Lieferwagen, zeigte auf die Tischplatte und die fraglichen Stühle. Er beobachtete süffisant lächelnd, wie Grace zum ersten Mal in ihrem Leben ihre Esszimmer-Möbel genau untersuchte. Selbst ihr ungeschultes Auge konnte erkennen, dass nicht alles so war, wie es sein sollte.

»Also«, sagte sie und richtete sich auf, »was bedeutet das?«

Zu seinem eigenen Erstaunen stellte Oliver Spink fest, dass er Mitleid mit der Frau hatte. Sie war den Umgang mit Kriminellen wie ihm offensichtlich nicht gewöhnt – und war dabei selbst so nett –, dass er es nicht über das Herz brachte, sein Angebot um fünftausend Pfund zu senken, wie er es beabsichtigt hatte. »Das heißt«, sagte er, »dass ich Ihnen weniger zahlen kann.«

»Wie viel weniger?«

»Dreitausend.«

»Eintausend«, warf Matthew dazwischen.

»Also ehrlich!« Oliver warf ihm einen wütenden Blick zu. Mit Matthew hatte er sicherlich kein Mitleid. Und er traute ihm auch nicht über den Weg. Dieser Typ Mann war ihm schon öfter begegnet. Sie verführten ihre Arbeitgeberin und brachten sie in finanzielle Schwierigkeiten. Dann verstanden sie aber es auf irgendeine Weise, die Witwen an sich zu binden, und die hielten sie für richtige Kerle. Oliver wusste alles über richtige Kerle. »Zwei dann.«

»Eintausendfünfhundert«, entgegnete Matthew.

Oliver sah Grace an. »Einverstanden.« Er lachte. »Sie haben mich wohl an einem schlechten Tag erwischt.«

»Ich brauche aber wirklich die zwanzigtausend«, sagte Grace.

Oliver sah sie an. Ihre Stimme zitterte genauso wie ihre Hände. »Es tut mir Leid«, sagte er. »Achtzehntausendfünfhundert. Das ist mein letztes Angebot.«

Aber Grace hatte ausgerechnet, dass sie nicht weniger als zwanzigtausend Pfund akzeptieren konnte. Sie brauchte mindestens zweitausend für die restliche Ausrüstung für die Hydrokultur, weitere zwei für die Teile, die sie bereits auf Kredit gekauft hatte, dreitausend für Dinge, die sie mit ihren anderen Kreditkarten bezahlt hatte, zweitausend für sofort bezahlbare Rechnungen, sechstausend für die noch fälligen Hypothekenzahlungen und ...

»Es sei denn«, sagte Oliver und unterbrach ihren Gedankenfluss, »Sie haben noch etwas, das Sie mir anbieten können.«

Grace senkte den Blick. »Nein«, sagte sie leise. Aber als sie auf ihre Hände sah, reflektierte der Verlobungsring auf ihrer linken Hand das Sonnenlicht und glitzerte. Sie versuchte ihn abzustreifen.

»Grace!«, protestierte Matthew entsetzt. »Das kannst du nicht tun!«

»Warum nicht? Ich bin nicht mehr verheiratet. Ich bin auch nicht verlobt. Und sollte der höchst unwahrscheinliche Fall eintreffen, dass ich noch einmal heirate, bekomme ich doch einen neuen Ring, oder?«

Ach du liebes bisschen, dachte Oliver. Das war ein Wink mit dem Zaunpfahl. Er hätte beinahe laut gesagt: »Wenn du diesen Mann behalten willst, solltest du ihn anders behandeln.«

Aber Grace zerrte immer noch an ihrem Ring. Er hatte dort die letzten fünfundzwanzig Jahre gesessen und ließ sich nicht so einfach abziehen. Schließlich gelang es ihr. »Da«, sagte sie und hielt ihn Oliver Spink vor das Gesicht. »Damit sind wir wieder bei zwanzigtausend.« Bevor Oliver protestieren konnte, sagte sie ihm, der Ring sei ein Erbstück aus der Zeit König Georges.

»Und woher soll ich wissen, dass das stimmt?«

»Wegen der Art, wie er gearbeitet ist«, sagte Grace. Sie sah ohne Bedauern auf den Ring. »Wenn Sie nicht absolut dumm sind – und ich denke nicht, dass Sie das sind –, sollten Sie keine weiteren Fragen stellen. »Sie wären wirklich *sehr* dumm, wenn Sie einem geschenkten Gaul ins Maul gucken«, schloss sie.

Oliver wusste, wann er verloren hatte. Er nahm den Ring. Ein flüchtiger Blick sagte ihm, dass er wahrscheinlich fünftausend Pfund wert war. »Einverstanden«, sagte er, »zwanzigtausend für alles zusammen.«

»Glatter Diebstahl«, sagte Grace und beobachtete ihn, als er sein Scheckheft herauszog. Sie wusste, dass sie betrogen worden war, aber es kümmerte sie nicht. Der Verlust des Rings bekümmerte sie jedoch sehr. Nicht, weil sie ihn vermissen würde, – sondern wegen Clare Trevethan. Clare, die mit vierzig einen Mann mit einer Schweinefarm aus Norfolk geheiratet hatte. Clare, die sich genau wie Grace vergeblich Kinder gewünscht hatte. Clare, die, anders als Grace, den Mut gehabt hatte, sich mit ausländischen Agenturen und obskuren Sitten auseinander zu setzten, und schließlich erfolgreich ein Kind adoptiert hatte.

Grace hatte immer geplant, den Ring Clare zu hinterlassen. Sie hatte bereits vor Jahren verstanden, dass Clares Arroganz nur ihre Schüchternheit verbarg, dass sie Grace ablehnte, weil sie neidisch war, und dass ihre anschließende Ablehnung der ganzen Familie auf nichts anderem beruhte als der irrigen Annahme, Grace hätte sie alle getäuscht. Grace hatte Clare über Johns Tod informiert, aber die hatte Gleichgültigkeit zur Schau getragen. Grace hatte eingesehen, dass jeder Versuch eines freundschaftlichen Umgangs zu diesem späten Zeitpunkt zum Scheitern verurteilt war. Clare wollte offensichtlich nichts mehr mit den Trevethans zu tun haben.

Aber Clare hatte den Ring immer bewundert, und Grace hätte ihn ihr gerne hinterlassen. Nun, diese Möglichkeit bestand jetzt nicht mehr.

»Sie haben das Richtige getan, Mrs. T.«, schleimte Oliver Spink.

»Oh, halten Sie den Mund«, sagte Grace und wandte sich ab.

Matthew sah ihr voller Erstaunen nach, als sie aus

dem Lieferwagen stieg. Dann warf er dem Mann einen besonders frechen Blick zu, stieg gleichfalls aus dem Lieferwagen und folgte Grace zu ihrem Auto.

»Geht es dir gut?«, fragte er, als sie auf dem Rücksitz nach dem Kabel fischte.

»Ja.« Grace sah ihn zweifelnd an. »Matthew?«

»Hmm?«

»Glaubst du, ich habe gerade einen schrecklichen Fehler gemacht?«

Matthew dachte nach. »Nein«, sagte er nach einer Weile. »Unter den gegebenen Umständen hattest du eigentlich keine andere Wahl.«

Grace beobachtete, wie Oliver Spinks Männer die Heckklappe des Lieferwagens schlossen. »Nein«, seufzte sie, »die hatte ich nicht, oder?«

»Also«, sagte Matthew und wechselte entschlossen das Thema.

»Hast du das Kabel?«

»Ja.«

»Also können wir anfangen, ja?«

»Ich denke schon.«

Aber das stellte sich als falsch heraus. Nachdem sie eine halbe Stunde im Gewächshaus gearbeitet hatten, wurde deutlich, dass Grace die Menge an Düngemittel, die sie benötigen würden, unterschätzt hatte, dass sie noch mehr Lampen brauchten und dass sie nicht genügend Gartenschläuche hatten. »Wir müssen noch einmal nach Wadebridge fahren«, sagte sie. »Es gibt keine andere Möglichkeit.«

»Wie ist es mit Jack?«

Grace schüttelte den Kopf. »Dies sind besondere Lampen, Matthew. Die führt er bestimmt nicht.« Außerdem würde Grace ganz sicher nicht noch einmal nach Liac fahren. Viel zu nah an zu Hause. Dann erinnerte sie sich an die Begegnung mit Nicky. »Oh, Matthew, fast hätte ich es vergessen.«

»Was?«

»Heute Morgen habe ich Nicky getroffen. Sie suchte dich.«

»Was? Warum denn? Wir wohnen zusammen, sie weiß doch, wo sie mich finden kann.«

»Ja, aber ... wie auch immer, sie fragte, ob ihr euch um neun im *Anchor* treffen könnt.«

Matthew zuckte mit den Schultern. »Klar!«

Grace kramte in ihrer Tasche nach den Autoschlüsseln. »Hör mal, Matthew, wir haben uns zwar geschworen, mit niemandem darüber zu sprechen, aber ich glaube, du solltest es Nicky sagen.«

»Warum?«

Männer, dachte Grace, waren manchmal so dumm. »Weil es nicht fair ihr gegenüber ist. Du verbringst den ganzen Tag und die halbe Nacht hier – also hat sie guten Grund sich zu fragen, was du treibst.«

»Hat sie das gesagt? Dass sie sich fragt, was ich treibe?«

»Nein, ganz und gar nicht. Aber ich konnte es heraushören. Außerdem ist mir nicht wohl dabei, sie anzulügen.«

»Wieso anlügen?«

Grace seufzte. »Sie wollte hierher kommen, um nach dir zu suchen, aber ich bekam es mit der Angst und sagte ihr, du wärst unterwegs, um einen Transformator zu kaufen. Für den Elektrozaun.«

Matthew war verwirrt. »Für welchen Elektrozaun?«

»Das ist es: ich musste sie anlügen, Matthew. Das war nicht schön.« Grace griff in ihre Tasche und holte die Autoschlüssel heraus. »Also schlage ich vor, dass wir jetzt nach Wadebridge fahren, zurückkommen und die Installationen beenden, und dann kannst du dich mit Nicky treffen und ihr die Wahrheit erzählen, in Ordnung?«

»In Ordnung.«

Kapitel 7

Melvyn Stott fragte sich, ob der richtige Zeitpunkt für die Wahrheit gekommen war. Nicht, dass er jemals *gelogen* hätte – er hatte sich nur angewöhnt, sehr ausweichend auf Fragen zu antworten. Besonders wenn Leute wie Margaret und Diana vom Postbüro fragten. Sie steckten immer ihre Nasen in seine Privatangelegenheiten und wollten wissen, wann er endlich ein hübsches Mädchen aus Cornwall finden würde, um einen Hausstand zu gründen. Ihrer Meinung nach war nicht in Ordnung, dass ein netter junger Mann wie Melvyn so ganz allein war. Aber jetzt, mit fünfzig, war Melvyn kaum noch ein junger Mann. Und genauso wenig war er allein. Vor einem halben Jahr hatte er jemanden kennen gelernt, mit dem er über alle Maßen glücklich war: kein hübsches Mädchen aus Cornwall, sondern einen wunderschönen, strammen Skandinavier mit blondem Haar, beeindruckenden Muskeln, einem Waschbrettbauch und einem knackigen Hintern, der besonders anziehend in hautengen Jeans aussah.

Er trug genau diese Jeans, als Grace mit ihm vor der Gärtnerei in Wadebridge zusammenstieß. »Entschuldigung«, sagte sie automatisch. Sie sah hoch, wurde sich der Gegenwart eines nordischen Gottes gewahr und errötete. Der Gott stand stumm und bewegungslos. Dann schenkte er Grace ein so strahlendes Lächeln, dass sie weiche Knie bekam. Grace gab sich den Befehl, sich zusammenzureißen und weiterzugehen – aber ihr Einkaufswagen schien eine geheime Verbindung mit dem des Gottes eingegangen zu sein. Sie versuchte ihn fortzuziehen, aber er rührte sich nicht. »Wenn Sie vielleicht ...«, setzte sie an und nickte dem Begleiter des

Gottes zu. »Wenn ... oh!« In diesem Moment drehte sich der Begleiter um und erwies sich als niemand anderer als Melvyn Stott. Von hinten hatte Grace ihn nicht erkannt. Aber normalerweise trug Melvyn nüchterne Anzüge, nicht Jeans, Lederjacke und eine Baseballmütze. »Oh!«, sagte auch er und errötete leicht. »Grace.«

Grace wusste nicht, was sie davon halten sollte. Sie war fasziniert, aber da sie keine weiteren Lügen riskieren wollte, hätte sie sich lieber sofort verabschiedet. Sie wollte mit niemandem aus Liac sprechen. Sie wollte auch nicht, dass irgendjemand Matthew traf, der im benachbarten Gang Materialien kaufte, die sie keinesfalls als Bestandteile eines Elektrozauns ausgeben konnte. Natürlich war Melvyn der absolut letzte Mensch, den sie hier treffen wollte: er würde wissen wollen, wie sie dazu kam, für hunderte Pfund Gartenutensilien zu kaufen, wo sie doch mit über einer halben Million Pfund verschuldet war.

Aber Melvyn war auch in einem Zwiespalt. Einerseits wollte er diese Begegnung als alltäglich erscheinen lassen, andrerseits hatte er den Eindruck, dass Grace überaus interessiert war an dem ein Meter achtzig großen Nachfahr der Norweger, der sich an ihn schmiegte. Dies ist kein Verkäufer aus Wadebridge, sagte ihr Gesichtsausdruck.

»Äh ... kennst du schon meinen Freund Tony?«

»Nein«, sagte Grace. »Hallo.«

Der Norweger verbeugte sich. »Ich heiße Tony. Ich komme aus Skandinavien.«

»Ooooh! Herzlichen Glückwunsch.« Grace drehte sich zu Melvyn um. Er erschien ihr plötzlich in einem neuen Licht.

Melvyn wandte sich an Tony, als er Graces verschmitztes Lächeln sah. »Hm ... könntest du einen dieser großen Säcke Katzenstreu holen, Tony?«

Tony nickte ernsthaft und ging los.

Grace und Melvyn sahen ihm nach, als er den Gang entlangschritt.

»Hm ... er spricht nicht viel«, sagte Melvyn.

Grace betrachtete die ansehnliche Rückseite des Norwegers und lächelte Melvyn schelmisch an: »Ist das denn nötig?«

Melvyn war einen Moment lang verdutzt und spielte mit der Amethystnadel, die an seinem Kragen befestigt war. Wie immer in kritischen Augenblicken zog er sich auf seine Rolle als Bankmanager zurück. »Hast du den Brief gelesen, den ich dir geschickt habe, Grace?«

»Hm, nein. Tut mir Leid, Melvyn. Ich hatte einfach noch keine Zeit. Ich war zu sehr mit einer neuen Idee beschäftigt.«

»Ach ja?« Das war genau das, was Melvyn hören wollte.

»Es ist noch ein bisschen zu früh, um darüber zu reden.« Grace lächelte ihn schüchtern an. »Du weißt, das bringt Unglück.«

Vielleicht war es doch nicht ganz das, was er zu hören hoffte. »Hör mal, Grace«, seufzte Melvyn, »ich kann sie wirklich nicht mehr länger hinhalten. Die Zentrale hat sich jetzt eingeschaltet. Die kennen dich nicht, Grace. Alles, was die wissen, ist dass du eine Witwe mittleren Alters bist mit einem Riesenberg Schulden und ohne festes Einkommen.«

Grace war weniger betroffen als belustigt.

»Was hast du vor?«, fragte Melvyn schließlich verzweifelt.

Grace kam näher. »Ich steige ins Drogengeschäft ein«, flüsterte sie.

Melvyn wurde wütend. »Grace«, rügte er, »ich meine es ernst.«

Bevor Grace antworten konnte, erschien Tony wieder, die Muskeln angespannt unter dem Gewicht eines riesigen Sacks Katzenstreu. »Danke, Tony.« Das Augenmerk auf die Muskeln gerichtet, wandte er sich wieder an Grace. »Wir müssen jetzt wirklich gehen. Grace, du rufst mich ganz *bestimmt* an, ja?«

»Ja, in Ordnung.«

Melvyn seufzte. »Komm, Tony.«

»Tschüss!«, sagte Grace. Als die beiden Männer außer Sichtweite waren, atmete sie erleichtert auf. Melvyn hatte nicht gefragt, warum sie Geld ausgab, das sie gar nicht besaß. Und Matthew hatte er glücklicherweise auch nicht gesehen. Sie setzte ihren Einkaufswagen wieder in Bewegung und rannte den Gang hinunter zu Matthew.

Sie fand ihn inmitten von aufgerollten Gartenschläuchen.

»Matthew!«, zischte sie.

»Oh, hallo. Wo bist du gewesen?«

»Du glaubst es nicht!« Grace sah sich verstohlen um, ob niemand sie hören konnte. »Ich habe gerade Melvyn Stott getroffen ... und du errätst nie, in wessen Begleitung er war!«

Matthew zuckte mit den Schultern. »Der ein Meter achtzig große Schwede?«

»Was ... woher weißt du das?« Graces Begeisterung hatte einen Dämpfer erhalten, außerdem ärgerte sie sich. Wenn es kein Geheimnis mehr war, wieso wusste sie dann nichts davon?

Matthew musste über ihren Gesichtsausdruck lachen. »Nicky und ich haben sie gesehen, als sie am Strand entlanggingen und äh ... sie spielten nicht gerade Fußball oder was Jungens sonst so tun, wenn du verstehst, was ich meine.«

»Ach nee!«

»Aber ich glaube«, fügte Matthew hinzu, »es ist immer noch ein Geheimnis.«

»Jetzt nicht mehr. Melvyn war ein bisschen verlegen – aber er hat nicht versucht, es zu verbergen.«

»Ist auch ein bisschen schwierig, einen ein Meter achtzig großen Schweden in Wadebridge zu verbergen.«

»Eigentlich ist er Norweger«, stellte Grace richtig. Sie seufzte. »Armer Melvyn. Als ob sich irgendjemand hier für dein Privatleben interessiert.«

Matthew warf ihr einen warnenden Blick zu. »Oh, das tun sie, Grace. Jeder interessiert sich dafür.« Dann sah er auf die Mengen an Schläuchen, die extra großen Strahler und die riesigen Mengen an Düngemittel, die Grace in ihrem Einkaufswagen hatte. »Und sollte irgendjemand dies hier sehen, möchte er sicher wissen, was *du* in deinem Privatleben machst.«

»Niemand wird es sehen«, sagte Grace zuversichtlich.

Matthews nächste Worte dämpften ihren Optimismus erheblich. »Äh, Grace ... wie willst du das alles bezahlen?«

»Oh.« Grace blinzelte. Darüber hatte sie noch nicht nachgedacht. Sie zwang sich zu einem Lächeln. »Ich gebe ihnen einfach meine Kreditkarte und hoffe das Beste. Und du, Matthew, wirst die Daumen drücken und auch das Beste hoffen.«

Zu ihrem Erstaunen trat das Beste tatsächlich ein. Aber erst als Grace beinahe vor Sauerstoffmangel umgefallen wäre, da sie die ganze Zeit an der Kasse die Luft anhielt, bis die Transaktion beendet war. Sie konnte dem Kassierer nicht in die Augen sehen. Sie fühlte sich wieder schuldig, fühlte sich wie eine Kriminelle. Und der Kassierer wusste Bescheid. Sie wusste, dass er es wusste.

»Er wusste es«, sagte sie zu Matthew, als sie auf dem Parkplatz in Sicherheit waren.

»Was wusste er?«

»Der Kassierer. So wie er uns angesehen hat. Er wusste, dass mit uns etwas nicht stimmt.«

»*Grace!* Das bildest du dir ein. Natürlich weiß er nichts. Niemand weiß irgendwas. Du brauchst dir keine Sorgen zu machen.«

Aber Matthew wusste Bescheid. Als sie zurück in Liac House waren, vertiefte er sich so in die Arbeit mit den Installationen für die Hydrokultur, dass er, genau wie Grace, jedes Zeitgefühl verlor.

Martin Bramford versuchte Nicky ins Gespräch zu ziehen, aber es gelang ihm nicht. »Möchtest du etwas trinken?«, fragte er, als sie in den Pub kam.

Nicky schüttelte den Kopf. Sie sah beunruhigt aus. »Nein danke, nichts zu trinken für mich.«

»Ah.« Martin fiel ein, dass sie ja schwanger war.

Nicky sah auf ihre Uhr. Zehn Minuten nach neun. »Matthew schon da?«

Die Antwort lag auf der Hand. Außer Martin, Charlie und Harvey war es im Pub gähnend leer. Und Harvey zählte eigentlich nicht. Er saß an einem Tisch in der Ecke und blies Rauch in eine Tasse. Nicky wusste, was das bedeutete.

»Möchtest du etwas ohne Alkohol?«, schlug Martin vor.

»Oh ... ja. Warum nicht? Eine Cola, bitte.«

»Gut.« Martin drehte sich zu Charlie um. »Eine Cola bitte, Charlie.«

»Ich hab´s gehört.« Charlie griff unter den Tresen und holte eine Flasche Cola hervor.

»Ruhig hier«, sagte Nicky und sah sich um.

»Ja. Setzt du dich zu mir?« Martin deutete auf den Stuhl neben sich.

»Nimm es mir bitte nicht übel, aber ich möchte lieber nicht. Ich ... bin heute nicht sehr gesellig. Und ich muss wirklich mit Matthew allein sprechen.«

»Aber er ist doch noch gar nicht da.«

»Nein. Aber er kommt.« Nicky nahm ihre Cola, bedankte sich bei Martin und setzte sich an einen Tisch in der Ecke.

Martin zuckte mit den Schultern. Er vermutete, dass Nicky beschlossen hatte, dass heute der richtige Moment gekommen war, um Matthew von dem Baby zu erzählen. Warum sie das allerdings lieber im Pub als zu Hause tat, war ihm ein Rätsel. Aber es ging ihn ja auch nichts an. Er zuckte wieder mit den Schultern und holte ein Buch aus seiner Jackentasche.

Hinter dem Tresen verzog Charlie das Gesicht. Martin sprach demonstrativ nicht mit ihm. Das war unglaublich kindisch. Aber Martin *war* manchmal unglaublich kindisch. Heute Abend schmollte er, weil der Tipp, den Charlie ihm gestern für das Rennen in Doncaster gegeben hatte, absolut daneben gelegen hatte. Charlie ärgerte sich – schließlich hatte ja nicht *er* auf dem verdammten Pferd gesessen. Aber das kam Martin offensichtlich nicht in den Sinn.

Charlie sah sich in seinem Pub um. Ein Fremder würde die Atmosphäre vermutlich eigenartig finden: vier Leute, die sich sehr gut kannten und doch kein Wort miteinander wechselten. Wahrscheinlich *war* es ein wenig merkwürdig. Aber Nicky und Harvey verbrachten den ganzen Tag zusammen; nur weil sie zufällig abends im gleichen Pub saßen, bedeutete das nicht, dass sie miteinander sprechen mussten. Er sah zu Harvey hinüber: es gab keinen Grund zu der Annahme, dass sie überhaupt miteinander sprechen *konnten*. Harvey war absolut voll.

Charlie wandte seine Aufmerksamkeit Nicky zu. Sie saß mit dem Rücken zu ihm. Das, dachte er, war wirklich merkwürdig. Nicky war normalerweise so gesellig. Offensichtlich bedrückte sie etwas: etwas, über das sie mit Matthew sprechen wollte.

Charlie sah auf die Uhr. Fünfzehn Minuten nach neun. Er seufzte. Dann konnte er die Stille nicht länger ertragen und sah zu Martin, der in sein Buch vertieft war. »Gutes Buch?«

Ohne zu antworten oder aufzusehen, zeigte Martin ihm den Umschlag.

»Ah«, sagte Charlie, »*Hollywoods Ehefrauen.*«

Aber Martins ganze Aufmerksamkeit galt Jackie Collins und ihren Faxen im La-La-Land.

»Mir hat *Wie es ist, tot zu sein* gefallen«, fuhr Charlie fort.

Er hätte genauso gut mit der Wand sprechen können. Eigentlich *sprach* er mit einer Wand.

»Ich lese Kafka im Moment«, sagte er. »Ist nicht sehr lustig. Außer diese Geschichte, wo der Typ sich in einen Käfer verwandelt. Das ist ein bisschen verrückt.«

Martin sah immer noch nicht auf, seufzte und trank einen Schluck von seinem Bier.

Aber Charlie ließ sich nicht ablenken. »Findest du wohl kaum in deinem Jackie-Collins-Buch. Jemand, der sich in einen Käfer verwandelt. Obwohl, wahrscheinlich findest du jemanden, der mit einem Käfer *schläft*.« Er dachte darüber nach. »Ja«, sagte er und fügte sich darein, dass er mit sich selbst sprach. »*Er umfing sie mit seinen stockähnlichen Armen*«, malte er sich aus, »*mit allen sechs auf einmal. Dann klopfte er ihr wollüstig wie ein ... hin und her wackelnder ... Sturmvogel auf den Kopf ...*«

»Um Himmels willen!«, rief Martin und sah endlich von seinem Buch auf. »Kannst du nicht den Mund halten!«

Bevor der überraschte Wirt antworten konnte, sprang Nicky auf, schob ihren Stuhl zurück und stürmte zur Tür. »Das reicht jetzt«, sagte sie und funkelte Charlie wütend an.

Die doppelte Beleidigung machte Charlie sprachlos. Er wollte sich doch nur unterhalten – und nicht einmal mit Nicky.

Dann ging ihm auf, dass sie nicht auf ihn ärgerlich

war. »Sollte er jetzt noch kommen«, sagte sie und zog sich ihre Jacke über, »kannst du ihm sagen, dass ich beleidigt gegangen bin.«

Charlie grinste erleichtert. »In Ordnung.« Doch er machte sich Sorgen, als er sah, wie aufgebracht Nicky war, und versuchte, sie zu beruhigen. »Er ist bestimmt längst zu Hause und schläft auf dem Sofa.«

»Ja. Ja, wahrscheinlich hast du Recht«, sagte Nicky ohne jede Überzeugung. »Tschüss dann«, sagte sie zum Abschied und verließ den Pub.

Einen Augenblick lang herrschte betretenes Schweigen, das wie üblich von Charlie gebrochen wurde. »Wo waren wir stehen geblieben?«

»*Wir* waren nirgendwo«, entgegnete Martin. »Du warst gerade dabei, mich auf eine extrem nervtötende Art zu belabern und ich habe versucht, dich zu überhören.«

»Oh, nun ja ... wirst du jetzt wieder mit mir reden?«
Martin nahm sein Buch auf. »Nein.«
»Oh.«

Nicky machte sich keine Sorgen, sie war auch nicht beleidigt. Sie war wütend. Sie vergrub die Hände tief in die Taschen und wollte gerade den Hügel zu ihrem Cottage hinunterlaufen, als sie Schritte hinter sich hörte. In der Hoffnung, dass es Matthew sein könnte, ging sie zurück zum Pub.

Es war nicht Matthew, es war Harvey.

»Gehst du schon?«, fragte sie. »Ist das nicht ein bisschen früh für dich?«

Auf dem dunklen Parkplatz hatte Harvey Schwierigkeiten, Nicky zu erkennen. Das lag jedoch weder an der Dunkelheit noch an Nicky, sondern daran, dass Harvey eigentlich gar nichts mehr erkennen konnte.

»Ich gehe noch nicht«, murmelte er. »Muss nur mal pissen.«

Nicky schnaubte abfällig. »Du liebes bisschen, Harve, es gibt im Pub auch ein Klo, weißt du.«

»Das ist nicht das Gleiche«, erwiderte Harvey und fummelte an seinem Hosenschlitz. »Es ist besser hier draußen. Dem Ruf der Natur folgen. Es ist am besten, eins zu sein mit der Natur.« Er hickste, hob den Arm zum Gruß und trottete zu einer niedrigen Mauer am anderen Ende des Parkplatzes.

Nicky beobachtete ihn einen Moment lang, dann wanderte ihr Blick weiter den Hügel hinunter zum Horizont. Jenseits dieses Hügels lag Liac House. Sie schäumte jetzt vor Wut. Sie wandte Harvey den Rücken zu und stapfte den Hügel hinunter. Wieder sah sie auf ihre Uhr. Halb zehn. Was, um alles in der Welt, konnte Matthew um diese Uhrzeit dort zu tun haben?

»Es wird sehr, sehr hell sein«, sagte Grace.

»Das ist gut«, entgegnete Matthew, »wir wollen es doch hell haben, oder?«

Grace sah sich im Gewächshaus um. Es hatte jetzt nichts mehr mit einem normalen Gewächshaus gemeinsam – und auch nicht mit einer Fabrik. Es glich mehr einer Szene aus dem Film *Alien*. Überall lagen Rohre, große gurgelnde Schläuche, Trichter mit Nährstofflösungen für die Hydrokultur. Kabel verliefen kreuz und quer über die Wände und die Decke. Grace fand dies ein wenig Besorgnis erregend, denn Matthews Sachkenntnis von elektrischen Dingen hatte sich in der Tat als sehr gering erwiesen. Sie sah zu den Strahlern auf und biss sich auf die Lippen. »Bist du sicher, dass das so in Ordnung ist?«

»Natürlich.«

Grace betrachtete die Ableger der Cannabis-Pflanzen. Die einzige Möglichkeit, die kleinen Pflanzen zu schnellerem Wachstum zu bewegen, war, sie alle paar Stunden mit Licht zu überfluten. Das vorhandene Licht reichte nicht aus, um daraus, wie sie hoffte, einen riesigen Haufen Haschisch zu produzieren.

»Okay«, sagte Matthew grinsend und deutete auf den Lichtschalter. »Du heißt die Gäste willkommen.«

Grace knickste. Matthew nahm den Schraubenzieher und tat so, als wäre er ein Mikrofon. »Es ist mir ein Vergnügen«, verkündete er mit dröhnender Stimme, »Lady Reggae-Spliff aus Port Liac zu bitten, die diesjährige Beleuchtung einzuschalten!«

»Ich danke Ihnen.« Grace knickste wieder für das Publikum aus Cannabis-Pflanzen. »Danke.« Dann streckte sie den Arm nach dem Schalter aus.

Unten im Dorf wurde Harveys kleines Stelldichein mit Mutter Natur rüde unterbrochen. Gerade noch hatte er sich zufrieden an der Mauer erleichtert und seinen Blick über das schwach erleuchtete nächtliche Cornwall schweifen lassen, als im nächsten Moment ein gleißender Lichtschein den Nachthimmel vor ihm erhellte. »Gott im Himmel!«, schrie er und hielt sich impulsiv beide Hände vor die Augen. Dann lugte er durch seine Finger hindurch. Das Licht war immer noch da, eine sehr unirdische Ansammlung von weißen Strahlen, die von dem Hügel bei Liac ausströmten.

»Scheiße«, stöhnte Harvey. »Armageddon.« Einem dumpfen Gefühl folgend, dass irgendetwas mit seinen Hosen nicht ganz stimmte, sah er nach unten. »Scheiße, Scheiße, Scheiße!« Zu spät bemerkte er, dass ein Zusammentreffen mit Mutter Natur eine ruhige Hand benötigte. »Mist!«, schäumte er, schüttelte sein Bein und schloss hastig den Reißverschluss seiner Hose.

Dann betrachtete er wieder das Licht. Es war ganz sicher nicht von dieser Welt. Es gehörte zu den bösen Vorzeichen: ein Mann fällt vom Himmel, Matthew verliert seine Arbeit, alle diese Pflanzen sterben, Armageddon. Er wurde gerade Zeuge einer Begegnung mit der dritten Art. Oder vielleicht der Vierten. Er drehte sich um und rannte in den Pub.

»Hey!«, schrie er, »ihr müsst mal rauskommen. Es passiert was Schreckliches. Graces Haus ist hell erleuchtet, als wäre ein Raumschiff dort gelandet ... es ist alles ganz weiß und glühend, wie in einer anderen Welt.« Mit vor Angst weit aufgerissenen Augen starrte er Charlie und Martin an. »Grace wird gerade von Wesen von einem anderen Planeten entführt!«, erklärte er in apokalyptischem Tonfall.

»Ach, halt den Mund«, sagte Martin. »Sieh dich mal an: du bist von einem anderen Planeten. Dem Planeten Alkohol.«

»Nein, ehrlich.« Der Schock hatte Harvey ernüchtert. »Da ist wirklich was. Kommt her und seht es euch an.«

Martin warf Charlie einen skeptischen Blick zu. »Glauben wir ihm?«

Charlie zuckte mit den Schultern. Harvey zu glauben war wahrscheinlich verrückt, aber sicher unterhaltsamer, als sich mit Martin anzuschweigen. »Warum nicht?«

»Kommt schnell!«, schrie Harvey, »wir müssen Grace retten.«

Martin schnaubte spöttisch. »Was für ein Unsinn«, sagte er und folgte ihm nach draußen. Als sie den Parkplatz erreichten, schnaubte er noch lauter. »Nun«, sagte er mit vor Sarkasmus triefender Stimme, »die Außerirdischen sind auch nicht mehr was sie mal waren, oder? Ob Steven Spielberg wohl schon weiß, dass sie sich nur noch Vierzig-Watt-Birnen leisten können?«

Er hatte Recht. An der Stelle, an der Harvey das gleißende helle Licht gesehen hatte, herrschte jetzt fast vollständige Dunkelheit, unterbrochen nur von einigen wenigen schwachen Lichtern, die von der Telefonzelle außerhalb des Dorfes, Viviennes Cottage und dem Pfarrhaus ausgingen.

»Es war da … ich schwöre euch. Da war …«

»… ein gleißend helles Licht. Ja, ja, ja.« Martin ging zurück zum Pub. »Wahrscheinlich sollte ich neidisch sein. Ich habe die ganze Zeit Jackie Collins bewundert, ohne zu wissen, dass ich in der Gegenwart von … *Großer Gott!*« Von dem plötzlichen Licht geblendet, stolperte Martin. Er versuchte, das Gleichgewicht nicht zu verlieren und fiel gegen die Mauer. »Was in Gottes Namen …?«

»Ich hab´s euch doch gesagt«, stieß Harvey hervor und deutete auf das Licht. »Seht ihr, dass ich Recht hatte?«

Martin kam langsam wieder auf die Beine. Er fragte sich, warum die Mauer so feucht war, obwohl es doch gar nicht geregnet hatte. Er rieb sich die Hand an seiner Jermyn-Street-Hose trocken und sah voll Erstaunen auf den Hügel. Harvey hatte nicht übertrieben. Irgendetwas in Liac House stimmte ganz und gar nicht.

»Das ist ganz schön hell«, sagte Charlie. »Erinnert mich an das Buch von Peter Ackroyd. Wie hieß das noch? *Das erste Licht*. Ja, jetzt erinnere ich mich. Es ging um die Entdeckung von …«

»Wir müssen die Polizei rufen«, unterbrach ihn Harvey, »und die Royal Air Force. Die möchten doch sicher auch informiert werden.«

»Nein«, sagte Martin plötzlich düster. Als intelligenter Mensch hatte er seine Schlüsse gezogen – und kam zu einem deutlich nüchterneren Ergebnis als eine Begegnung mit der vierten Art. Ihm war Nickys Antwort auf seine Frage nach den Cannabis-Pflanzen eingefallen. Sie hatte gesagt, dass Matthew einen Experten hinzugezogen hatte. Martin schirmte seine Augen ab und betrachtete das kometenhafte Licht. Ja, dachte er, das kommt aus Liac House. Er würde darauf wetten (mit sicherlich mehr Geld, als er gestern beim Pferderennen verloren hatte), dass es aus dem Gewächshaus kam.

»Nein«, wiederholte er, »lasst uns zurück in den Pub gehen. Da ist etwas ... äh ... worüber ich mit euch sprechen möchte.«

Harvey war zutiefst entsetzt. »Bist du total übergeschnappt?«, brüllte er. »Wir müssen nach Liac House fahren. Wir müssen Grace retten.«

Martin streckte die Hand aus, um ihn zurückzuhalten. »Äh ... nein, hm, ich glaube, ich weiß, was da vorgeht.«

»Hä?« Charlie war völlig verwirrt. »Was meinst du?«

»Kommt mit rein«, sagte Martin.

»Aber Grace wird sterben!«

»Harvey. Das Einzige, woran Grace sterben könnte, ist eine Überdosis an Infrarotlicht. Eine andere Gefahr sehe ich nicht. Es sei denn, du glaubst, zu viel Dope könnte tödlich sein.«

»*Was?*«

Martin ging jedoch zurück in den Pub. Harvey sah Charlie an. Charlie zuckte mit den Schultern. Es war offensichtlich, dass Harvey hier draußen keine Antwort bekommen würde.

»Dope hast du gesagt?«, fragte er, als sie am Tresen standen.

»Ja, Harvey. Grace baut Dope an.«

»Aber Grace ist ... nun, sie ist *Witwe*.«

»Ach ja? Auch Witwen brechen das Gesetz, weißt du.« Martin wusste eine Menge über Witwen. Ein großer Prozentsatz seiner Patienten waren Witwen – und eine große Anzahl von ihnen blühte in diesem Zustand geradezu auf, statt dahin zu welken. Zugegebenermaßen blühten die wenigsten so auf wie Grace, aber das lag wahrscheinlich nur an ihrer Unwissenheit. »Verwitwet zu sein bedeutet nicht, bis ans Lebensende dumme Pullover zu stricken und schließlich an Langeweile zu sterben«, bemerkte Martin abschließend.

»Nein ... aber, nun ... Grace baut Dope an. Ich kann es nicht glauben.«

»Dies erfordert ernste Maßnahmen«, sagte Charlie und griff unter den Tresen.

»Welcher Art?« Martin schielte auf die Flasche, die Charlie entkorkte. »Lagaboollen. Das ist *gut*.«

Träumerisch betrachtete Charlie die bernsteinfarbene Flüssigkeit. »Es gibt nicht Besseres als den klassischen Malzwhisky.«

Harvey interessierte sich jedoch mehr für Grace als für den Whisky. »Woher weißt du das alles? Wie kannst du so sicher sein, dass Grace Dope anbaut?«

Martin zuckte mit den Achseln. »Also ... solches Licht hab ich schon mal in Amsterdam gesehen. Äh ... ist Jahre her. Als ich an einem medizinischen Forschungsprojekt teilgenommen habe.«

»Was für ein Projekt?«

»Oh ... etwas Medizinisches.«

»Okay.« Harvey interessierte sich nicht besonders für Medizin – aber Graces neue Beschäftigung ließ ihn nicht los. »Lasst uns das mal klarstellen. Grace baut Dope an – riesige Mengen Dope – um Matthew einen Gefallen zu tun?«

»So hat es wahrscheinlich angefangen. Aber nach dem, was Matthew gesagt hat, und wenn wir aus dem, was wir heute Nacht gesehen haben, unsere Schlüsse ziehen, denke ich, dass sie noch andere Pläne hat.«

»Welche denn?«

»O Mann, Harvey! Du hast das Licht gesehen. Sie muss große Mengen anbauen. Egal wie gern sie selbst den Stoff vielleicht mag, kein Kiffer würde ...«

»... hast du das Zeug schon mal probiert?«, fragte Charlie und schenkte den Whisky ein.

Martin hustete. »Äh ... einmal. An der Universität. Hab ihn natürlich nicht inhaliert.«

»Natürlich nicht.«

»Wie Clinton«, sagte Harvey.

»Ja.«

»Der hat auch nicht penetriert.«

»Was?« Irritiert sah Martin Harvey an. »Wovon redest du?«

»Monica Lewinsky.«

Martin verzog angeekelt den Mund. »Sei nicht so widerlich, Harvey.«

»Aber warum macht sie das?«, fragte Charlie.

»Vielleicht will sie es verkaufen, ich weiß nicht. Vergiss nicht, sie ist knapp bei Kasse. Und sie möchte das Haus behalten.« Martin nippte an seinem Whisky. »Also, ich muss schon sagen, Charlie! Das ist ein wirklich gutes Zeug!«

»Du redest also wieder mit mir?«

»Natürlich.«

»Gut. Wurde auch langsam Zeit.« Charlie grinste und schenkte sich selber großzügig ein. »Wärmt irgendwie das Herz, stimmt's?«

»Was? Die Unterhaltung oder der Whisky?««

Charlie lächelte. »Nein. Die Tatsache, dass Grace unsere Tradition fortsetzt und das Gesetz vollständig missachtet.«

»Das Gesetz? Wer spricht hier vom Gesetz?« Mit seinem Talent, immer zur falschen Zeit am richtigen Ort zu sein, kam Sergeant Alfred Mabely zur Tür herein. Missbilligend sah er die drei Männer an – ganz besonders Charlie, der jenseits des Tresens stand und eine Flasche Whisky in der Hand hielt.

»Ach, Sergeant«, sagte Martin. »Alles in Ordnung?«

Alfred nickte. »Du bist auf der falschen Seite des Tresens, Charlie. Das entspricht nicht den Schankgesetzen.«

Charlie war dafür bekannt, schnell im Kopf zu sein. »Ich schenke eigentlich nicht aus, Sergeant.«

»Nein?«

»Nein. Wir ... wir haben eine kleine private Party.«
Alfred sah auf seine Uhr.

»Wir haben geschlossen. Wir haben heute früher geschlossen, weil wir eine private Feier haben.« Charlie hob die Whiskyflasche. »Möchten Sie vielleicht auch einen?«

Alfred seufzte. »Oh ... aber nur einen kleinen, bitte.« Charlie goss ihm einen großen ein.

Alfred nippte an seinem Glas und nickte wohlwollend. »Hat zufällig irgendjemand von euch die Lichter oben in Liac House gesehen?«, fragte er plötzlich.

»Nein!« Das dreifache Nein kam prompt, einstimmig und mit Nachdruck.

»Nein, nein«, wiederholte Martin und schüttelte langsam den Kopf. »Wir haben kein Licht gesehen. Was macht Ihr Ohr, Sergeant?«, fügte er hinzu und versuchte gleichmütig zu klingen.

»Schon Glück mit den Wilderern gehabt?«, fragte Charlie mit dem gleichen vergeblichen Bemühen.

Der Polizist sah nachdenklich über den Rand seines Glases. »Nein, aber ich werde sie schon kriegen. Es ist nur eine Frage der Zeit. Verbrechen zahlt sich niemals aus.«

»Nein«, sagte Martin Bamford entrüstet, »ganz sicher nicht.«

Es war schon weit nach zehn Uhr, als Matthew zum Cottage zurückkehrte. Er war hocherfreut, wenn auch ein wenig müde. Irgendwie war es ihm gelungen, den Sicherungskasten wieder zum Leben zu erwecken, und er hatte Grace allein gelassen mit der ruhigen Gewissheit, dass die Zeitschaltuhr das Gewächshaus beinahe die ganze Nacht in solches Licht tauchen würde, wie es eigentlich nur bei himmlischen Erscheinungen der Fall war. Er hatte sie auch angewiesen, eine Sonnenbrille zu tragen.

»Nicky?«, rief er aus und schloss die Tür hinter sich. Die Tür führte direkt in das Wohnzimmer, und ein flüchtiger Blick sagte ihm, dass es leer war. Er sah hinter der Trennwand nach, aber sie war auch nicht in der Küche. Als letzte Möglichkeit blieb jetzt nur noch das obere Stockwerk. Matthew runzelte die Stirn. Normalerweise ging Nicky nicht so früh ins Bett. Das hieß, dass sie wahrscheinlich dabei war, die Tapete von den Wänden zu kratzen. Und wenn Nicky um diese Uhrzeit Tapeten abkratzte, hieß das wiederum, dass sie sehr schlecht gelaunt war.

Plötzlich erinnerte sich Matthew an ihre Bitte, sie im Pub zu treffen. »Scheiße«, sagte er zu sich selbst und sprang die Treppe hinauf.

»Nicky?« Er stand in dem winzigen Flur, der zu dem einzigen Schlafzimmer und dem Badezimmer führte. Nicky war im Schlafzimmer, stand auf der Leiter und schwang ein Tapetenmesser mit Besorgnis erregendem Elan. Auf dem Fußboden lagen verstreut die Reste der dunkelblauen Tapete.

»Wo bist du gewesen?«, fragte sie, ohne ihn anzusehen.

»Nirgendwo.«

Nicky seufzte. »Was hast du gemacht?«

»Nichts.«

Nicky nickte. »Ich bin wirklich froh, dass wir das geklärt haben.«

Matthew entging ihr Sarkasmus nicht. Er kam näher. »Es tut mir Leid. Ich habe oben in Liac House gearbeitet und die Zeit vergessen.«

Nicky sah ihn immer noch nicht an.

»Es tut mir Leid«, wiederholte er.

Nicky stieg von der Leiter. »Ich habe ewig auf dich im Pub gewartet. Hat Grace dir nicht Bescheid gesagt?« Sie sprach sehr bedächtig und ohne jede Anklage.

Matthew wusste, dass das Ärger bedeutete. »Doch, das hat sie. Ich war wirklich sehr, *sehr* fleißig. Und es tut mir sehr, *sehr* Leid.«

Nicky musste grinsen. Jetzt endlich sah sie ihn an. Er sah aus wie ein ungezogener Junge, der beim Schuleschwänzen erwischt worden war. Noch wichtiger war, dass er nicht aussah, als hätte er ein beschämendes Geheimnis. Wenn überhaupt, sah er nur aufgeregt aus. Sie kam einen Schritt näher und gab ihm einen flüchtigen Kuss auf die Wange.

»Hör mal«, sagte er und umfasste ihre Schultern, »ich muss dir was erzählen.«

»Das ist gut. Ich muss dir nämlich auch was erzählen.« Nicky setzte sich auf den Rand des Bettes. »Setz dich.«

Matthew war echt aufgeregt. Grace hatte Recht gehabt: es war nicht fair, ihre Aktivitäten vor Nicky geheim zu halten. Und außerdem würde sie sich über das Geld freuen, denn das bedeutete, dass Matthew nicht aus St. Liac fortmusste, um sich eine Arbeit zu suchen.

»Lass mich zuerst erzählen«, bat er inständig, »denn meins ist wirklich gut.«

Nicky lächelte: »Meins auch.«

»In Ordnung, dann fängst du an.«

»Nein.« Nicky lachte über Matthews Aufregung. »Du zuerst.«

»In Ordnung.« Matthew nahm ihre Hände und sah ihr in die Augen. »Ich habe alle Pflanzen zum Liac House gebracht. Dort wachsen sie sehr, sehr schnell. Da ... es gibt diese besondere Art des Anbaus, sie heißt Hydrokultur.« Matthew sprach aufgeregt weiter und bemerkte nicht, dass Nickys Gesichtsausdruck sich änderte. »Du weißt doch, dass Grace eine wirklich gute Gärtnerin ist? Nun, und das wird alle unsere finanziellen Probleme lösen.«

Nicky versteifte sich. »Unsere?«

»Ja ... Graces und meine. Es ist perfekt, Nicky. Und so einfach. Die erste Ernte wird ungefähr zwanzig Kilo bringen ... wir verkaufen sie, und alles, was übrig bleibt, nachdem sie ihre Schulden bezahlt hat, teilen wir halbe-halbe.« Jetzt bemerkte Matthew den Blick, mit dem Nicky ihn betrachtete. Er drückte ihre Hände. »Schau mal, ich weiß, dass das gewagt ist, aber es ist auch clever. Ich will nicht aus Liac weg, um arbeiten zu können, und auf diese Weise kann ich hier bleiben.«

Nicky riss sich los. »Es sei denn, du kommst ins Gefängnis.«

»Ich komme *nicht* ins Gefängnis.«

»Matthew, Dope zu rauchen ist eine Sache – der Anbau großer Mengen zu gewerblichen Zwecken eine ganz andere.« Sie schüttelte den Kopf. »Ich wundere mich über Grace. Das ist wirklich sehr dumm.«

Matthew war überrascht über Nickys Reaktion. Und er war ärgerlich. »Es ist *nicht* dumm. Es ist clever. Natürlich würdest du anders darüber denken, wenn es deine Idee gewesen wäre.«

Nicky sah ihn an, als sähe sie ihn zum ersten Mal. »Ja«, sagte sie mit schleppender Stimme. »Und wenn du in deiner Gefängniszelle von einem zwei Zentner schweren Bankräuber mit einem Steifen in der Hose herumgejagt wirst, werde ich hier sitzen und mich fragen: Warum ist das nicht mir eingefallen? Warum hatte ich nicht diese brillante Idee? Guter Gott, Matthew«, fuhr sie fort, »du meckerst rum, wie unglücklich du darüber bist, dass du deinen Job verloren hast. Und was für eine Lösung findest du für dein Problem? *Verbrechen*«, stieß sie hervor.

Matthew fuhr zurück, als hätte sie ihn geschlagen.

Aber Nicky war noch nicht fertig. »Du verstrickst dich immer tiefer und du ziehst Grace mit dir.«

»Nicky ...«

»Matthew, du bist solch ein *Idiot*.«

Sie sahen sich wieder in die Augen, entsetzt über die Kluft, die plötzlich zwischen ihnen entstanden war und alle Vertrautheit ausgelöscht hatte.

Dann zuckte Matthew mit den Schultern. »Was sind denn deine Neuigkeiten?«

Nicky sah auf den Boden. »Nichts. Es spielt keine Rolle mehr.«

Kapitel 8

In St. Liac gewöhnte man sich schnell an Graces Lichter. Leute wie Martin, die genau wussten, welchem Zweck sie dienten, verbrachten ihre Zeit damit, den Argwohn bei denen, die es nicht wussten, zu zerstreuen. Es gab nur wenige, die tatsächlich keine Ahnung davon hatten, was Grace tat. Zu ihnen gehörten Margaret und Diana, aber sie waren anscheinend zufrieden mit der Vermutung, dass Grace einen besonderen Tee aus dem Himalaja anbaute. Vivienne Hopkins wusste es auch nicht, nahm aber an, dass Grace sich ganz besonders für die Teegesellschaft ins Zeug legen wollte. Gerald Percy hatte ebenfalls keine Ahnung, aber er glaubte, dass die Lichter sowieso nur in seiner Einbildung existierten. Sie verfolgten ihn im Schlaf und brachten ihn um seinen Seelenfrieden. Das war die Rache des Allmächtigen für alle Nächte, in denen er absichtlich wach gelegen hatte, um sich alle möglichen Schauergeschichten mit Geistern und Monstern auszudenken.

Nach drei Nächten mit den eingebildeten Lichtern konnte Gerald es nicht länger ertragen. Er sagte sich, dass sie *real* sein mussten. Er machte sich auf eine seiner Mondscheinwanderungen durch den Wald von Liac House und schlich sich zum Gewächshaus. Als er zum Pfarrhaus zurückkehrte, war er voller Schwung und enorm erleichtert. Die Lichter existierten tatsächlich, Gott sei Dank. Es war Gerald nie klar gewesen, dass man für den Anbau von Marihuana so viel Licht benötigte.

Grace hatte keine Ahnung, dass die Lichter das Gesprächsthema in ihrer Nachbarschaft waren. Niemand erwähnte sie ihr gegenüber und natürlich sprach sie selber auch nicht darüber. Sie waren ihr und Matthews Geheimnis. Und natürlich Nickys. Sie hatte Matthew nie nach Nickys Reaktion gefragt, sondern einfach angenommen, dass sie mit Matthew einer Meinung war. Grace fragte ihn jedoch immer, wie es Nicky ging, und er antwortete jeden Tag »Gut«, und Grace sagte auch »Gut«, und dann wendeten sie sich ihren Pflanzen zu.

Matthew wollte Grace nicht erzählen, dass seine Beziehung zu Nicky langsam starb, dass er jeden Tag später nach Hause kam und Nicky früher aufstand als er und sie sich deshalb kaum noch sahen. Matthew versuchte seinen Schmerz zu lindern, indem er sich einredete, dass ihr Unternehmen bald beendet sei und sie innerhalb der nächsten Woche die erste Ernte haben würden und die letzte vor dem Monatsende.

Und da täuschte er sich nicht. Mit der Kultivierung in Hydrokultur wuchsen die Pflanzen rasend schnell. Matthew und Grace entnahmen einen Ableger nach dem anderen, ließen sie mit Licht und Wasser heranwachsen und sahen zu, wie sie unausweichlich Blüten produzierten. Blüten, die aufgingen und blühten. Grace war hocherfreut und beschloss, der Gesellschaft zur Legalisierung von Cannabis beizutreten. Nicht etwa, weil sie von seiner Wirkung als Medikament überzeugt war. Sie fand die Pflanze einfach wunderschön.

Das Leben wurde besser für Grace. Meistens vergaß sie, dass sie über eine halbe Million Pfund Schulden hatte. Wenn sie daran erinnert wurde, reagierte sie prompt und forsch auf die Zahlungserinnerungen. Die von Melvyn Stott kamen als Brief – und sie landeten umgehend im Mülleimer. Die beunruhigenderen kamen als Telefongespräche von der Zentrale von Ramptons, von einem Mann namens Quentin Rhodes. Anfangs wurde Grace mit ihm fertig, indem sie vorgab, das chinesische Hausmädchen zu sein. Später – und das erwies sich als noch effektiver – stoppte sie seine Forderungen, indem sie nicht ans Telefon ging. Überhaupt nicht mehr.

Grace sah ihrem Leben so optimistisch entgegen, dass sie sogar über ihre Gefühle für John nachdenken konnte. Sie war froh darüber; es war schwer gewesen, zu akzeptieren, dass sie fünfundzwanzig Jahre mit einem Bastard verheiratet gewesen war. Wenn John wirklich so schrecklich war, dann stand sie selbst auch nicht so gut da. Nein, dachte sie, in der letzten Zeit war John ein dummer Mann gewesen. Er hatte versucht, Fehler mit noch schlimmeren auszugleichen. Seine Geschäftsmethoden waren offensichtlich fehlerhaft gewesen, aber er hatte doch in den besten Absichten gehandelt.

Es gab zwei Dinge, die Grace ihm nicht verzeihen konnte. Das eine war der Rasenmäher. Und über das andere wollte sie nicht nachdenken. Doch sie begann wieder, sein Grab zu besuchen. Auf ihren langen, belebenden Spaziergängen ging sie entlang der Klippen, kam zurück über den Friedhof und legte eine Hand voll Wildblumen auf seinen Grabstein.

Es war wahrscheinlich unvermeidlich – und auch auf grausame Weise passend –, dass die Person, die sie erfolgreich aus ihren Gedanken verbannt hatte, wiederkehren und sie ausgerechnet auf dem Friedhof verfolgen sollte. Ungefähr eine Woche nachdem Graces Lichter zum Gesprächsstoff der Gemeinde geworden waren, öffnete Grace das Tor zum Friedhof, schloss es sorgfältig wieder und machte sich auf den Weg zu Johns Grab. Sie stellte überrascht fest, dass sie nicht allein war. Sie war noch überraschter, als sie bemerkte, dass die andere Trauernde verlegen war und nicht gesehen werden wollte. Die Frau warf Grace einen Blick zu und beeilte sich, zum Tor am anderen Ende des Friedhofs zu gelangen. Als Grace sah, dass bereits Blumen auf Johns Grab lagen, verstand sie, warum. Sie schloss die Augen und versuchte sich den flüchtigen Eindruck der Frau auf der Beerdigung wieder ins Gedächtnis zu rufen. Dann öffnete sie die Augen wieder. Es war die gleiche Frau – und diesmal flüchtete sie vor Grace. Ohne nachzudenken rief Grace hinter ihr her.

»Honey Chambers?«

Die Frau zögerte.

»Wilberforce Street Nummer 44?«

Die Frau drehte sich langsam um. Grace erinnerte sich an den leicht dramatisch wirkenden Schal, den sie um den Kopf trug, genauso wie an die Sonnenbrille, hinter der sie sich versteckte. Aber diesmal wollte Grace sie sehen.

»London SW 3?«, fuhr sie fort und ging langsam auf die Frau zu.

Honey Chambers Blick ähnelte dem eines gefangenen Kaninchens. Sie sah aus, als würde sie jeden Moment einen Satz machen und losrennen. Ihre instinktive Haltung war, *tatsächlich* wegzurennen. Aber sie konnte nicht. Sie stand da wie angewurzelt. Als Grace näher kam, nahm Honey die Sonnenbrille ab. Einen flüchtigen Augenblick fragte sich Grace, ob sie vielleicht eine Schauspielerin war. Die Geste wirkte seltsam dramatisch und einstudiert. Honey kam ein paar Schritte auf Grace zu und Grace sah ihr in die Augen. Sie waren dunkelbraun, fast schwarz. Und genauso undurchdringlich wie die Sonnenbrille, dachte Grace.

»Er überließ es immer mir, seine Post abzuschicken«, sagte Grace. Sie ist älter, als ich dachte, sagte sie zu sich selbst, irgendwo in den Vierzigern. Aber gut erhalten. Und sie sieht teuer aus.

Als sie schließlich sprach, klang ihre Stimme volltönend, selbstbewusst und ziemlich tief. Wie eine Schauspielerin, dachte Grace. Aber ihre nächsten Worte hatte sie offensichtlich nicht einstudieren können. Graces Worte hatten sie völlig überrascht.

»Ich ... habe keine Briefe bekommen«, sagte sie.

Grace hob nur die Augenbrauen.

»Oh«, sagte Honey und hatte begriffen.

Was passiert jetzt?, dachte Grace.

Als nächstes hörte Grace sich selbst, wie sie Honey zu einem Drink nach Liac House einlud.

Grace hatte das Gefühl, neben sich zu stehen. Eine Hälfte saß auf dem Beifahrersitz von Honey Chambers´ Mercedes Cabriolet und erklärte höflich den Weg nach Liac House. Diese Hälfte nahm genauso höflich lächelnd Honeys Lob über die Schönheit des Hauses zur Kenntnis, geleitete sie durch die Eingangstür, machte ein paar unbedeutende Bemerkungen über das Hausinnere (und bemerkte Honeys Überraschung über die wenigen Möbel nicht), bat sie, sich an den Küchentisch zu setzen, und fragte, ob Rotwein in Ordnung sei, da der einzige weiße, den sie besaß, der Kartoffelwein aus der Hand des Pfarrers und leider ungenießbar sei.

Die andere Hälfte fragte: *Was mache ich hier eigentlich?* Und versuchte, Honey nicht zu prüfend zu betrachten: das gepflegte, kinnlange Haar, den sinnlichen Mund und die modische Kleidung mit den dazu passenden Accessoires. Erst nach zwei Gläsern Wein kamen beide Hälften von Grace wieder zueinander, sie sah Honey und begriff, dass sie, so erschreckend elegant sie auch wirkte, doch genauso unsicher war wie sie selbst.

In Wahrheit hatte Grace Honey dermaßen überrumpelt, dass sie den Wein noch dringender nötig hatte als Grace. Hier saß sie, in Graces atemberaubend schönem Haus, und ließ sich Graces Gastfreundschaft gefallen. Sie versuchte, so zu tun, als wäre dies eine normale Situation und nicht ein verhängnisvolles Zusammentreffen zwischen Johns Frau und seiner Geliebten, die Grace im Geist schon als überalterte Schlampe abgetan hatte. Und Honey fühlte sich schrecklich deplatziert in ihren schicken Großstadtkleidern, als sie da saß und einen Einblick in den Teil von Johns Leben bekam, den er immer vor ihr verborgen hatte. Sie wusste, dass ihm gerade dieser Teil wichtiger als alles andere gewesen war.

Sie war überrascht von Grace. Sie hatte eine alte Schachtel erwartet und nicht eine äußerst hübsche Frau, die kaum älter war als sie selbst. Eine Frau, die Selbstbewusstsein und Gesundheit ausstrahlte und die, wie Honey vermutete, nur so furchtbar nett zu ihr war, um sie in trügerischer Sicherheit zu wiegen, bevor sie sie in Grund und Boden verdammte. Erst nach zwei Gläsern Wein wurde ihr klar, dass Grace Artigkeiten von sich gab, weil sie nicht wusste, was sie sagen sollte.

Honey wappnete sich und machte den ersten Schritt. »Also«, sagte sie, »dies ist eine etwas ... ungewöhnliche Situation.«

»Da sagen Sie etwas.« Grace hatte nicht die Absicht, scharf zu klingen. Sie wollte eigentlich andeuten, dass sie genauso um Worte rang wie Honey.

Honey holte tief Luft. »Warum haben Sie mich hergebeten, Grace?«

»Ich ... ich weiß es nicht.« Grace strich sich eine Strähne aus der Stirn. »Ich weiß es wirklich nicht.« Sie trank einen Schluck Wein. »Warum sind Sie mitgekommen?«

Honey grinste. »Ich weiß es nicht.« Sie betrachtete Grace eingehend. »Neugier?«

»Ja. Ja, ich nehme an, dass es das war. Ich wusste von Ihnen – und Sie wussten von mir. Da ist es nur natürlich, dass wir bei einer Begegnung neugierig aufeinander sein würden. Warum sind Sie zur Beerdigung gekommen?«

Honey spreizte die Finger. »Ich weiß es nicht – aber ich wünschte, ich wäre nicht gekommen. Als ich Sie dort sah, umgeben von all diesen Leuten, die Teil Ihres Lebens und ... nun, Ihres Lebens waren, hatte ich das Gefühl, ich wäre besser nicht gekommen.«

»Ja«, sagte Grace, »das wäre besser gewesen.«

»Es tut mir Leid.«

Die beiden Frauen sahen sich über den Tisch hinweg an. Honey bemerkte die weiße Stelle an Graces Finger, wo der Ring gesessen hatte, und Grace bemerkte Honeys teuren Schmuck.

»Nette Adresse, SW 3«, sagte Grace. »Das ist in Chelsea, nicht wahr?«

Honey seufzte. »Ich weiß, was Sie denken, aber Sie irren sich. John hat mir nie auch nur einen Penny gegeben. Ich besitze eigenes Geld. Eine ganze Menge sogar.«

»Gut im Geschäft, ja?«

»*Wie bitte?*« Honey fuhr entsetzt zurück.

Grace war auch entsetzt. »Ich meinte nicht, dass ... ich hab das *wirklich* nicht so gemeint. Ich meine, sind Sie Schauspielerin? Da sagt man doch auch im Geschäft sein, nicht wahr?«

Honey lachte. »Ich weiß nicht. Nein, ich bin keine Schauspielerin. Ich bin Innenarchitektin.«

»Oh. Wie schön.«

»Ja.«

»Ich bin Gärtnerin«, sagte Grace und deutete durch das Fenster auf das Gewächshaus, das an die Küche grenzte. Zu spät wurde ihr klar, welchen Fehler sie damit gemacht hatte.

»Du liebe Güte«, sagte Honey und bewunderte die endlosen Reihen von Cannabis-Pflanzen. »Sie *sind* wirklich eine Gärtnerin.« Sie runzelte die Stirn. »Was sind das für Pflanzen?«

»Orchideen. Seltene Orchideen.« Verzweifelt sah Grace aus dem Fenster. »*Ganz* seltene Orchideen.«

»Oh.« Honey demonstrierte höfliches Desinteresse. »Ich verstehe nichts von Pflanzen.«

Gott sei Dank, dachte Grace. Dann sah sie Honey an und kicherte.

Honey war verunsichert. »Warum lachen Sie?«

»Es ist so merkwürdig, nicht wahr? Sie und ich sitzen hier und trinken Wein zusammen, obwohl ... obwohl ...« Grace lehnte sich in ihrem Stuhl zurück. »Obwohl ich eigentlich nur möchte, dass Sie mir von John und sich erzählen.«

»Möchten Sie das wirklich?«

Grace nickte.

Also erzählte Honey es ihr. Sie erzählte ihr, wie sie sich in der Tate Gallery kennen gelernt hatten (»In der Londoner«, sagte sie und suggerierte, dass sie wusste, dass es auch eine in Cornwall gab), wie sie ein Gespräch geknüpft hatten, wie das Gespräch zu einem gemeinsamen Drink und der Drink dann zu einem Abendessen geführt hatte und ... nun ... dass es eigentlich nur Freundschaft gewesen war.

»Ja«, sagte Grace traurig. »Das stand auch in den Briefen.«

Honey hätte liebend gerne etwas über die Briefe erfahren, aber sie war klug genug, nicht danach zu fragen.

»Die Tate Gallery«, sagte Grace nachdenklich. »Ich habe mich nie dafür interessiert – und John liebte die Kunst. Er wusste eine Menge über Gemälde, wissen Sie, und über Möbel.«

»Ja.« Honey erinnerte sich, dass John ihr erzählt hatte, Liac House sei voll gestopft mit Antiquitäten. Aber das stimmte nicht. Nicht mehr jedenfalls. »Ich hoffe, Sie nehmen es mir nicht übel, wenn ich frage, aber dieses Haus erscheint mir ein wenig ... nun, leer. Es gibt nur wenig Möbel.«

Schlagartig richtete sich Grace auf. »Oh! Ja. Ja, ich ... hm, nun, ... ich musste einige verkaufen.«

Honey lauschte fasziniert. »Aber John war doch wohlhabend, oder?«

»O ja, das *war* er. Aber er ist ... zu einem ungünstigen Zeitpunkt gestorben. Er machte überall Geschäfte, ich war gerade dabei, selbst ein Geschäft zu eröffnen, und da es so lange dauert, die gerichtliche Testamentsbestätigung zu bekommen, brauchte ich etwas Bargeld.« Grace merkte, dass sie wieder schwer zu atmen begann und sich wie eine Kriminelle fühlte. Sie hoffte, dass sie sich mit der Zeit daran gewöhnen würde.

»Welche Art Geschäft?«, fragte Honey.

»Schmugg ... äh, Export. Export von Orchideen. Seltene Orchideen. Ganz seltene Orchideen.«

»Sie müssen sehr talentiert sein«, sagte Honey und meinte es auch so.

»Nein, eigentlich nicht.« Grace wurde allmählich verzweifelt. Es war schon fast dunkel draußen: bald würden sich die Strahler einschalten, und sie wollte nicht, dass Honey das Gewächshaus sah, wenn es wie ein Raumschiff leuchtete. Auf der anderen Seite wollte sie mehr über diese Frau wissen. Sie war faszinierend. Noch faszinierender war Graces Feststellung, dass sie Honey allmählich mochte. Das war falsch. Sie sollte diese Frau hassen.

»Haben Sie Kinder?«, fragte sie, aber was sie meinte, war: »Haben Sie Kinder von John?«, womit sie den Hass schüren konnte. Aber sie wusste die Antwort schon, als sie die Frage aussprach.

»Ich fürchte, ich bin nicht sehr mütterlich.«

»Ich konnte keine bekommen«, sagte Grace.

Honey sah auf. »Ich weiß.«

»Du liebe Güte, Sie wissen aber eine Menge.«

»Nein, eigentlich nicht. Ich wusste immer nur über das Wesentliche in Johns Leben Bescheid.« Honey bedauerte die Worte, sobald sie sie ausgesprochen hatte. Es klang, als wäre Grace auch Teil dieses Wesentlichen gewesen, wie eine Waschmaschine oder eine Spüle.

»Nun ... da wir gerade von Wesentlichem sprechen«, entgegnete Grace. »Kann ich Sie etwas fragen?«

Honey zuckte mit den Schultern. »Bitte.« Sie wusste, was kommen würde und füllte beide Gläser noch einmal auf.

»Wie haben Sie es mit Sex gehalten?«

»Mit Sex?«

»Ja, Sex.«

Honey senkte den Kopf. Sie wusste, dass Grace darauf gebrannt hatte, ihr diese Fragen zu stellen, und es war eigentlich klar gewesen, dass Grace die Geschichte von der Freundschaft nicht einfach glauben würde.

»Sex?«

»Ja«, sagte Grace. »Sex.«

Honeys Lippen zuckten. Sie trank einen Schluck Wein und versuchte ihr Lächeln zu verbergen. Es gelang ihr nicht. »Es war ein Albtraum«, sagte sie.

Graces Gesichtsaudruck blieb unergründlich.

Honey musste kichern. »Es war so anstrengend!«

Grace fing gleichfalls an zu kichern. »Oh, mein Gott, es war so frustrierend! Versuchen Sie mal, ein totes Pferd zum Laufen zu bringen!« Sie legte die Hand auf den Mund. Nein, dachte sie, sie sollte nicht darüber reden. Sie sollte nicht zusammen mit der Geliebten über Johns Unfähigkeit ...

Dann bemerkte sie, dass sie gar nicht gemeinsam mit Honey lachte. Honey amüsierte sich keineswegs. Sie sah Grace mit einer Mischung aus Schuld, Scham und Mitleid an.

Graces Hand zitterte, als sie nach ihrem Weinglas griff. »Nein«, sagte sie kaum hörbar, »so war es ganz und gar nicht, oder?«

Honey schüttelte den Kopf und wich ihrem Blick aus. »Nein, eigentlich nicht.«

Plötzlich wollte Grace alles wissen. Sie wusste nicht, warum; es würde sie verletzen – aber sie musste es trotzdem wissen. »Was haben Sie gemacht?«

Honey war zutiefst verlegen und schüttelte den Kopf. »Ich glaube wirklich nicht, dass wir darüber reden sollten ...«

»Nein. Bitte ... ich würde es wirklich gerne wissen.«

Honey sah sie über den Tisch hinweg an. Warum tat Grace das?, fragte sie sich. Warum bestand sie darauf, sich selbst wehzutun? »Ich ...« Aber Honey konnte es einfach nicht. Wieder schüttelte sie den Kopf.

»Aber ich möchte, dass Sie es mir erzählen«, bat Grace.

Honey lehnte sich in ihrem Stuhl zurück. »Eiskrem«, sagte sie seufzend.

»Wie bitte?« Grace hatte sie nicht verstanden. »Was haben Sie gesagt?«

»Eiskrem. Ich ... musste sie von seinen Fingern lutschen. Das hat ihn total wild gemacht.« Bei der Erinnerung konnte Honey ein Lächeln nicht unterdrücken. »Ich musste mich ohnmächtig stellen, damit ich etwas Ruhe bekam. Er war unersättlich.«

Grace erbleichte und fummelte nervös an dem Kragen ihrer Bluse.

Honey hustete. »Ich glaube«, sagte sie und lehnte sich wieder nach vorn, »er dachte, Sie seien nicht interessiert daran.«

Grace fragte sich, ob man sah, wie sie auf ihrem Stuhl kleiner wurde. So musste es sich wohl anfühlen, wenn eine Hälfte von ihr verschwinden würde. »Er hat sich geirrt«, sagte sie leise.

Honey konnte ihr nicht länger in die Augen sehen. Sie sah sich in der Küche um und suchte verzweifelt neuen Gesprächsstoff. »Es ist wirklich ein schönes Haus.«

»Ja«, sagte Grace automatisch. »Ich ... ich glaube, Sie gehen jetzt besser.«

Honey nickte. Aber sie konnte Grace nicht in diesem Zustand allein lassen. »Er hat Sie geliebt, wissen Sie«, versuchte sie ungeschickt Graces Elend zu lindern.

Grace trank noch einen Schluck Wein. »Seien Sie nicht so gönnerhaft.«

Honey nickte. Das war eine faire Antwort. Aber sie wünschte sich aufrichtig, Grace helfen zu können.

»Also«, seufzte sie, »wenn Sie jemals jemanden zum Reden brauchen ...«

»Ja. Ich kenne ja die Adresse.«

Honey wusste, wann sie unerwünscht war. Sie stand auf und griff nach ihrem Schal. Grace starrte auf ihren leeren Stuhl. »Wilberforce Street Nummer 44.«

Mit gesenktem Kopf verließ Honey den Raum.

»London«, sagte Grace, »SW 3.«

Kapitel 9

Grace sah auf den Cannabis-Steckling in ihrer Hand und fragte sich, ob diese Droge ihr wohl zu besserem Schlaf verhelfen konnte. Sie wollte nicht noch einmal so etwas durchmachen wie letzte Nacht, als sie wach gelegen hatte und sich mit Bildern von John, Honey, Eiskrem und Fingerspitzen gequält hatte. Freundschaft, hatte sie gedacht. Also das war es, was Freunde miteinander taten: sich gegenseitig Eiskrem von ihren Fingern lecken. Sie beschloss, sich das zu merken, falls sie selbst noch einmal einen Freund finden sollte. Sie musste über die absolute Unwahrscheinlichkeit einer solchen Möglichkeit lachen. Zumindest dachte sie, sie würde lachen. Es dauerte ein paar Minuten, bis ihr klar wurde, dass sie haltlos schluchzte, weil sie so schrecklich einsam war und tatsächlich mit einem Bastard verheiratet gewesen war. Schließlich hatte sie sich völlig erschöpft in den Schlaf geweint.

Am Morgen wachte sie mit höllischen Kopfschmerzen und zutiefst deprimiert auf. Doch sobald sie den Sonnenschein sah, hob sich ihre Stimmung und sie schwor sich, dass ihr Leben nun besser werden würde. Das konnte gar nicht anders sein, denn gestern hatte sie den Tiefpunkt erreicht, und es hatte ihr nicht gefallen. Aber eine Stunde nachdem Matthew gekommen war und sie ihre Arbeit mit der Zucht der Cannabis-Pflanzen aufgenommen hatten, fühlte sich Grace wieder erschöpft. Vielleicht war ja Marihuana die Antwort, vielleicht konnte sie dann besser schlafen. Und selbst wenn nicht, war es höchste Zeit, dass sie sich mit den legendären medizinischen Eigenschaften der Droge vertraut machte. Sie nahm den Ableger in die Hand und wandte sich an Matthew.

»Matthew?«

»Hm?«

»Drehst du mir eine?«

Matthew ließ beinahe die Gießkanne fallen. Er war froh, dass er mit dem Rücken zu Grace stand und sie seinen Gesichtsausdruck nicht sehen konnte. Er sah aus wie ein erschrecktes Tier. Vielleicht, dachte er, hatte er sie nicht richtig verstanden.

Aber das hatte er doch.

»Ich möchte wissen, wie es ist.« Der kokette Unterton in ihrer Stimme war nicht zu überhören.

Matthews Herz sank. Er fragte sich, ob er sich vielleicht absichtlich dumm gestellt hatte und die Anzeichen übersehen hatte. Er machte im Geiste eine schnelle Bestandsaufnahme – und das Ergebnis gefiel ihm nicht. Grace, die weinend in seinen Armen lag, Grace, die vergaß, ihn an seine Verabredung mit Nicky zu erinnern, Grace, die ihm andauernd sagte, sie wüsste nicht, was sie ohne ihn tun sollte. Grace hatte ihre Lebensweise vollständig geändert, damit sie den ganzen Tag und die halbe Nacht mit ihm zusammen sein konnte.

»*Bitte*«, flehte sie.

Matthew seufzte, stellte die Gießkanne auf den Tisch und richtete sich zu seiner vollen Größe auf. Er nahm an, dass es auch seine Schuld war. Er hatte kein Geheimnis daraus gemacht, wie gern er mit Grace zusammen war. Und schließlich war sie ja auch nur ein Mensch (Matthew meinte eine Frau) und hatte die logische Schlussfolgerung gezogen, dass er in sie verliebt war.

O Mann, sagte er zu sich selbst, das wird wirklich, wirklich verdammt schwierig. »Hm … Grace …«, begann er, immer noch mit dem Rücken zu ihr.

Grace berührte ihn an der Schulter. Es war eine leichte Geste. Vertraut. Intim. Matthew verspannte sich.

»Ich meine«, sagte Grace, »wenn ich es anbaue und verkaufe, dann sollte ich auch wissen, welche Wirkung es hat. Meinst du nicht?«

Matthew brach beinahe auf dem Pflanztisch zusammen.

»Geht es dir gut?«

»Ja. Ja ... es geht mir gut. Hab nur den Halt verloren, das ist alles.« Matthew seufzte vor Erleichterung, drehte sich um und strahlte Grace an.

Du lieber Himmel, dachte sie, er ist wirklich *verdammt* attraktiv. Warum war ihr das bloß vorher nie aufgefallen? Ein schönes Paar, dachte sie, Matthew und Nicky.

»Nun ja«, sagte sie und sah auf den Ableger in ihrer Hand, »ich dachte nur, es wäre vielleicht eine gute Idee. Ist doch verständlich, oder?«

»O ja, absolut.« Matthew griff in die Tasche seines Overalls und zog seine Tabaksdose heraus. »Natürlich solltest du wissen, wie es ist.« Er fühlte, wie ihm das Blut in den Kopf schoss, und hoffte, dass er nicht errötete. Wie *peinlich*, dachte er. Er versuchte, sich alle Vorstellungen von Grace als sexlüsterner Witwe aus dem Kopf zu schlagen, öffnete die Dose und holte sein Zigarettenpapier, den Tabak und den kleinen Klumpen Dope hervor, von dem er Martin gesagt hatte, dass er ihn nicht besäße. Er war auch nur für Notfälle.

Grace sah ihm entsetzt zu, als er begann, einen Joint zu drehen.

»Nein!«, stieß sie hervor. »Doch nicht hier drinnen!«

»Äh? Wieso nicht?«

Grace kam näher. »Jemand könnte uns *sehen*!«

»Grace!« Mit einer Bewegung deutete Matthew auf ihre Cannabis-Zucht. Er schätzte, dass es inzwischen um die fünfhundert Pflanzen waren.

»Oh, ich weiß«, räumte Grace ein und wischte das Beweismaterial für eine fünfjährige Gefängnisstrafe beiseite, »aber niemand weiß doch, *was* das ist. Aber wenn du den Joint hier drinnen anzündest und jemand hereinkommt, dann würde er es riechen, nicht wahr? Ich bin nicht blöd, weißt du«, fügte sie verschwörerisch grinsend hinzu. »Ich weiß, dass man es eine Meile weit riechen kann.«

Matthew erinnerte sich der vielen Male, die er auf dem Rasenmäher gesessen hatte, einen Joint in der Hand, während er sich mit Grace unterhalten hatte. Er war jedoch schlau genug, das jetzt nicht zu erwähnen. »Okay«, sagte er und schloss die Tabaksdose achselzuckend. »Wenn du lieber nach draußen gehen willst – dann gehen wir eben nach draußen.«

»Dann komm!« Grace griff nach ihrer Jacke und lief forschen Schrittes aus dem Gewächshaus. Matthew wusste nicht, ob er lachen oder weinen sollte, als sie auf das Auto zuging.

»Grace«, sagte Matthew zehn Minuten später. »Wo genau fahren wir eigentlich hin?«

»Pentyre.«

»*Was*? Warum denn?«

»Weil uns da niemand sehen wird.« Grace ließ den Motor aufheulen und legte den dritten Gang ein.

»Aber bis Pentyre sind es zwanzig Meilen!«

»Genau.« Grace fand ihren Plan einfach brillant.

Matthew stöhnte auf und lehnte sich in den beengten Beifahrersitz zurück. Grace bestand aus Widersprüchen, dachte er. Sie hatte kein Problem damit, mehrere hundert Kilogramm Cannabis in ihrem Gewächshaus anzubauen, aber sie hatte panische Angst davor gesehen zu werden, wenn sie es rauchte.

Immerhin war Pentyre schön, große Felsklippen führten wie riesige Stufen an einen der beeindruckendsten Strände in Nord-Cornwall. Wenn man fit genug war, die Klippen wieder hinauf zu klettern, konnte man ziemlich sicher sein, dass der Strand menschenleer war.

So war es – aber Grace hatte immer noch panische Angst.

»Sieh dich um, Grace«, sagte Matthew, als sie beinahe am Wasser waren. »Es ist niemand hier.« Dies entsprach zweifellos den Tatsachen. Es war niemand da, keine Menschenseele war ihnen auf dem Weg nach unten begegnet und niemand ging auf der Landspitze spazieren. Noch nicht einmal ein Fischkutter war in Sichtweite.

Matthew setzte sich auf einen Grashügel und klopfte neben sich. »Beruhige dich, entspann dich. Hier ist es sicher«, beruhigte er Grace.

»Ganz sicher?«

»Ganz sicher.«

Grace seufzte und setzte sich. »Nun, dann sollten wir es hinter uns bringen.«

Grinsend drehte Matthew ihnen einen Joint.

Grace bewunderte seine Geschicklichkeit und fragte ihn, ob er oft rauche.

»Eigentlich nicht«, sinnierte er, »vielleicht zwei am Tag.«

»Kannst da dann besser schlafen?«

»O ja, absolut.« Matthew hätte das beschwören können. Er sah Grace besorgt an. »Warum? Kannst du nicht schlafen?«

»Nicht sehr gut. Manchmal. Nun, weißt du …« Grace verstummte. Sie würde Matthew nichts von John und Honey erzählen. Sie wollte niemandem davon erzählen. Das alles gehörte jetzt der Vergangenheit an. Vorbei und vergessen.

»Nun …« Matthew gab ihr den Joint. »Versuch dies mal. Alle deine Sorgen werden … sich einfach in Rauch auflösen.«

Grace grinste. Dann, als sie den Joint nahm, sah

Matthew, das sie unsicher wurde. »Nimm ihn«, drängte er. »Tu einfach so, als wäre es eine Zigarette.«

Grace wusste, dass sie gut so tun konnte als ob. Sie inhalierte, ließ den Rauch tief in ihre Lungen dringen, wartete einen Augenblick und sah ihn dann mit einem Lufthauch mit der Meeresbrise davon ziehen.

Matthew hatte erwartet, dass sie husten würde. Grace hatte jedoch etwas viel Aufregenderes erwartet.

Nichts passierte. Nach ein paar Sekunden sah sie auf den Joint in ihrer Hand und wandte sich an Matthew. »Nichts«, sagte sie mit einem Achselzucken. »Ich merke gar nichts.«

Matthew lächelte. Ungeduldige Grace. »Das braucht Zeit«, belehrte er sie. »He!« Er war besorgt, als er sah, dass Grace noch einmal zog und so tief inhalierte, dass der Joint anfing zu knistern. »He, he, he! Langsam!« Er griff danach, wartete, bis er sich abgekühlt hatte und führte ihn dann an die Lippen.

Grace stieß den Rauch aus und fragte sich, ob sie auch alles richtig gemacht hatte. Aber Matthew schien genau das Gleiche zu tun wie sie und sah aus, als ob er eine ganze normale Zigarette rauchte. Als er den Rauch ausstieß, wanderte sein Blick über das Meer und dann schloss er die Augen. Er war ein Bild der Zufriedenheit.

Grace wartete ungeduldig auf einen weiteren Zug, aber sie war sich nicht sicher über das Zeremoniell. Bat man darum – oder wurde es einem angeboten?

Matthew beantwortete ihre unausgesprochene Frage, indem er ihr den Joint gab. Wild entschlossen, auch so zufrieden auszusehen, nahm sie fieberhaft einen Zug. Nichts passierte. Enttäuscht drehte sie sich zu Matthew um. »Es funktioniert nicht.«

»Warte einfach ab.«

Grace betrachtete den Joint misstrauisch. Gerade war ihr ein neuer, Besorgnis erregender Gedanke gekommen. »Es macht doch nicht süchtig, oder?«

Matthew hustete und schüttelte den Kopf. »Nein. Es ist ja kein Crack.«

Grace gab ihm den Joint zurück. »Bist du wirklich sicher, dass es funktioniert?«

Er grinste. »O ja, es funktioniert.«

Grace beobachtete ihn, während er rauchte. Vielleicht war ihr Stoffwechsel ja einfach anders, dachte sie. Vielleicht reagierten einige Leute stärker als andere. Sie blickte auf das Meer. Selbst wenn das Dope bei ihr nicht wirkte, war es schwer, nicht heiter zu sein. Das Geräusch der Wellen, die gegen die Felsen schlugen, hatte etwas Erfüllendes. Es lohnte sich, in den azurblauen Himmel zu schauen und die kleinen weißen Wolken zu beobachten, die träge dahin zogen. Sie liebte Cornwall. Sie liebte es leidenschaftlich. Es spielte keine Rolle, dass sie mit einem Scheißkerl aus Cornwall verheiratet gewesen war, sie liebte ihre Wahlheimat trotzdem. Zufrieden lächelnd sah sie sich nach Matthew um. Sie liebte ihn auch, beschloss sie. Natürlich nicht mit Leidenschaft. Der Gedanke reizte sie zum Kichern. Sie lehnte sich näher an ihn. Er starrte immer noch geradeaus bis hinter den Horizont und merkte nicht, dass sie sein Profil musterte.

Grace blinzelte. Matthews Profil hatte etwas Merkwürdiges an sich, etwas, das sie noch nie zuvor bemerkt hatte. Aber sie konnte beim besten Willen nicht sagen, was es war. Sie runzelte die Stirn. Eigentlich war alles an Matthew merkwürdig. Dann fiel ihr ein, was es war. Sie fing an zu kichern.

Matthew drehte sich um. Er hat riesengroße Pupillen, dachte Grace. Das lag bestimmt daran, dass er so seltsam war. Sie kicherte wieder.

»Was ist denn?«, fragte Matthew mit einem breiten Grinsen.

»Nichts.« Grace versuchte, sich zu beherrschen. »Nichts. Überhaupt nichts. Es ist nur, dass ...«

»Was?« Matthew sah völlig verwirrt aus. »Was ist?«

Grace war sich nicht sicher, ob Matthew paranoid oder nur belustigt klang. Selbst das war schon äußerst komisch. Sie lachte ihn an. Dann legte sie schuldbewusst die Hand auf den Mund. Aber ihre Augen strahlten vor Vergnügen.

»Was *ist* denn los?«, fragte Matthew.

Grace hatte nie bemerkt, wie komisch Matthew aussah, wenn er verwirrt war. »Du bist es«, erwiderte sie.

Matthew hielt ihr den Joint hin und sah sie seltsam schief an. Grace beschloss ihn zu nehmen, denn es könnte ja vielleicht doch sein, dass irgendeine Wirkung einsetzte, wenn sie es nur lang genug versuchte.

»Du …«, legte sie los, »du bist … du bist …«

»Was?«

Grace brüllte vor Lachen. »Du bist Schotte!«

Matthew grinste. Na also, dachte er, es funktioniert. »Äh … danke«, sagte er.

Aber Grace war hinüber. Sie konnte kaum noch rauchen, weil sie so zitterte, und als sie wieder inhalierte, begann sie zu stottern. Das war auch hysterisch. Sie brüllte, gab Matthew den Joint zurück und fiel gegen den Felsen hinter sich.

Matthew fing auch an zu lachen, als Grace mit ihren Gummistiefeln in der Luft herumwackelte. Dann brüllte auch er, denn er stellte sich gerade vor, wie Grace auf einer Teegesellschaft des Instituts für Frauen total high erscheinen würde.

»O Gott!«, schrie Grace. »Das ist wirklich nicht komisch, oder?«

»Nein!«, grölte Matthew und fiel gleichfalls um.

»Geht es dir schon besser?«, fragte Matthew über seine Schulter hinweg.

Es erklang ein leises Stöhnen.

Matthew nickte. Dann wandte er sich wieder dem

Meer zu und hielt sich die Hand als Schutz vor die Augen. Die Sonne war schon sehr viel tiefer gesunken, seit sie gekommen waren. Er sah auf seine Uhr und stellte erschrocken fest, dass sie seit über drei Stunden in Pentyre waren. Die ersten beiden hatten sie Krawall gemacht, die letzte hatte er einsam in friedlichem Nachsinnen verbracht, während Grace sich ›ein wenig hingelegt hatte‹.

Hinter ihm versuchte Grace gerade aufzustehen. Es wurde ihr klar, dass das unmöglich war, denn ihre Füße gehorchten ihr nicht mehr. Sie stöhnte, ließ den Kopf wieder auf das Gras sinken, schloss die Augen und versuchte sich an die wenigen Male in ihrem Leben zu erinnern, als sie betrunken gewesen war. Welches idiotische Verhalten hatte die Trunkenheit wohl hervorgerufen? Sie erinnerte sich vage daran, dass sie sich glücklich gefühlt hatte und ein bisschen albern – aber nicht übermäßig albern. Sie erinnerte sich daran, dass der Kater danach ziemlich übel gewesen war – aber nicht so katastrophal wie dies hier. In ihrem Schädel hämmerte es, als ob jemand große Gegenstände – wahrscheinlich Kleiderschränke – gegen ihre Augäpfel drückte. Und ihr war unglaublich schlecht. Mit Entsetzen erinnerte sie sich daran, dass sie sich übergeben hatte. Bevor sie in einem Haufen Elend zusammengebrochen war, war sie davon getorkelt und hatte sich hinter einem Felsen erbrochen. O Gott, dachte sie, was würden die Frauen vom Institut von ihr halten, wenn sie sie jetzt sehen könnten?

Grace überprüfte im Geiste die restlichen Bestandteile ihres Körpers und stöhnte wieder. Sie lag im Sterben. Dessen war sie sich ganz sicher. Sogar ihre Beine schmerzten. Dann fiel ihr wieder ein, warum: Matthew und sie hatten getanzt, sie hatten zwischen den Felsen herumgetobt und das zum Schreien komisch gefunden. Grace runzelte die Stirn. Was war danach passiert?

Ach ja – sie hatten die Welt in Ordnung gebracht. Sie hatten sich zusammengesetzt und das erreicht, was Politiker auf der ganzen Welt während der vergangenen tausend Jahre vergeblich versucht hatten. Grace entsann sich dumpf daran, dass es so erschreckend *einfach* gewesen war, und auch so nahe liegend. Zugegebenermaßen konnte sie sich jetzt nicht mehr daran erinnern, wie sie das gemacht hatten, aber gemacht hatten sie es. Und sie hatten nicht einmal lange dafür gebraucht. Oder vielleicht doch? Grace hatte jedes Zeitgefühl verloren.

Dann fiel ihr wieder ein, dass Matthew sie gefragt hatte, ob es ihr besser gehe. Wann war das gewesen? Hatte sie ihm eine Antwort gegeben? Sie war sich ziemlich sicher, dass sie das nicht getan hatte. Sie öffnete die Augen und sah sich nach ihm um.

»Matthew?«

»Hm?«

»Wo bist du?«

»Hier«, sagte Matthew. Er lehnte sich zurück. »Ich bin hier.«

»Oh.«

Matthew grinste und sah auf die am Boden liegende Grace hinunter. Sie war immer noch sehr blass. Aschfahl, um genau zu sein.

»Mir ... mir ist immer noch ein bisschen schwindelig«, sagte sie.

»Also, glaubst du, dass du aufstehen kannst?«

Mit größter Anstrengung schleppte sich Grace nach hinten und versuchte, sich an dem Felsen hochzuziehen. Dann hievte sie sich auf die Knie. »Fast geschafft«, sagte sie und krallte sich heroisch an einem Grasbüschel fest.

»Hast du Hunger?«

»*Hunger*?« Essen war das Letzte, an das sie jetzt denken konnte. Dann stellte sie zu ihrer Überraschung fest, dass das nicht stimmte. Aus irgendeinem Grund war sie ausgehungert. »O Gott, ja. Daran hab ich noch gar nicht gedacht. Ich habe einen Bärenhunger.«

Matthew lächelte. »Du hast Heißhunger.«

»Was?«

»Heißhunger.« Matthew stand auf, streckte die Hand aus und half ihr aufzustehen. »Das passiert manchmal. Man hat danach einen Riesenhunger.«

»Oh.«

Matthew legte einen Arm um ihre Schulter. »Komm. Lass uns gehen und Schokolade kaufen.«

»Matthew?«

»Ja.«

»Mir ist nicht besonders gut.«

Matthew klopfte ihr sanft auf den Rücken. »Es wird dir bald wieder besser gehen.«

Aber Grace fühlte sich immer noch halb tot, als sie zum Auto zurückkamen. Sie saß zusammengesunken auf dem Beifahrersitz, während Matthew den Mini zum Kiosk in Constantine Bay fuhr, wo er Unmengen an Schokolade kaufte.

Nach drei Mars-Riegeln raffte sich Grace ein wenig auf. Mit einem reuevollen Lächeln sah sie Matthew an. »Mir geht´s schon etwas besser jetzt«, sagte sie. »Wenn ich noch ein bisschen schlafe, dann bin ich wieder ganz die Alte. Ich glaube allerdings nicht«, fügte sie hinzu, »dass ich das so bald noch mal mache.«

»Na ja, jetzt weißt du wenigstens, wie es sich anfühlt.«

»Ja. Total ermüdend.« Sie schloss die Augen und ließ den Kopf gegen das Fenster sinken.

»Grace?«

»Ja, Matthew?«

»Warum hast du es getan?«

»Das habe ich dir doch gesagt. Ich wollte wissen, wie es ist.«

»Nein, jetzt einmal ehrlich. Warum willst du diese Cannabis-Geschichte machen?«

Mit trostlosem Blick sah Grace aus dem Fenster. »Wilberforce Street Nummer 44, London SW 3«, flüsterte sie.

»Wie?« Matthew hatte keine Ahnung, wovon sie sprach.

»Oh ... nichts.« Grace war müde. Schrecklich müde. »Ich will hier bleiben«, sagte sie. »Ich bin so gern hier. Es ist so schön und so friedlich.«

»Ja«, sagte Matthew, als Grace langsam einnickte, »ich bin auch gerne hier.« Für sich selbst fügte er hinzu: »Und ich liebe Nicky. Und ich will nie, nie wieder von hier fort.«

»Ich bin gern hier«, sagte Nicky. »Es ist so ruhig.«

Gerald Percy lächelte. Es war schön, junge Leute in der Kirche zu sehen, dachte er. Obwohl es einigermaßen ungewöhnlich war, Nicky ganz allein an einem Nachmittag mitten in der Woche hier zu sehen. Er war in der Sakristei gewesen, als sie einige Minuten zuvor hereingekommen war. Er fühlte, dass sie wohl eher mit Gott als mit seinem irdischen Vertreter in St. Liac kommunizieren wollte, und überließ sie ihren Gebeten. Aber Nicky hatte ihn durch die halb geöffnete Tür der Sakristei gesehen und ihn gerufen.

»Wenn du der Meinung bist, jetzt ist es ruhig hier«, sagte Gerald und setzte sich neben sie auf die Bank, »dann solltest du erst einmal den Abendgottesdienst erleben.«

Nicky grinste. Sie mochte Gerald Percy. Besonders mochte sie, dass er sich selbst nicht zu ernst nahm und in seinen Predigten nicht zu schwülstig über Religion sprach. Nicky wusste, dass einige der älteren Einwohner von St. Liac der Ansicht waren, dass Geralds Verhalten manchmal an Leichtfertigkeit grenzte, aber Nicky und ihre Freunde genossen es, wenn Gerald sich in Geschichten über teuflisches Treiben und Horror verlor.

Einen Augenblick saßen sie schweigend nebeneinander, und Gerald spürte, dass Nicky mit ihm über etwas ganz Bestimmtes sprechen wollte. Er würde sie nicht drängen. Aus seiner langjährigen Erfahrung wusste er, dass es wenig Sinn hatte, nachzubohren, es war viel besser zu schweigen und zu warten, bis die Leute den richtigen Moment fanden.

Er kam schneller, als Gerald erwartet hatte.

»Manchmal wünschte ich, ich wäre katholisch«, grübelte Nicky.

»Wirklich?« Gerald versuchte, nicht zu aufgeregt zu klingen. In der Erwartung, dass es Nicky amüsieren würde, grinste er. »Weihrauch und schöne Kostüme«, sagte er. »Es spricht wirklich eine Menge dafür.«

Aber Nicky war nicht belustigt. »Sie haben auch die Beichte.«

»Ah.« Er hätte es sich denken können, so wie sie aussah. Was, fragte er sich, konnte Nicky angestellt haben? Dann erinnerte er sich an seine Mondscheinwanderung zu Graces Gewächshaus. Nein, es ging nicht um sie selbst.

»Ich habe einige Freunde«, sagte sie nach einer Weile. »Ich glaube, sie bringen sich gerade in jede Menge Schwierigkeiten.«

Ja, dachte Gerald.

Nicky starrte geradeaus. »Sie machen etwas Illegales. Ich glaube, es wird etwas Schreckliches passieren, und ich weiß nicht, was ich tun soll.«

»Zur Polizei kannst du wohl nicht gehen?«

Nicky schüttelte den Kopf.

Also, dachte Gerald, geht es um Grace und Matthew.

»Hab ich mir schon gedacht«, sagte er.

Nicky sah gequält auf. »Ich weiß nicht, ob ich ihretwegen in Sorge bin oder meinetwegen.«

Gerald seufzte. Das war ein Konflikt. »Wenn man ein Problem hat, dass unlösbar scheint, sollte man vielleicht gar nicht versuchen, es zu lösen. Vielleicht«, sagte er und sah Nicky scharf an, »sollte man es einfach akzeptieren.«

Nicky fuhr herum. »Wie meinst du das?«

Gerald zitierte: »Möge Gott mir die Gelassenheit geben, die Dinge zu akzeptieren, die ich nicht ändern kann, den Mut, die Dinge zu verändern, die ich ändern kann, und die Weisheit, den Unterschied zu erkennen.«

Nicky sah auf ihren Schoß. »Das mit der Weisheit ist der schwierigste Teil«, gestand sie mit einem traurigen Lächeln.

Wem sagst du das, dachte Gerald. Dann stand er auf, gab Nicky einen Kuss auf das Haar und ging zurück in die Sakristei.

O Gott, dachte Nicky, was soll ich tun? Tief in ihrem Inneren wusste sie: Wenn sie versuchte, Matthew an dem zu hindern, was er tat, würde sie seine gesamte Persönlichkeit in Frage stellen. Das konnte sie nicht tun. Der einzige Mensch, der das ändern konnte, war Matthew selbst. Nicky hatte das schreckliche Gefühl, dass Matthew sich nicht ändern würde und deshalb zwangsläufig im Gefängnis landen würde.

Kapitel 10

»Mrs. Trevethan! Bitte legen Sie nicht auf!«

Grace legte den Hörer auf die Gabel. Sie verfluchte sich, dass sie überhaupt ans Telefon gegangen war, und atmete ein paar Mal tief durch. Zum dritten Mal hatte sie diesen Fehler gemacht – und zum dritten Mal war Quentin wie-auch-immer-er-hieß von Ramptons dran gewesen. Grace wusste, dass sie so nicht weiter machen konnte. Aber sie wusste auch, dass das nicht nötig war. Die erste Ernte war fast fällig. Zwanzig Kilo Cannabis.

Grace fand diesen Gedanken beruhigend und widmete sich ihrer morgendlichen Routine, die darin bestand, die Post in den Mülleimer zu werfen und in der Küche Tee zu kochen. Sie schimpfte mit sich, als sie sah, dass der Abwasch von gestern noch in der Spüle stand. Sogar noch spät am Abend war sie ein wenig high gewesen, und es hatte sie ihre gesamte Energie gekostet, sich etwas zu essen zu machen. Abwaschen war dann einfach nicht mehr drin gewesen.

Sie seufzte, schaltete das Radio ein und machte sich an den Abwasch. Sie würde sich nicht gehen lassen, versprach sie sich. Sie ließ das schmutzige Geschirr nie über Nacht stehen – und es würde ganz gewiss nicht wieder vorkommen. Genauso wenig würde sie je wieder Dope rauchen. Auch wenn sie nicht abstreiten konnte, dass sie viel Spaß dabei gehabt hatte, waren die Nachwirkungen doch scheußlich gewesen. Sie würde nicht rauschgiftsüchtig werden, aber auch keine Schlampe, die überall schmutziges Geschirr herumstehen ließ.

Grace drückte eine große Menge Spülmittel in die Spüle und machte sich mit Eifer über die Pfanne her.

Der Ansager im Radio, den sie besonders verabscheute, informierte sie mit seiner schleimigen Stimme, dass er, ›Funboy‹ Buxton, sie in den nächsten zwei Stunden mit seinem ausgeprägten Geist und seiner Schlagfertigkeit unterhalten würde. O Gott, dachte sie. Sie drehte sich um, um Funboy abzuwürgen, als er ankündigte, dass als erstes leider die für seine Hörer langweiligen Nachrichten gesendet würden.

Grace ging zurück zur Spüle. Vielleicht sollte sie sich die Nachrichten anhören. Sie hatte jeden Anschluss verloren und hätte nicht einmal gewusst, wenn ein Raumschiff in St. Liac gelandet und die halbe Bevölkerung entführt worden wäre. Grace nahm sich vor, etwas geselliger zu sein – und nicht ihre gesamte Zeit im Gewächshaus mit dem Anbau von Cannabis zu verbringen.

Die Nachrichten indes waren sehr langweilig. Der Aktienindex war gefallen (Grace fand das uninteressant), es gab Krieg in einem Land, von dem sie noch nie gehört hatte, und der Premierminister hatte ein Baby geküsst. Die einzige halbwegs interessante Neuigkeit war, dass der zuständige Minister für den Bereich häusliche Gewalt seinen männlichen Liebhaber aus kürzester Distanz erschossen hatte. Grace lachte noch darüber, als der Nachrichtensprecher für Westengland meldete: »Die Polizei feiert heute einen großen Schlag gegen den Drogenhandel.«

Grace erstarrte und ließ die Pfanne fallen.

»Zwei Männer und eine Frau standen in Bristol vor Gericht, nachdem die Polizei Marihuana im Verkaufswert von einer halben Million Pfund versteckt in einer Scheune auf ihrer Farm gefunden hatte ...«

Grace wischte sich die Hände ab und wandte sich dem Radio zu.

»Sie wurden zu einer Gefängnisstrafe von fünfzehn Jahren verurteilt ...«

Grace schaltete das Radio ab. Sie ging zurück zur Spüle, aber sie konnte sich nicht mehr auf den Abwasch konzentrieren – nur auf das Verbrechen, das sie im Begriff war zu begehen. Auch sie hatte Marihuana im Wert von einer halben Million Pfund auf ihrem Besitz; sie konnte genauso gut für fünfzehn Jahre ins Gefängnis gehen. Und Matthew auch. Das konnte sie Matthew nicht antun. Er hatte zum ersten Mal ein Zuhause gefunden und war zum ersten Mal wirklich verliebt. Sein Leben fing gerade erst an. Ihr eigenes dagegen war schon fast vorbei. So fühlte es sich wenigstens an.

Grace zermarterte sich noch das Hirn darüber, was sie tun sollte, als Matthew hereingeschlendert kam.

»Hallo«, sagte er. »Geht's dir besser?«

Grace drehte sich um. Matthew grinste breit. Sein leicht gebräuntes Gesicht strahlte vor Gesundheit, seine Augen funkelten vor Begeisterung und er sah aus, als hätte er überhaupt keine Sorgen. Grace zauberte ein Lächeln in ihr Gesicht, sagte: »Danke, gut«, und bot ihm eine Tasse Tee an.

Matthew nahm dankend an, setzte sich an den Küchentisch und nahm die Zeitung in die Hand. »Gibt es irgendwas Neues?«

»Nein. Nichts.« Grace hoffte, dass die Nachricht aus Bristol noch nicht in der Zeitung stand. »Immer das Gleiche.« Dann erzählte sie ihm von dem Minister gegen häusliche Gewalt, und Matthew musste lachen. Als sie ihn ansah, beschloss Grace, dass, wenn die Polizei nach Liac House kommen würde, sie energisch abstreiten würde, dass Matthew irgendetwas mit ihren Aktivitäten zu tun hatte. Matthew würde protestieren, aber die Polizei würde ihm nicht glauben. Alles sprach gegen Grace: sie war hoch verschuldet, sie war eine Gartenexpertin, sie hatte ein großes Gewächshaus, sie baute Cannabis an und sie bezahlte plötzlich ihr Gläubiger. Ein klarer Fall.

Grace reichte Matthew den Tee und wünschte, sie könnte ihm gleichzeitig seine Kündigung geben. Nur zu seinem eigenen Besten wollte sie ihn nicht mehr in der Nähe haben. Aber sie brauchte ihn. Er war derjenige mit dem Fachwissen. Ohne Matthew konnte sie die Ernte nicht einbringen.

»Glaubst du wirklich, es dauert nur noch zwei Tage?«, fragte sie, als sie sich – immer noch im Morgenmantel – zu ihm an den Tisch setzte.

»Klar.«

Zwei Tage. Grace konnte noch zwei Tage ein lächelndes Gesicht zeigen. Sie konnte sich gut verstellen. »Wie geht es Nicky?«, fragte sie wie immer.

Matthew seufzte. Er war es satt, so zu tun, als wäre alles in Ordnung. »Ehrlich gesagt, Grace, ist sie in der letzten Zeit ziemlich launisch. Sie will nicht mit mir reden, steht zu unmöglichen Zeiten auf, sie ... ich glaube, sie ist nicht einverstanden mit dem, was wir tun.«

»Tatsächlich?« Grace versuchte, ruhig zu bleiben. »Äh ... warum denn?«

Matthew zuckte mit den Schultern. »Sie glaubt anscheinend, dass wir geschnappt werden ... als ob wir so blöd wären!«

Graces Antwort bestand in einem schwachen Lächeln.

»Aber«, fuhr Matthew fort, »der Zweck heiligt die Mittel. Ich bin arbeitslos ...«

»... ich weiß, und es tut mir wirklich Leid.«

»Nein! Es ist nicht deine Schuld! Es ... äh ... es sind die Umstände. Und außerdem war es auch meine Entscheidung.«

Nein, dachte Grace. Es war meine. Ganz allein meine. Und ich übernehme die volle Verantwortung.

»Ich meine«, fuhr Matthew fort und merkte nicht, dass etwas nicht stimmte, »die einzige Alternative wäre gewesen, nach Glasgow zurückzukehren. Ich wollte das nicht und Nicky wollte das auch nicht. Das Letzte, was ich möchte, ist zurück zu Onkel Willys Bauunternehmen zu gehen ...«

»... Bauunternehmen. Oooh. Was baut er denn?«

»Äh ... Häuser.« Matthew sah Grace an. Vielleicht ging es ihr doch noch nicht so gut. Vielleicht hatte sie immer noch einen Kater. »Wie auch immer«, beendete er seinen Satz, »ich glaube Nicky denkt, wir übertreiben es ein wenig.«

Grace nahm ihren Becher in beide Hände und sah Matthew über den Rand hinweg an. »Das denkt sie?«

»Ja.«

Die Vorstellung, ins Gefängnis zu gehen, konnte Grace nicht ertragen. Besser gesagt, sie konnte nicht ertragen, dass sie Schuld daran war, dass die Beziehung zwischen Nicky und Matthew langsam ein schmutziges Ende fand. »Matthew. Hast du mit ihr darüber geredet? Ich meine, richtig? Ich möchte meine Nase nicht in deine Angelegenheiten stecken, aber ... nun, ich habe immer gedacht, dass du und Nicky ... du weißt schon ...«

»Ja«, sagte Matthew, »das habe ich auch gedacht. Aber ich gehe so spät ins Bett und sie steht fünf Minuten später auf ... und, tja, es scheint, als hätten wir keine Zeit mehr, miteinander zu reden.«

Grace streckte den Arm aus und nahm seine Hände in ihre. »Matthew, warum überraschst du sie nicht?«

»Das habe ich schon.« Matthew sah aus wie ein typischer mürrischer Schotte. So war er gar nicht.

»Nein. Ich meine, warum besuchst du sie nicht tagsüber? Geh zu ihrem Boot ... bring ihr ein Geschenk mit ... ich weiß auch nicht. Aber *rede* mit ihr.«

»Glaubst du wirklich?«

»Ja, Matthew, das glaube ich wirklich.« Grace lag es auf der Zunge zu sagen, dass sie über Beziehungen Bescheid wusste, aber dann wurde ihr klar, dass das nicht stimmte. Sie hatte ja nicht einmal über ihre eigene Beziehung mit John Bescheid gewusst. Sie fragte sich, wie es sein musste, sich absolut sicher in einer Beziehung zu fühlen, oder wie es war, sich auf den ersten Blick zu verlieben. Sie hatte John anfangs nicht geliebt. Die Liebe war erst mit der Zeit gekommen. Das hatte sie jedenfalls gedacht.

»Warum besuchst du sie nicht auf dem Boot?«, wiederholte sie.

»Ich werde seekrank auf Booten.«

»Ja, dann … wird sie wissen, dass du dir wirklich Mühe gibst. Große Mühe …«

Matthew zog eine Grimasse. Theoretisch war es eine gute Idee. Aber die praktische Ausführung würde er nicht genießen. »Wie wäre es«, schlug er vor, »wenn ich ihr stattdessen vorschlage, dass wir uns im Pub treffen?«

Grace schüttelte den Kopf. »Du weißt, was passiert ist, als ihr euch das letzte Mal im Pub verabredet habt. Außerdem ist es nicht sehr privat.« Männer!, dachte sie. »Und es kostet dich wohl kaum Mühe …«

»Das stimmt.« Matthew stand auf. »In Ordnung … du hast Recht. Ich fahre zum Boot. Aber sollen wir uns nicht trotzdem alle im Pub treffen? Du gehst überhaupt nie aus, Grace.« Matthews Augen leuchteten auf, als er sich für seinen Vorschlag zu begeistern begann. »Wir haben etwas zu feiern.«

»Was denn?«

Matthew nickt in Richtung auf das Gewächshaus. »Unsere erste Ernte.«

»Ein bisschen voreilig, findest du nicht?«

»Nein! Es wäre doch ein Spaß. Du, ich, Nicky, Harve, Martin … wir könnten uns zusammen setzen.«

Grace dachte eine Weile darüber nach. Es würde wirklich Spaß machen, dachte sie. Und einmal etwas anderes sein. Und außerdem hatte sie gerade erst beschlossen, geselliger zu sein. »Einverstanden«, sagte sie und stand auf. »Komm. Wir müssen noch unsere Arbeit erledigen.«

Matthew besuchte Nicky zur Mittagszeit. Er wusste, dass die *Sharicmar* dann im Hafen liegen würde. Er hoffte außerdem, dass sie am Kai und nicht mitten im Hafen vor Anker gehen würde. Aber das war nicht der Fall. Er konnte von der Klippe oberhalb St. Liacs sehen, dass Nickys Boot an einer Boje hundert Meter vom Ufer entfernt angelegt hatte. Das bedeutete, er würde zu ihr hinaus rudern müssen – eine Aussicht, die ihn nicht erfreute. Aber Grace hatte Recht: Nicky würde einsehen, dass er sich wirklich große Mühe machte. Grinsend ging er die Highstreet hinunter und kaufte unterwegs ein kleines Geschenk für Nicky.

Im Hafen borgte er sich vom alten Jack Dawkins das Ruderboot und hielt auf die *Sharicmar* zu. Er hatte nichts gegen das Rudern, denn die Anstrengung verhinderte, dass ihm schlecht wurde. Es waren die rollenden Bewegungen, ganz besonders auf einem so genannten stillliegenden Schiff, die ihn wirklich fertig machten.

»Ahoi!«, rief er, als er sich Nickys Boot näherte. Er konnte sie in ihrem leuchtenden Ölzeug und dem rotgetupften Schal sehen, wie sie geschickt einen Fisch an Deck ausnahm.

Nicky sah sich zu ihm um. »Hallo! Was um alles in der Welt ...«, rief sie.

Grace hatte Recht, dachte Matthew. Nicky war wirklich überrascht – und sie war angenehm überrascht. Er ruderte entlang des Schiffrumpfes, stieß gegen die Reifen und vertäute sein kleines Boot an der Leiter. Nicky kam über das Deck und sah zu ihm hinunter. »Was, um alles in der Welt, machst du hier?«

Matthew hielt eine weiße Plastiktüte hoch. »Ich habe

dir was mitgebracht.« Er stieg die Leiter hoch und sprang an Deck. Er versuchte sich darauf zu konzentrieren, wie schön es war, Nicky bei Tageslicht zu sehen, damit er nicht bemerkte, wie ihm langsam übel wurde.

Nicky nahm die Tüte.

»Mittagessen«, sagte Matthew. »Ich habe euch was zum Mittagessen mitgebracht.« Na ja, es war so was wie ein Geschenk. Nicky und Harvey aßen selten zu Mittag. »Pasteten aus Cornwall.«

Aber Nicky steckte gerade ihre Nase in die Tüte und verzog das Gesicht, als der Geruch ihr entgegenschlug. »Fisch«, sagte sie. »Du hast mir Fisch mitgebracht.«

Matthew zuckte mit den Schultern und gab ihr einen flüchtigen Kuss auf die Wange. »Ja, sie hatten gerade keine Pasteten mehr, und außerdem dachte ich, es wäre eine nette Abwechslung.«

Nicky seufzte und wandte sich wieder ihren Fischen zu: dem gerade erst getöteten im Gegensatz zu dem schon reichlich mitgenommenen. Sie war wirklich nicht in der richtigen Stimmung für Matthews Witze.

»Was tust du hier?«, fragte sie. »Du kommst sonst nie auf das Boot.«

Matthew sah ihren abweisenden Gesichtsausdruck. Der Fisch war ein Fehler gewesen, sagte er sich. »Ich fing an, mich zu fragen, wie du aussiehst«, sagte er. »Ich gehe zu Bett ... und fünf Minuten später stehst du auf.«

Nicky zuckte mit den Schultern und hackte einem Fisch den Kopf ab. »Das liegt an den Gezeiten.«

Matthew kam näher. »Es liegt nicht an den Gezeiten«, sagte er sanft.

Nicky seufzte. »Nein, es liegt nicht an den Gezeiten.« Sie sah eher gequält als ärgerlich aus. »Mir gefällt *wirklich* nicht, was du tust, Matthew.«

Matthew senkte den Blick. »Ja, ich weiß.«

»Ich möchte wirklich keine Beziehung mit jemandem haben, der unverantwortlich handelt.«

»Willst du doch«, widersprach Matthew. »Ich war mein ganzes Leben unverantwortlich.«

Aber Leichtfertigkeit war hier nicht erwünscht, und er wusste es. Nicky war todernst. »Nun«, sagte sie, »dann ist es an der Zeit, dass du dich änderst.«

»Warum?«

»Weil du alt wirst.«

Matthew deutete auf seine Stirn und rief in gespieltem Zorn: »Ich werde nicht alt. Das sind alles Lachfalten!«

»Ich weiß nicht, was es da zu lachen gibt.«

Matthew seufzte. »Ich verstehe das alles nicht. Ich dachte, du magst mich, so wie ich bin.«

»Das tu ich auch.« Nicky zog den dicken Gummihandschuh von ihrer Hand und rief sich ihre Unterhaltung mit Gerald Percy wieder ins Gedächtnis. »Die Dinge ändern sich, Matthew, und du musst dich mit ihnen ändern.« Sie beobachtete ihn scharf, als sie das sagte, und suchte ein Anzeichen dafür, dass er sich ihre Worte zu Herzen nahm.

»Schau mal«, sagte er, »ich *werde* mich ändern. Wenn das vorbei ist.« Die Linien auf seiner Stirn, die er für Lachfalten hielt, schienen eher auf Selbstsicherheit hinzuweisen. »In Ordnung?«

Harvey kam unter Deck hervor und sah die offene Plastiktüte. »Fisch und Pommes!«, schrie er. »Fantastisch!« Er warf Matthew einen wohl wollenden Blick zu. Nicky funkelte ihn wütend an.

»In Ordnung?«, wiederholte Matthew.

»Wenn du meinst«, antwortete Nicky. Sie zog ihren Handschuh wieder an, nahm das Beil in die Hand und köpfte eine weitere glücklose Makrele. Der Blick, den sie Matthew zuwarf, ließ keine Zweifel offen, wen sie eigentlich zerlegen wollte.

Harvey merkte die gespannte Atmosphäre, zuckte die Achseln und verschwand wieder unter Deck.

»Sieh mal«, versuchte es Matthew erneut, »ich möchte wirklich nicht, dass das unsere Beziehung kaputtmacht.«

»Nein.« Der nächste Kopf flog in den Eimer zu Nickys Füßen.

»Bald ist alles wieder so wie immer.«

»Ja.«

»Und ... schau mal ... können wir nicht auch ganz normal sein? Können wir nicht mal abends in den Pub gehen wie alle anderen auch?«

»Wenn du meinst.«

Matthew seufzte. »Heute Abend dann. Um acht?«

»Wie ist es gelaufen?«, fragte Grace.

»Oh ... gut.«

O je, dachte sie.

»Sie war ein bisschen kurz angebunden«, sagte Matthew. Er wollte nicht, dass Grace herausbekam, wie sehr Nicky gegen ihre Aktivitäten war. »Immerhin kommt sie heute Abend in den Pub, das ist doch gut.«

»Ja.« Grace schnitt noch ein paar weitere Blüten ab und hängte sie zum Trocknen auf. Wenn wir die hier nicht bald loswerden, sagte sie sich, geht diese Beziehung vor die Hunde.

Matthew dachte beinahe das Gleiche. Aber er konnte seine Aufregung beim Anblick der Pflanzen nicht verbergen.

»Unsere Blütenmutanten«, sagte er und ahmte Dr. Who Dalek nach, »werden bald fertig sein, Großer Mann. Wir können sie in die Atmosphäre entlassen und den gesamten Planeten übernehmen.«

Grace kicherte.

»Ist dir klar«, sagte Matthew mit normaler Stimme, »was wir hier geschafft haben, Grace? Es ist Wahnsinn!«

Ja, dachte Grace, und wahnsinnig gefährlich.

»Es wird Zeit«, fuhr Matthew fort, »dass ich nach London fahre und einen Dealer finde.«

»Aha.« Grace sah von der Pflanze auf, die sie gerade beschnitt. »Nein. Nein, du fährst nicht. Du bleibst hier. Ich fahre.«

»Was?«

»Ich habe das entschieden.«

Matthew kratzte sich am Kopf. »Grace ... ich glaube, du weißt nicht, was das bedeutet.«

Grace nahm eine weitere Pflanze hoch.

»Sieh mal, du warst das letzte Mal vor fünf Jahren in London auf der Blumenschau in Chelsea.«

»Und?«

»Dieses Zeug hier kannst du nicht mit Hilfe eines Floristen verkaufen.«

Grace nahm die Blumenspritze und begann damit eine Reihe der kleineren Pflanzen zu besprühen. »Wie ist also dein meisterlicher Plan?«

»Nun, ich wollte zur Portobello Road ... oder nach Notting Hill oder so fahren. Einen Dealer suchen. Den Stoff verkaufen.«

»Ist es das? Das ist dein Plan?«

»Ja. Was ist nicht gut daran?«, fragte er finster.

»Er ist Blödsinn.«

»Grace!« Matthew wurde ärgerlich. »Du darfst dort nicht auffallen. Sieh dich doch an. Ein Drogendealer wirft einen Blick auf dich und weiß, dass was faul ist.«

Grace beachtete ihn nicht und besprühte weiter die Pflanzen.

»Mit allem Respekt, ich bin aus der ersten Liga für diesen Job. Du spielst noch nicht einmal in der Kreisliga.«

Jetzt war Grace ärgerlich. Und verletzt. Er hatte noch nie so mit ihr gesprochen. Als sie sich schließlich umdrehte, guckte und klang sie ungewöhnlich böse.

»Noch ein Wort von dir, Matthew, und ich werfe die ganze Ernte ins Meer.«

Matthew erkannte, dass er zu weit gegangen war, und versuchte es auf anderem Weg. »Ich glaube, du hast noch nicht richtig darüber nachgedacht. Wenn du ernsthaft denkst ...«

»... es ist mir ernst damit, Matthew.« Sie sah ihn an, als wäre er ein kleiner, aufsässiger Junge. Sie muss bei Nicky Stunden genommen haben, dachte Matthew.

Er geriet beinahe in Wut. »Du bist nicht mein Boss! Wir sind Partner!«

Grace antwortete nicht.

»Dein Scheck ist geplatzt, falls du das vergessen hast!« Wütend sah Matthew Grace an. Was er meinte, war klar. Er arbeitete freiwillig und tat ihr einen riesengroßen Gefallen damit.

Grace seufzte. »Können wir später darüber sprechen? Wenn wir tatsächlich soweit sind?«

»Hm.«

»Wir wollten eigentlich feiern, nicht wahr? Wir vergessen das jetzt am besten, gehen in den Pub und machen uns einen schönen Abend und ... reden morgen weiter.«

Matthew drehte sich um und kappte eine Blüte mit deutlich mehr Kraft als nötig. Sie würde schon sehen. Er würde sich nicht von einer älteren Witwe sagen lassen, was er tun sollte.

Die ältere Witwe hatte jedoch schon einen Plan ausgearbeitet.

»Grace! Was für eine Überraschung.« Martin Bramford war nicht nur überrascht, er saß wie vom Donner gerührt, als er Grace im *Anchor* sah.

»Was führt dich her?«

Grace lachte. »Nun ... ich dachte nur, dass ich euch alle seit Ewigkeiten nicht gesehen habe. Matthew fragte, ob ich Lust hätte, auf ein Glas mitzukommen, und ... jetzt bin ich hier.«

»Wirklich schön, dich zu sehen. Möchtest du was trinken?«, fragte er.

»Ja, einen Gin-Tonic, bitte.«

Martin lehnte sich über den Tresen. »Wo ist denn Matthew?«, fragte er und versuchte Charlies Aufmerksamkeit zu erregen.

»Oh ... er ist schnell nach Hause gegangen, um sich umzuziehen. Martin?«, fügte Grace fast flüsternd hinzu.

»Ja?«

»Kann ich dich um etwas bitten?«

»Natürlich.«

»Es ist ... ein kleines Geheimnis.«

O Gott, dachte Martin, also eine medizinische Frage. Er wusste eigentlich nicht, warum er seine Praxis nicht gleich im Pub eröffnete. Das wäre in jeder Hinsicht eine hervorragende Idee ...

»Nun«, fuhr Grace fort, »kein richtiges Geheimnis. Ich möchte nur nicht, dass Matthew davon erfährt.«

»Ach ja?« Das klang interessant.

»Ja. Weißt du, ich muss morgen früh nach London.« Grace warf ihm einen verschwörerischen Blick zu. »Anwälte aufsuchen und solche Dinge erledigen.«

»Ich dachte, Melvyn verhandelt mit deinem Anwalt?«

»... andere Anwälte. Johns Angelegenheiten sind schrecklich kompliziert, verstehst du.«

»Ja. Das habe ich gehört.«

»Nun, es ist so ... ich muss nach London fahren und dort einen Anwalt aufsuchen, und ich will nicht, dass Matthew etwas davon erfährt.«

»Äh ... warum nicht?« Martin reichte Grace ihren Drink und nippte an seinem Bier.

»Weil er dann mit mir kommen will.« Grace entging

nicht, dass Martin völlig baff war, und sie redete schnell weiter.

»Weißt du, ich war schon seit Jahren nicht mehr in London, und Matthew hat Angst, ich könnte mich verlaufen und verloren sein in der Stadt. Er glaubt, dass ich einen Schutzengel brauche.« Und das erinnerte sie wieder an die Ersatzliga. Grace lachte – aber nicht über die Ersatzliga. »Du weißt, dass er einen immer beschützen möchte.«

Martin zuckte mit den Schultern. Das war ihm neu.

»Also«, endete Grace, »du wirst es ihm doch nicht erzählen, oder?«

»Nein. Nicht, wenn du es nicht willst. Aber, hm ... warum erzählst du *mir* das alles?«

»Oh!« Grace kicherte und legte die Hand auf den Mund. »Weil ich deine Hilfe brauche, um nach London zu kommen.«

Aha, dachte Martin. Das war es. Grace hatte nicht genug Geld für eine Zugfahrkarte, und schon gar nicht für zwei.

Martin griff in seine Jackentasche. »Natürlich helfe ich dir. Wenn du mir nur ...«

Grace sah ihn entschuldigend an. »Es ist ja nur, weil er mir in letzter Zeit so viel Probleme bereitet. Ich traue ihm nur bis Bodmin ...«

»Äh ... bitte?«

»Meinem Auto«, sagte Grace.

»Grace ...«

»Ich weiß, es ist eine Zumutung, aber ich wäre dir so dankbar.«

Endlich verstand Martin, was Grace wollte. »Du möchtest, dass ich dich zum Bahnhof fahre?«

»Ja.« Grace schaute überrascht. Sie dachte, das hätte sie bereits erklärt. »Es macht dir doch nichts aus, oder?«

»Nein. Ganz und gar nicht.« Martin lächelte sie über

den Rand seines Glases hinweg an. »Es wäre mir ein Vergnügen.«

»Danke.« Grace atmete erleichtert auf und nippte an ihrem Drink. Diese kleine Hürde war genommen. Sie wollte nicht darüber nachdenken, wie sie die anderen angehen würde.

Dazu hatte sie auch keine Gelegenheit mehr. Matthew und Harvey betraten den Pub. »Hallo, Grace«, sagte Harvey.

»Hallo, Harvey. Wie geht es dir?«

»Gut. Matthew hat mir erzählt, ihr hättet was zu feiern.«

»Äh ... ach ja?« Beunruhigt sah Grace Matthew an.

Matthew zwinkerte ihr zu. »Ja. Den Frühling. Freizeit für den Gärtner.«

»Oh, wenn es nur so *wäre*«, sagte Grace lachend. »Aber es *ist* schön, mal rauszukommen.« Sie sah sich um und dachte, dass sie schließlich doch noch einen schönen Abend haben würde. Ganz besonders, weil sie und Matthew das Kriegsbeil über ihre Auseinandersetzung begraben hatten. Sie hatten es während des gesamten Nachmittags nicht mehr erwähnt und die Zeit glücklich damit zugebracht, Dalek zu imitieren und sich – natürlich – um ihre Pflanzen zu kümmern.

Grace bemerkte, dass Nicky nicht gekommen war. »Wo ist Nicky? Ich dachte, sie wollte auch kommen?«

»Will sie auch«, sagte Harvey. »Sie kommt ein bisschen später. Sie ist noch auf dem Boot.« Er sah Grace mit traurigen Augen an. »Wir hatten ein zerrissenes Netz. Das ist ein schlechtes Omen.«

»Oh, aber nicht doch.«

»Wie wär's mit einer Runde Poolbillard?«, schlug Matthew vor. Es fiel ihm nicht im Traum ein, sich den ganzen Abend Harveys Geschichten über schlechte Omen anzuhören.

»Ich weiß nicht, wie das geht«, sagte Grace.

»Oh, es ist ganz einfach.« Harvey steuerte den Tisch an. »Komm her, ich zeige es dir. Meine Kugeln sind gestreift und die vom Doktor gesprenkelt«, sagte er

Martin warf ihm einen düsteren Blick zu.

»O je«, sagte Grace kichernd. Sie folgte den anderen und fragte Matthew, ob Nicky auch Poolbillard spielen konnte.

»Natürlich.«

Grace nickte. »Gut. Es wäre schade, wenn sie nachher nicht mitspielen könnte.«

Aber Nicky spielte nicht mit. Als sie eine halbe Stunde später am Eingang der Bar erschien, sah sie Grace, wie sie vergnügt mit Matthew lachte, als sie erfolgreich eine Kugel einlochte. Nicky drehte sich auf dem Absatz um und ging langsam wieder zurück. Dieser eine Blick hatte ihr völlig genügt. Die Art, wie Grace und Matthew miteinander umgingen, hatte etwas Vertrautes, das über das rein Physische hinausging. Nicky wusste ohne den leisesten Zweifel, dass die beiden kein Verhältnis miteinander hatten. Einen irren Moment lang wünschte sie beinahe, dass es so wäre, dann hätte sie wenigstens gewusst, was sie davon halten sollte. Dies hier war viel schlimmer. Sie hatten sich auf ein Spiel eingelassen, das schreckliche Folgen haben würde – und sie hielten es immer noch für ein Kinderspiel. Und Nicky schob Grace die Verantwortung dafür zu.

Mit hängenden Schultern, die Hände tief in den Taschen ihrer Jacke vergraben, wandte sie dem Pub den Rücken zu und schlenderte den Hügel hinunter zurück zum Cottage. Sie kam jedoch nicht sehr weit.

»Nicky?«

Überrascht drehte sich Nicky um. Es war Graces Stimme.

»Grace!« O Gott, dachte sie. Sie haben mich gesehen

und Grace hinter mir her geschickt, damit sie mich überredet, zurückzukommen. Sie fühlte sich noch ausgeschlossener.

Grace kam auf sie zu. Als ob sie Nickys Gedanken lesen konnte, sagte sie, dass sie den anderen erzählt hatte, sie würde zur Toilette gehen. »Sie haben dich nicht gesehen«, sagte sie und gab sich den Anschein, als sei alles in Ordnung. Aber in ihren Augen stand die Sorge. »Aber ich habe dich gesehen. Warum bist du nicht hereingekommen, Nicky?«

Nicky zuckte mit den Schultern. »Ich trinke im Moment nichts. Und ich wollte nicht mitten unter Trinkern sein.« Sie wusste, sie klang trotzig – sogar jämmerlich – und zwang sich zu einem Lächeln.

Aber Grace wusste, dass mehr dahinter steckte. »Bist du böse auf mich?«

Nicky seufzte. »Nein, ich bin böse auf Matthew. Es ist seine Schuld.«

»Es war *meine* Entscheidung, Nicky.« Grace sah sie flehentlich an. »Das stimmt wirklich. Ich versuche, mein Haus zu retten.«

»Grace, jeder hier weiß, was du machst. Es wird nicht mehr lange dauern, und du hast die Polizei bei dir.«

Nicky entnahm Graces Gesichtsausdruck, dass sie das für absolut lächerlich hielt. Niemand wusste Bescheid. Es war ihr und Matthews Geheimnis.

»Unsinn!«, sagte sie. »Niemand wird es herausbekommen.«

»Grace! Dein ganzes Haus leuchtet wie ein Raumschiff. Die Leute sind doch nicht dumm.« Außer, hätte sie am liebsten hinzugefügt, dir und Matthew.

Grace war schockiert, als ihr klar wurde, dass man die Lichter so weit sehen konnte. Aber sie wollte sich ihre Überraschung nicht anmerken lassen. Nur noch zwei Tage, sagte sie sich. Nur noch zwei Tage, und sie konnten zum ersten Mal ernten. »Wir sind fast fertig«, sagte sie zu Nicky.

»Ja.« Nicky war nicht sehr beeindruckt. »Matthew könnte schon morgen hinter Gittern sitzen.«

Grace wusste das. Und sie wollte nicht darüber nachdenken. Grace dachte vielmehr über etwas anderes nach. Es war ihr gerade etwas aufgefallen.

»Warum trinkst du nichts mehr?«, fragte sie unvermittelt.

Nicky war von der Frage überrumpelt und zögerte, bevor sie antwortete. »Ich ... ich mag einfach nicht.«

Aber ihre stockende Antwort und die Art, wie sie Graces Blick auswich, sagte Grace alles, was sie wissen wollte. O Gott, dachte sie. Das ist es also. Und deshalb ist sie so aufgebracht.

Grace nickte. »Er weiß nichts davon, oder?«

Nicky vermied es Grace anzusehen.

»Nicky.« Grace wollte die Hand nach ihr ausstrecken, sie in die Arme nehmen und ihr sagen, dass alles gut würde. Dann erinnerte sie sich daran, wie sie selbst Honey Chambers angefahren hatte, sie solle nicht so gönnerhaft sein. Sie widerstand dem Impuls und blieb, wo sie war. »Wie kann ich dir helfen?«

Jetzt sah Nicky sie flehentlich an. »Sorge nur dafür, dass er nicht ins Gefängnis kommt, Grace.« Dann drehte sie sich um, und ihre kleine verloren wirkende Gestalt machte sich in der Dunkelheit auf den Weg den Hügel hinunter.

Grace starrte ihr hinterher. Was tat sie diesen Menschen an, fragte sie sich. Was tat sie sich selbst an? Dann schüttelte sie den Kopf. Sie waren schon zu weit gegangen, sie *konnte* jetzt nicht mehr zurück. Sie stand zu dicht davor, ihr Haus zu retten. Und zu nahe daran, eine Lösung für Matthew zu finden, damit er in Liac bleiben konnte und immer glücklich sein würde. Es sei denn, er käme ins Gefängnis.

Gequält von widerstreitenden Gedanken, machte sich Grace zurück auf den Weg zum Pub. Sie hatte eigentlich keine Lust mehr, Poolbillard zu spielen und so zu tun, als sei alles in Ordnung. Also blieb sie eine halbe Stunde, entschuldigte sich dann und fuhr nach Hause. Als sie sich verabschiedete, sah sie Matthews Blick auf sich gerichtet. Sie winkte ihm zu und tat so, als hätte sie nichts bemerkt. Sie hätte gern geglaubt, dass Matthew nachdenklich aussah, aber sie wusste, dass das nicht stimmte. Er sah misstrauisch aus. Grace stahl sich davon und fühlte sich wie eine Kriminelle.

Aber Grace hatte sich geirrt. Matthew war weder nachdenklich noch misstrauisch. Er ärgerte sich über Grace. Und über Nicky. Es war ein Fehler gewesen, Grace in den Pub einzuladen. Sie war hereinspaziert, hatte jedermann mit ihrem Charme betört und sich benommen, als gehöre der Pub ihr. Sie hatte sogar Talent zum Billardspielen gezeigt.

Was Matthew betraf, war das Kriegsbeil über die Fahrt nach London noch lange nicht begraben. Natürlich hatte er so getan, als ob alles in bester Ordnung wäre – aber nur, weil er noch keinen Plan hatte. Als Grace sich verabschiedete, wurde ihm klar, dass er sich einen Plan ausdenken musste. Und zwar schnell.

»Geht's dir gut?«, fragte Harvey, der seinen Gesichtsausdruck bemerkte.

»Ja. Klar.« Matthew wollte Harvey gegenüber nicht zugeben, dass es ihm nicht besonders gut ging. Er wollte es nicht einmal sich selbst eingestehen, dass er sich tatsächlich ziemlich saft- und kraftlos fühlte.

»Einen Drink?«, fragte Martin.

»Danke.« Matthew hielt ihm sein Bierglas hin.

»Keine Nicky«, sagte Harvey, als Martin zur Bar ging.

Matthew seufzte. »Nein. Keine Nicky.« Dann ließ er

sich auf der Bank neben dem Billardtisch nieder und zündete sich eine Zigarette an. »Frauen mögen doch Schmusetiere, nicht wahr?«

»Wie bitte?«

»Sie knuddeln sie gerne und drücken sie, stechen ihnen die Augen aus und reißen ihnen die verdammten Gliedmaßen aus.«

Harvey starrte seinen Freund aus weit aufgerissenen Augen an.

Matthew schien mehr mit sich selbst zu sprechen, als er mit Leidenschaft, ja Gehässigkeit fortfuhr. »Ich gehe Auseinandersetzungen aus dem Weg. Ich weiß das. Aber wenn du in den Siebzigern in Glasgow aufgewachsen wärst, würdest du auch Auseinandersetzungen aus dem Weg gehen.«

Wahrscheinlich täte Harvey das, aber er hatte keine Möglichkeit, eine Antwort zu geben. Matthew setzte seine Schimpftirade fort, und die Worte überschlugen sich beinahe.

»Alles, was ich mir wünsche, ist ein einfaches Leben. Ich möchte Gemüse anbauen, ab und zu einen Joint rauchen, Weihnachtslieder singen, und wer weiß«, fügte er mit erhobener Stimme hinzu, »vielleicht möchte ich eines Tages Papa werden und ein paar verdammt nette Kinder großziehen!

Aber das ist vorbei! Ich habe die Schnauze voll. Ich habe verdammt noch mal genug! Ich bin weg. Kein Schmusetier mehr!« Matthew zog fieberhaft an seiner Zigarette. »Ich bleibe nicht hier und spiele den Prügelknaben für Grace, die Marihuanablüte, und Nicky, die verdammte Hummerkönigin!«

Harvey nickte.

»Ich bin verdammt noch mal weg«, wiederholte Matthew und nickte sich selbst zu. »Ich bin weg! Ich bin weg! Ich bin verdammt noch mal von hier verschwunden. Und bevor ich gehe, werde ich diese Weiber aufsuchen und ihnen gründlich die Meinung sagen.« Bereit für einen neuen Streit sah er Harvey an.

»Bist du fertig?«, fragte der und wandte sich wieder dem Billardtisch zu.

Matthew seufzte. Er *würde* ihnen die Meinung sagen. Morgen. Wenn er sich beruhigt hatte.

Kapitel 11

Grace hatte die meiste Zeit des vergangenen Abends vor dem großen Spiegel in ihrem Schlafzimmer verbracht. Das hatte nichts mit Eitelkeit zu tun, sondern vielmehr mit Selbstzweifeln. Sie hatte sich schon seit Ewigkeiten nichts mehr zum Anziehen gekauft und hatte keine Ahnung, welche Art Kleidung für London angebracht war. Sie hatte keine Vorstellung, was die feinen Leute trugen – und noch viel weniger, was die verwitweten Drogenhändler mittleren Alters trugen, wenn sie ihre Ware in der Portobello Road verkauften.

Eine Zeit lang hatte Grace Matthews nicht sehr ausgereiften Plan abfällig abgetan, dann hatte sie ihn übernommen. Sie war seit fünf Jahren nicht mehr in London gewesen, hatte den Kontakt zu den meisten ihrer Freunde in der Stadt verloren, und diejenigen, die noch auf ihrer Weihnachtskartenliste standen, konnten sicherlich keine Strategie zum Verkauf von zwanzig Kilo Cannabis entwickeln. Also blieb Matthews Plan ihre einzige Alternative.

Aber als sie ihren Kleiderschrank durchforstete, stolperte sie über die Frage, was sie anziehen sollte. Gummistiefel und Regenjacke kamen definitiv nicht in Frage. Das Kleid, das sie auf ihrem letzten Ausflug nach London getragen hatte, schien förmlich ›Chelsea Blumenschau‹ zu rufen, und sie sah darin eher aus wie eine Staudenpflanze. Grace erinnerte sich noch gut genug an die Portobello Road, um zu wissen, dass sie darin entsetzlich auffallen würde.

Dann hatte sie ihr schwarzes Kostüm anprobiert, aber sie sah darin weniger geheimnisvoll-kultiviert aus als stillos und beerdigungsmäßig. (Hatte sie wirklich so geschmacklos auf Johns Beerdigung ausgesehen?) Sie stand immer noch vor dem Spiegel und versuchte, das Ensemble mit einem kleinen fröhlichen Strohhut aufzupeppen, aber dadurch wirkte sie eher wie ein verkleideter Gondoliere. Nein, dachte sie, es musste zeitlos elegant sein, etwas, das deutlich machte, dass sie eine Frau mit einer Mission war.

Stirnrunzelnd erinnerte sie sich an Honey Chambers' Erscheinungsbild. Honeys Kleidung war eindeutig nach dem letzten Schrei gewesen. Sie hatte ausgesehen, als ob sie bestens über Mode informiert war. Grace fielen der lose sitzende taupefarbene Hosenanzug und der lässige Kopfschal wieder ein. Sie, Grace, hatte die Absicht, eher klassisch gekleidet loszuziehen, und auch wenn sie nichts Taupefarbenes besaß, hatte sie doch einen Hosenanzug. Auch im Bereich Kopfschal musste sie passen, aber sie besaß einen Hut, der zu dem Hosenanzug passte. Einen Hut, der ihr das letzte Mal, als sie ihn getragen hatte, viele Komplimente eingebracht hatte. Also hatte Grace das Ensemble anprobiert und das Ergebnis befriedigend gefunden. Sie war zu Bett gegangen in dem beruhigenden Wissen, dass sie ihrer Rolle zumindest äußerlich gerecht werden würde. Die Rolle zu spielen war dagegen eine ganze andere Sache.

Der Hut zog immer noch bewundernde Blicke auf sich, wie sie erfreut feststellte. Als Martin Bamford sie um viertel nach acht abholte, hatte er vor Erstaunen nach Luft geschnappt.

»Ich weiß«, sagte Grace und fand ihre Antwort dem Anlass entsprechend kokett. »Ziemlich betörend, nicht wahr?«

Martin starrte Grace weiter an, und Grace, die sich zufrieden auf den Beifahrersitz setzte, führte das darauf zurück, dass sie sich so selten in Schale warf. Sie beschloss, sich in Zukunft öfter die Mühe zu machen. Wenn sie das Geld dazu hatte. Wenn sie den Cannabis verkauft hatte. Sie konnte während der Fahrt nicht aufhören, darüber nachzudenken, und jetzt, als sie sich dem Bahnhof von Bodmin näherten, wurde sie sehr nervös. Sie bemerkte, dass ihre Hände die Handtasche auf ihrem Schoß krampfhaft festhielten. Sie holte tief Atem und befahl sich, sich zu entspannen. Dann wandte sie sich dem Fahrersitz zu. »Martin?«

»Ja.«

»Ich gehe gar nicht zu einem Anwalt.«

»Nein.« Martin sah sie mit einem halben Lächeln an. »Das habe ich auch nicht geglaubt.«

Grace nickte. »Es war mir nicht klar, dass jeder hier Bescheid weiß.«

»Nicht jeder. Nur … hm, diejenigen von uns, die es sich zusammengereimt haben.«

»Nicky hat mir erzählt, dass das Haus wie ein Raumschiff erleuchtet ist.«

Martin lachte. »Das stimmt.«

»Was denken die anderen?«

Martin zuckte mit den Schultern. »Dass du eine neue Sorte Orchideen züchtest. Dass du einen besonderen Tee anbaust.«

Plötzlich verstand Grace. »Du hast versucht, mich zu schützen, nicht wahr?«

Martin errötete leicht und Grace, zutiefst gerührt, war den Tränen nahe. Sie hatte es nicht gewusst, sie hatte nicht zu denen gehört, die es sich zusammengereimt hatten.

»Also«, sagte sie nach einer kurzen Pause, »fahre ich nach London, um es zu verkaufen.«

»Und du willst nicht, dass Matthew davon erfährt, weil er darauf bestehen würde, mitzukommen?«

»Ja. Ich möchte … möchte ihn da nicht mit hineinziehen, Martin. Es steht zu viel auf dem Spiel.«

Martin fragte sich, ob Nicky ihr von dem Baby erzählt hatte.

»Für dich steht auch eine Menge auf dem Spiel, Grace.«

Grace richtete sich in ihrem Sitz auf und versuchte, entschlossen auszusehen. »Eigentlich nicht«, sagte sie mit einem schüchternen Lächeln. »Ich weiß, was ich tue.«

»Weißt du das wirklich?« Martin war beeindruckt.

»O ja. Und ich habe ... Kontakte.«

»Tatsächlich?«

Grace nickte. »Ja. Ich bin nicht leichtfertig vorgegangen, weißt du.«

Martin grinste. »Nein.« Er betrachtete Grace, den Hut und den Hosenanzug. »Du bist für viele Überraschungen gut, Grace.«

»Danke, Martin.«

Aber als er fünf Minuten später vor dem Bahnhof vorfuhr, fingen Graces Nerven wieder an zu flattern. Ihr Plan führte sie nur bis zur Portobello Road und keinen Schritt weiter. Und sie hatte gar keine Kontakte. Sie riss sich zusammen und langte nach dem Türgriff.

»Danke, Martin. Vielen Dank.«

»Es war mir ein Vergnügen. Grace?«

»Ja?«

»Was wird Matthew denken, wenn du nicht da bist?«

Daran hatte Grace gedacht. »Ich habe ihm einen Zettel dagelassen. Ich habe ihm geschrieben, dass ich nach Wadebridge musste und anschließend bei den Penraths zum Mittagessen eingeladen bin.«

Martin guckte zweifelnd. »Meinst du, er wird das glauben?«

»Wahrscheinlich nicht.« Grace stieg aus. Sie beugte sich runter und grinste Martin an. »Aber das ist auch egal, oder? Ich bin in London – und er hat keine Ahnung, wo ich sein werde.«

Martin antwortete mit einem Augenzwinkern und

einem Winken, und als Grace die Beifahrertür schloss, löste er die Handbremse und das Auto schnurrte zurück nach St. Liac.

Plötzlich fühlte sich Grace verlassen – und schrecklich verzagt. Was um alles in der Welt, fragte sie sich, tust du hier eigentlich?

Grace schaffte es, diese Frage nicht zu beantworten, bevor sie in London ankam. Die meiste Zeit während der vierstündigen Fahrt steckte sie ihre Nase in die Illustrierten, die sie in Bodmin gekauft hatte, hielt ihre Handtasche mit festem Griff auf ihrem Schoß und sah gelegentlich aus dem Fenster, um die Aussicht zu genießen. Immerhin konnte es das letzte Mal für lange Zeit sein, dass sie dazu die Gelegenheit bekam.

In Paddington bahnte sie sich ihren Weg zum Taxistand und wartete geduldig in der Schlange auf ein schwarzes Taxi. Auf Bahnhöfen fühlte sie sich immer ein wenig unwohl: sie wusste, dass sie der Treffpunkt von skrupellosen und zwielichtigen Gestalten waren, also hielt sie den Kopf gesenkt und drückte die Tasche gegen ihre Brust. Als ehemalige Londonerin wusste sie, dass die Leute sich hier sowieso gegenseitig ignorierten. Sie war sich darüber im Klaren, dass es nicht ausreichte, zu lächeln und Fremde zu grüßen, wie es in St. Liac üblich war. Da Grace niemanden ansah, entging ihr zum Glück, dass die Leute sie ansahen.

Nach zehn Minuten war sie an der Reihe. Dankbar sprang sie in das Taxi, das neben ihr vorfuhr, lehnte sich an die Glasscheibe und bat darum, zur Portobello Road gefahren zu werden.

Der Fahrer sah sie in seinem Spiegel. »Sie gehen wohl zu einer Party, Schätzchen?«

»Äh ... nein. Nur ein bisschen einkaufen. Antiquitäten, verstehen Sie?« Früher hatte es Stände mit Antiquitäten auf der Portobello Road gegeben, das konnte sich doch nicht geändert haben.

»Oh«, sagte der Taxifahrer. »Sie sind Amerikanerin?«

»Nein.« Grace war verwirrt. Seit wann klang sie amerikanisch? »Nein. Ich bin aus Cornwall.«

»Ah. Cornwall.« Der Fahrer schaute missbilligend. Er hatte keine Ahnung von Cornwall. »Wir fahren nach Teneriffa«, sagte er.

»Oh.«

»Wir machen dort Urlaub.«

»Ah ... schön.« Grace hatte eigentlich keine Lust, sich zu unterhalten. Sie wollte sich auf das konzentrieren, was vor ihr lag.

»Es ist das Wetter, verstehen Sie.« Der Fahrer bedeutete ihr im Spiegel mit dem Finger. »Also nehmen Sie Ihr Cornwall und Ihr Whitstable ... alles gut und schön. Aber man hat keine Chance, dem Wetter zu entkommen, oder?«

»Oh ... nein.«

Der Fahrer nickte. »Wir sind vier. Meine Frau und mein Kumpel Jim und seine Braut. Jedes Jahr. So pünktlich wie die Uhr. Zwei Wochen nach Teneriffa.«

Grace seufzte, lehnte sich in ihrem Sitz zurück; sie tat so, als sei sie beschäftigt, und begann in ihrer Handtasche herumzukramen.

»Sie sollten gut darauf aufpassen«, warnte der Fahrer.

»Worauf?«

»Ihre Handtasche. Besonders in Portobello. Merken Sie sich meine Worte, da wird es immer schlimmer. Niemand kann von mir sagen, dass ich ein Rassist bin, aber sagen Sie nicht, ich hätte Sie nicht gewarnt.«

»Wovor gewarnt?« Grace sah in den Rückspiegel. Er fasste sich an die Nase und zwinkerte ihr zu. »Ich sage nur, Sie sollen Ihre Tasche festhalten. Wenn Sie eine Sekunde nicht aufpassen, ist sie verschwunden. Es sind die Drogen, Sie verstehen schon.« Er nickte wissend.

Graces Herz setzte einen Schlag lang aus. Woher wusste er, dass sie Drogen in ihrer Handtasche hatte? »*Wie bitte*? Was haben Sie gesagt?« Mit zitternden Händen schloss sie ihre Tasche.

»Drogen. Sie schnappen sie Ihnen weg, und bevor Sie es auch nur gemerkt haben, ist Ihr Geld verschwunden. Und alles, was sie sonst noch brauchen können. Geld für Drogen, verstehen Sie?«

»Oh, ich *verstehe*.« Grace sank in ihrem Sitz zusammen. Der Hut verrutschte und ihr Herz schlug immer noch wie wild, aber wahrscheinlich sollte sie dem Fahrer dankbar sein. Sie war offensichtlich auf dem richtigen Weg. Sie holte ein paar Mal tief Atem und lehnte sich wieder nach vorne. »Es gibt hier also viele Drogen, ja?«, fragte sie, setzte sich den Hut wieder gerade auf und versuchte den Anschein zu erwecken, als sei sie nur mäßig interessiert. »Hasch, Marihuana, Gras … solche Sachen?«, fügte sie beiläufig hinzu.

Der Fahrer sah sie an wie vom Donner gerührt. »Äh … ja. Ja. Jede Menge Drogen.« Er kniff die Augen zusammen. Er hatte schon alle möglichen Typen in seinem Taxi gehabt, aber diese hier war wirklich merkwürdig. Nicht ganz richtig im Kopf, seiner Meinung nach.

»Dauert es noch lange?«, fragte Grace einen Moment später. »Ich habe es ziemlich eilig. Können Sie vielleicht … ein bisschen schneller fahren?«

Der Fahrer schüttelte den Kopf. »O nein. Nicht bei diesem Verkehr. Keine Chance.«

»Oh.« Grace sah aus dem Fenster. Sie fuhren nicht gerade Stoßstange an Stoßstange. Dann bemerkte sie ein Straßenschild zu ihrer Linken. Westbourne Grove. Sie runzelte die Stirn und versuchte, sich zu erinnern. Sie war sicher, dass Westbourne Grove nach Notting

Hill führte, und dass Portobello mitten in Notting Hill war.

»Sie möchten sicher an das obere Ende, nicht?«, sagte der Fahrer.

»Wie bitte?«

»Das obere Ende der Portobello. Da sind die Antiquitätenläden. Merken Sie sich meine Worte und gehen Sie nicht zum unteren Ende. Übel. Bleiben Sie bei den Antiquitäten und Ihnen kann nichts passieren.«

»Oh ... danke.« Grace nahm sich vor, so bald wie möglich zum üblen Ende vorzustoßen.

Zwei Minuten bog der Fahrer rechts ab in eine kurze Straße mit eleganten Reihenhäusern. »Das hier ist Elgin Crescent, verstehen Sie?«

»Oh.«

»Ist wie eine Grenze. Ich setze Sie am Ende ab und Sie biegen *links* in die Portobello ab, okay? Sie sollten nicht die Straße *hinunter* gehen.«

»Okay«, sagte Grace und öffnete die Tür. »Runter geht´s zum üblen Ende?«

»Stimmt.«

Grace schlug die Tür zu und steckte den Kopf zum Fenster hinein. »Danke schön. Wie viel bin ich Ihnen schuldig?«

Der Fahrer deutete auf das Taxameter. »Sieben Pfund achtzig.«

»Du liebe Güte!« Grace öffnete ihre Tasche und kramte nach ihrem Portemonnaie. »Das ist eine ganze Menge.«

»Passen Sie bloß auf Ihre Handtasche auf, ja?«

»Ja.« Grace reichte ihm einen Zehn-Pfund-Schein. »In Ordnung.«

»O Mann«, sagte eine gelangweilte Stimme hinter ihr.

»Wie bitte?« Grace fuhr herum und sah einen vollständig in schwarz gekleideten jungen Mann, der sie wütend anstarrte.

»Ich hab nicht den ganzen Tag Zeit.« Demonstrativ stampfte der Mann mit dem Fuß auf den Boden.

Der Fahrer zwinkerte ihr zu und gab ihr das Wechselgeld. »Oh«, sagte sie lächelnd und gab ihm zwanzig Pence zurück. »Bitte behalten Sie das.«

Der Fahrer sah sie kurz an. Der Mann stieß sie mit dem Ellbogen bei Seite und bestieg das Taxi. Grace warf ihm einen zornigen Blick zu. »Trottel«, murmelte sie. Als das Taxi wendete, ging sie zum Ende der Straße und bog nach rechts ab zum übleren Ende der Portobello Road.

Nach dem, was der Fahrer gesagt hatte, erwartete sie halbwegs, dass sie direkt in ein Sodom und Gomorrha hineinkatapultiert würde. Stattdessen fand sie sich auf einer völlig normalen, geschäftigen Straße wieder, gesäumt mit Gemüseständen, Ständen mit gebrauchten Kleidern und solchen, an denen allerlei Krimskrams verkauft wurde. Die Geschäfte dahinter schienen überwiegend CDs und Schallplatten zu verkaufen. Und auch aus denen, die es nicht taten, wie die kleinen Cafes, die ausländische Speisen verkauften, dröhnte laute Musik. Grace nahm wenigstens an, dass es Musik sein sollte.

Sie marschierte weiter und zwang sich, die Leute anzusehen. Sie wusste, dass sie bald Augenkontakt aufnehmen musste, aber wollte sich erst an den Ort gewöhnen und sich unauffällig unter die Leute mischen.

Sie spürte, dass ihr Selbstvertrauen stieg, je weiter sie lief. Es gab alle möglichen Leute, aus den verschiedensten sozialen Schichten. Einige mussten einfach Drogenhändler sein.

Nach ein paar Minuten fühlte sie sich stark genug, um ihren ersten Vorstoß zu wagen. Aus dem Augenwinkel bemerkte sie ein junges Paar, das sich an einem der Kleiderstände gelangweilt einige Hemden ansah. Ihre Intuition sagte ihr, dass sie nicht an den Hemden interessiert waren. Vielmehr warteten sie auf etwas. Oder auf jemanden.

Grace schlich sich heran. »Psst!«, machte sie.

Das Mädchen mit schreiend orangefarbenem Haar und einem Ring in der Nase trug eine Lederjacke, die gespickt war mit Ziernägeln. Erschrocken sah sie auf. Grace zwinkerte ihr zu und betrachtete ihren Freund. Sein pinkfarbenes Haar stand ihm vom Kopf ab. Das waren wohl seine Fühler.

»Kann ich euch etwas Vertrauliches zeigen?«, flüsterte Grace. Sie öffnete ihre Handtasche und strahlte die beiden an. »Es ist wirklich wunderschön.«

Der Mann sah sie an, hob die Augenbrauen und griff dann nach seiner Freundin. »Komm. Lass uns gehen.«

Kichernd schlenderten sie weiter.

»*Na schön!*«, sagte Grace sich. Als sie dem Pärchen hinterher sah, drehten sich die beiden um und kicherten wieder.

Grace seufzte und sagte sich, dass sie nicht so schnell den Mut verlieren durfte. Es konnte ja nicht *jeder* hier ein Drogenhändler sein. Aber es war auch nicht besonders schmeichelhaft, ausgelacht zu werden.

Sie entschloss sich, eine neue Taktik anzuwenden. Sie würde gelangweilt die Kleider durchsehen, wie es die jungen Leute getan hatten, und darauf warten, dass die Leute zu ihr kamen.

Gerade als sie voller Erstaunen einen mehrfarbigen Chiffonrock betrachtete, spürte sie, dass jemand neben ihr stand. Sie erstarrte, drehte sich um und sah sich einem großen Rastafarier gegenüber. Sie lächelte. Er nicht.

»Würden Sie …«, hob sie an.

Der Mann schüttelte den Kopf. »Nein. Ich habe keine Ahnung, wer Sie sind.«

Das klang viel versprechend, fand Grace. Er wusste

offensichtlich, was sie ihm anbieten wollte. »Kann ich es Ihnen zeigen?« Sie öffnete ihre Tasche.

Der Rastafarier sah hinein und schüttelte den Kopf. »Nein. Ich bin nicht interessiert.« Dann ging er weiter, zu high, um zu begreifen, was er gerade gesehen hatte.

Grace schnaubte abfällig. Woran war er denn *überhaupt* interessiert? Vielleicht ging sie die Sache zu vorsichtig an. Vielleicht bedurfte es hier einer etwas direkteren Vorgehensweise. Sie spazierte die Straße hinunter, ließ nicht nur ihre Handtasche hin und her schwingen, sondern – obwohl sie sich nicht sehr wohl dabei fühlte – auch ihre Hüften. Einen Augenblick später bemerkte sie, dass ein Mann sie anstarrte. Sie blieb stehen und winkte ihn heran. »Kommen Sie«, drängte sie ihn, »ich habe hier wirklich einen Leckerbissen für Sie!«

Amüsiert sah der Mann sie an und ging geradewegs an ihr vorbei.

Der Verzweiflung nahe, schwang Grace wieder ihre Handtasche und setzte ihren Weg fort. Dann bemerkte sie die Autos. Einige parkten neben den Ständen. Andere manövrierten sich langsam durch die Menschentrauben. Autos, dachte sie. Natürlich, die Drogenhändler würden in Autos kommen.

Ermutigt stolzierte sie zu einem Volvo Kombi und beugte sich hinunter zum geöffneten Fenster an der Fahrerseite. »Suchen Sie etwas?«, fragte sie das dickbäuchige Individuum, das zusammengesunken auf dem Sitz saß.

Der Mann sah auf, scheinbar unentschlossen, ob er etwas suchte oder nicht.

Grace zwinkerte ihm zu. »Sie verstehen schon.«

»Ja«, sagte er mit verhaltener Begeisterung. »Okay. Spring rein, Süße.«

Grace wurde dunkelrot und lief schnell weg. Ach du liebes bisschen, dachte sie, dass glauben sie also von mir.

Hätte Grace einen Moment innegehalten und darüber nachgedacht, dass es ihr nicht sehr gut gelang, sich ihrer Umgebung anzupassen, wäre sie wahrscheinlich nicht so überrascht gewesen. Sie trug einen riesigen, sehr stilvollen und absolut unmodernen weißen Hut mit einer breiten Krempe, einem schwarzen Band und einer weißen Feder, die über ihren Hals herunterhing – was sie für bezaubernd gehalten hatte. Genauso weiß und unmodern war ihr Hosenanzug, der wiederum zu ihren Schuhen und ihrer Handtasche passte.

Grace fiel auf wie ein bunter Hund. Schlimmer noch, sie erregte allgemein Aufmerksamkeit, und nicht nur von denjenigen, die sie ansprach. Leute stießen sich an und kicherten, als sie verzweifelt eine Taktik nach der anderen ausprobierte. Sie lehnte sich lässig gegen einen Laternenpfahl, sie pfiff, sie stieß Leute an und nickte ihnen ermutigend zu. Manchmal hupte ein Auto hinter ihr her, aber sie wandte sich immer ab. Es hatte keinen Sinn, dachte sie schließlich. Es hier draußen unter freiem Himmel zu versuchen war offensichtlich der falsche Weg.

Sie überlegte gerade, welche Alternativen sie hatte, als ihr Blick auf einen Pub fiel. Das ist es, dachte sie. Das ist viel intimer. Sie konnte sich an Leute heranschleichen und ihnen den Inhalt ihrer Tasche zeigen, bevor sie auch nur den Hauch einer Chance hatten, sie für eine Prostituierte zu halten. Zwanzig Minuten nachdem Grace den *Market Tavern* betreten hatte, wurde sie wegen Prostitution verhaftet.

»O Gott!« Matthew sah von den Pflanzen hoch, als er das Knirschen von Schritten auf dem Kies hörte. Als er Martin Bamford sah, dessen Gestalt sich in der Tür des Gewächshauses abzeichnete, atmete er erleichtert auf. »Du bist es nur, Gott sei Dank.«

Martin guckte beleidigt. »Wie meinst du das: nur du?«

»Ich meine nur im Gegensatz zu Alfred Mabely. Oder dem Überfallkommando. Oder der Zollbehörde. Du weißt schon.«

»Oh«, sagte Martin und betrat das Gewächshaus. Beim Anblick der Cannabis-Plantage sagte er wieder: »Oh« – und diesmal machte er daraus ein Wort mit mehreren Silben und strahlte vor Freude über das ganze Gesicht. Als könnte er seinen Augen nicht trauen, blinzelte er mehrmals hintereinander heftig. »Ist das … alles …?«

»Ja«, erwiderte Matthew und grinste. »Jedes einzelne Blatt. Reines *Cannabis sativa* … na ja, gekreuzt mit *Indica*.« Er deutete nach oben, wo die Blüten an Regalen zum Trocknen und Hartwerden aufgehängt waren. »Das ist unsere erste Ernte. Zwanzig Kilogramm.«

»Leck mich am Arsch im Mondenschein«, sagte Martin.

»Lieber nicht.« Matthew ging, um die letzten Stecklinge zu gießen. »Was machst du überhaupt hier?«

Martin gab ihm keine Antwort. Er bestaunte immer noch ehrfürchtig diesen unglaublichen Anblick. Dann lächelte er. »Wenn ich mir vorstelle, dass das alles meins ist.«

»Was?« Matthew sah auf und funkelte ihn wütend an. »Was meinst mit alles deins?«

»Ich meine«, sagte Martin, »da ich den Samen bezahlt habe, gehört das hier alles mir.«

»Jetzt spinn nicht rum.« Matthew verschwendete keinen Gedanken daran, Martin ernst zu nehmen, und setzte seine Bewässerungsaktivitäten fort.

Martin zuckte mit den Schultern. Er hatte es auch nicht ernst gemeint, er wusste, welches Risiko Grace und Matthew eingegangen waren – und was sie zu retten versuchten, indem sie Cannabis-Anbau betrieben.

Oben: Nicky macht Matthew wegen des Grasanbaus heftige Vorwürfe.
Unten: Sein Kumpel Harvey (Tristan Sturrock)
ist ihm bei der Lösung seiner Probleme keine rechte Hilfe.

Grace will wissen, wie sich so ein Joint anfühlt.
Hierfür gibt es nur eine Lösung – rauchen.

Soviel Spaß sie auch hat, die Nachwirkungen sind ernüchternd.

Oben: Grace macht sich bereit für den großen Coup.
Unten: In der Höhle des Löwen. V.l.n.r.: Vince (Bill Baley),
Jacques (Tcheky Karyo) und China (Jamie Forman).

In St. Liac würzen derweil Margaret (Phyllida Law)
und Diana (Linda Kerr Scott)
ihren Tee mit dieser gut riechenden Pflanze.

Die Schwestern haben sprichwörtlich einen zuviel im Tee, als China ihren Laden betritt.

Quentin Rhodes (Clive Merrison), der Vorsitzende der Investmentgesellschaft Rampton, will in Liac House selbst nach dem Rechten sehen, trifft dort aber zunächst nur einen überforderten Harvey vor.

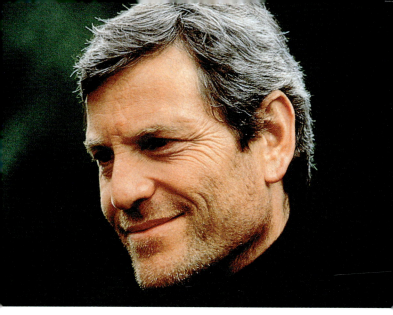

Jacques, der französische Drogenbaron,
hat auch noch ganz
andere Qualitäten zu bieten.

Aber immerhin hatte er *tatsächlich* den Samen bezahlt. Er fand es undankbar, dass Matthew ihm nicht einmal ein paar Gramm anbot.

»Ich meinte doch bloß …«, hob er an.

»… Du kannst ein Pfund haben«, sagte Matthew.

»Ein Pfund?« Martin war verblüfft. »Nun … das ist … das ist nett von dir. Und von Grace natürlich auch.«

Matthew wurde wieder wütend. »Das ist meine Entscheidung – nicht Graces. Ich darf schon alleine entscheiden, weißt du. Wir sind Partner. Keiner ist der Boss.«

Aha, dachte Martin. Also vermutet er etwas. Er fragte sich, wie er am besten das Thema zur Sprache bringen konnte.

Matthew fragte ihn erneut, was er in Liac House wolle.

»Ich … nun, ich mache mir Sorgen um Grace.«

»Was? Grace ist zum Mittagessen bei den Penraths. Raus nach Bodmin.«

Martin fingerte an seinem Kragen herum. »Nun, … da du es gerade erwähnst – sie ist nicht bei den Penraths.«

»Doch, ist sie wohl.« Matthew deutete auf den Notizblock auf der Ecke des Pflanztisches. »Sie hat mir eine Nachricht hinterlassen.« Er richtete sich zu seiner vollen Größe auf und ließ Martin ein überlegenes Lächeln zukommen. »Um ehrlich zu sein, Martin, geht sie mir im Moment aus dem Weg.«

Ja, dachte Martin, das stimmt tatsächlich.

»Also«, fuhr Matthew fort, »wir hatten gestern eine kleine Auseinandersetzung. Ich sagte ihr, dass es an der Zeit ist, nach London zu fahren, um einen Dealer zu suchen, und sie versuchte, den Boss raushängen zu lassen, und sagte, dass sie fahren würde, weil sie den besseren Plan hat und … nun ja, aber den kann sie nicht haben«, endete er lahm.

»Warum denn nicht?«
»Weil sie *niemanden* in London kennt. Sie ist hier seit Jahren begraben gewesen und hat den Kontakt zu ihren alten Freunden verloren.«
»Aha.«
»Was meinst du?«
»Ich habe mir das schon gedacht ... als ich Grace heute Morgen zum Bahnhof gebracht habe.«
»Was?« Matthew sah auf. Er sah misstrauisch aus – und besorgt. »Du ... hast ... Grace zum Bahnhof gebracht?«
»Ja.«
»Warum?«
»Weil sie nach London fahren wollte.«
Matthew ließ die Gießkanne fallen. »Oh ... O Gott!«
»Sie sagte, sie wollte einen Anwalt aufsuchen.«
»Sie hat gar keinen Anwalt in London!«
Martin sah auf den Boden.
»Sie hat Proben mitgenommen, stimmt's? Sie ist auf der Suche nach einem Dealer?«
Martin blieb stumm.
»Verdammt noch mal! Du *Idiot*!«
»Sie muss jemanden in London kennen«, sagte Martin zutiefst verlegen.
»Nein«, entgegnete Matthew bestimmt. »Sie kennt niemanden – wenigstens niemanden, der ihr mit Drogen weiterhelfen könnte.«
»Sie muss jemanden kennen«, wiederholte Martin. »Sie hat mir gesagt, dass sie Kontakte hätte. Denk nach Matthew, denk *nach*!«
Matthew dachte nach. Dann fiel ihm Graces merkwürdige Bemerkung ein, ihre eigenartige Antwort auf seine Frage, warum sie sich entschlossen hatte, Cannabis anzubauen.
»Ja«, sagte er, »vielleicht kennt sie wirklich jemanden. Vielleicht ...«

»Vielleicht was?«

»Bist du mit dem Auto hier?«

»Ja.« Martin war überrascht über die Frage, »Warum?«

»Weil du und ich da jetzt einsteigen werden. Sofort.« Martin deutete auf die Pflanzen. »Aber wir können die doch nicht hier allein lassen. Ohne Aufsicht.«

»Scheiße!« Matthew betrachtete das Gewächshaus. »Ich weiß was«, sagte er einen Augenblick später. »Wir holen Harvey. Er arbeitet heute nicht. Harvey kann sich um die Pflanzen kümmern. Komm!« Matthew griff nach seiner Jacke und stürmte aus dem Gewächshaus.

»Wohin fahren wir denn?«

»Wilberforce Street Nummer 44«, sagte Matthew, »London SW 3.«

»Wilberforce Street Nummer 44«, sagte Grace zu der Polizeibeamtin. »London SW 3.«

»Name?«

»Honey Chambers.«

»Ist sie Ihre Anwältin?«

Grace schüttelte den Kopf.

»Eine Verwandte?«

Grace sah auf. »Nein«, sagte sie leise, »nur eine … Freundin.«

Den Stift in der Hand, sah die Polizeibeamtin wieder auf Grace herunter.

»Nummer?«

»Das habe ich Ihnen doch gesagt … 44 …«

»Nein, ich meine die Telefonnummer.«

Grace schüttelte den Kopf. »Nein. Ich … ich habe sie vergessen.«

Die Polizeibeamtin sah auf das Blatt und es gelang ihr kaum, ihren Ekel zu verbergen. Sie hatte das alles schon oft erlebt. Unzählige Male. Und was glaubte diese Frau wohl damit zu erreichen, dass sie diese Person

Honey (und Honey war ganz eindeutig der Name, unter dem sie arbeitete, das war schon mal klar) als Bürgin angab? Mit etwas Glück war Honey aktenkundig, und sie würden zwei Fliegen mit einer Klappe schlagen. Sie sah Grace an. Zwei mittelalte Fliegen. Zwei alte Bordsteinschwalben.

Aber Honeys Stimme war zugegebenermaßen eine Überraschung. Polizistin Henderson rief die Auskunft an und dann Honey und war von ihrer rauen, kultivierten Stimme überrascht. Eine ausgehaltene Frau, dachte sie sich. Sie sagte Honey Chambers, dass sie eine Grace Trevethan wegen Prostitution in einem Pub in der Portobello Road verhaftet hatten, und nahm amüsiert zur Kenntnis, dass die Person am anderen Ende der Leitung heftig einatmete. Honey kam offensichtlich besser zu Rande als Grace, ihr bezahlte man eine Wohnung in einer noblen Ecke, während Grace immer noch die Straßen abklapperte. Honey wollte wahrscheinlich nicht mit Grace in Verbindung gebracht werden.

Aber Honey wollte in Verbindung gebracht werden, und eine halbe Stunde später kam sie in einem Taxi zur Polizeiwache in Ladbroke Road gebraust, irritierte Polizistin Henderson mit ihrer Armani-Kleidung, bestätigte, dass Grace aus Cornwall kam und nur heute in London war, übernahm die volle Verantwortung für sie und sagte sogar, dass sie die Kaution stellen würde, sollte es zur Anklage kommen. Egal in welcher Höhe.

Polizistin Henderson wusste, wann sie verloren hatte. Die arme Grace Trevethan wurde entlassen, mitsamt ihrem schrecklichen Anzug und allem Drum und Dran.

»Was um alles in der Welt haben Sie sich dabei gedacht?«, fragte Honey, als sie die Polizeiwache verließen. »Zum Kuckuck, Sie können nicht in solch schmutzigen Pubs herumhängen, Grace. Da kommen Sie unweigerlich in Schwierigkeiten.«

Grace antwortete nicht. Honey betrachtete ihre schreckliche Aufmachung und hatte nur noch Mitleid mit ihr. Arme Frau. So ausgehungert nach Sex zu sein, dass sie den ganzen Weg nach London gekommen war, um sich in schmierigen Pubs anzupreisen.

Honey wünschte, sie hätte die Sache mit der Eiskrem nicht erwähnt. Das hatte Grace wahrscheinlich den Rest gegeben. »Wenn Sie wirklich einen Mann brauchen, kenne ich viel bessere Orte.«

Grace sah Honey an, als sei sie schwachsinnig. »Ich wollte keinen Mann kennen lernen!«

»Wie bitte? Was haben Sie dann gemacht?«

Grace winkte Honey zu sich heran und öffnete ihre Handtasche.

»Verdammt!« Honey erblickte das Dope, sah sich schuldbewusst um, legte die Hand auf Graces Schulter und führte sie geschickt fort von der Polizeiwache. »Grace! Sie müssen verrückt sein! Sie waren gerade auf einer Polizeiwache – mit einer Tasche voll mit Marihuana. Was um Himmels willen machen Sie hier?«

»Sicher nicht mich prostituieren, das ist bombensicher.«

Honey fand Graces Lächeln schockierend. »Gehen Sie weiter!«, zischte sie. »Sie wollen doch wohl nicht verhaftet werden. Nicht schon wieder. Haben Sie irgendeine Vorstellung …?«, hob sie an.

»Ja!«, sagte Grace, als sie die Straße entlang eilten. »Also, ich bin Ihnen wirklich dankbar, dass Sie gekommen sind.«

Honey bedauerte allmählich, dass sie gekommen war. Grace war offensichtlich durchgedreht.

»Erinnern Sie sich, dass Sie gesagt haben, ich soll kommen, wenn ich jemanden zum Reden brauche?«, fragte Grace, als Honey ein Taxi anhielt.

»Ja.«

»Nun, ich glaube, wir müssen miteinander reden.«

Honey zuckte mit den Schultern. Dann beugte sie sich zum Fenster des Taxis hinunter. »Wilberforce Street Nummer 44«, teilte sie dem Fahrer mit.

»Nun«, sagte Honey eine halbe Stunde später, »ich muss sagen, ich bin beeindruckt.«
»Tatsächlich?«
»Ja. Sie sind … Sie sind wirklich sehr geschäftstüchtig.«
Grace nickte. Sie hatte Honey die ganze Geschichte erzählt, aber sie hatte damit eigentlich keinen Eindruck bei ihr schinden wollen. Sie wollte ihre Hilfe. Grace betrachtete Honeys großes, elegantes Wohnzimmer mit den weißen Wänden, den Art-déco-Möbeln und den beiden großen Fenstern, die auf einen grünen Platz hinausgingen. Eine unpassende Umgebung, um über Drogen zu sprechen, fand sie. Dann betrachtete sie Honey, sehr elegant in einem anderen locker sitzenden Hosenanzug und einem wehenden Schal. Sie sah an sich selbst hinunter. Es war nicht der letzte Schrei, wie sie zugeben musste. Sie war aus der Mode.
Nicht so Honey, da war sie sicher.
»Es ist so«, sagte sie, als Honey sich vorbeugte, um die Teetassen aufzufüllen, »ich weiß nicht, was ich tun soll. Ich kann Matthew nicht mit hineinziehen … vielleicht können Sie mir irgendwie helfen?«
Honey runzelte die Stirn. »Ich wüsste nicht, wie.«
Grace hob die Augenbrauen. »Indem Sie für mich einen Dealer anrufen?«
Honey seufzte. »Nein, Grace. Das ist verrückt. Ich kann das nicht tun. Sie werden im Gefängnis landen. Oh, Grace, … geben Sie das Haus auf. Gehen Sie nach Indien. Züchten Sie Yaks.«
»Ich werde es nicht aufgeben.« Grace war fest entschlossen. »Rufen Sie einen Dealer an. Bitte.«
Honey wich ihrem Blick aus. Sie fühlte sich sehr un-

wohl. Es stand unausgesprochen zwischen ihnen, dass sie Grace einen Gefallen schuldete. Sie hatte Grace zwar von der Polizeiwache in Ladbroke Grove gerettet, aber wenn sie wirklich helfen wollte, wenn sie Grace aus der Notlage befreien würde, in die ihr Ehemann – Honeys Liebhaber – sie gebracht hatte, dann hätte sie wirklich alles getan.

Sie seufzte und sah Grace durch die Wimpern hindurch an. »Woher wissen Sie überhaupt, dass ich einen Dealer kenne?«

Grace antwortete nicht. Sie runzelte nur die Stirn.

Honey stand auf. »In Ordnung – aber unter einer Bedingung.«

»Und die wäre?« Grace war sich nicht sicher, ob ihr diese Tonart gefiel.

»Dass ich Ihnen etwas zum Anziehen leihen darf, das …« Honey sah auf Graces schäbigen Anzug und den jetzt verknautscht am Boden liegenden Hut. »Nun, das nicht so ist wie *das* da.«

»Oh.« Grace blickte auf und lächelte. »In Ordnung.«

Zum zweiten Mal innerhalb von vierundzwanzig Stunden stand Grace fünf Minuten später wieder vor einem Spiegel und probierte verschiedene Kleidungsstücke an. Sie weigerte sich, über die Möglichkeit – oder die übergroße Wahrscheinlichkeit – nachzudenken, dass sich auch ihr Ehemann in unterschiedlichen Stadien der Körperbedeckung in Honeys Schlafzimmer aufgehalten haben musste. Sie entschied sich schließlich für einen dunkelblauen Anzug mit einem rosafarbenen Kragen und rosafarbenen Manschetten. Sie sah darin aus wie eine Geschäftsfrau: gepflegt, elegant und selbstbewusst. Sie ging durch die Doppeltür des Schlafzimmers zurück ins Wohnzimmer.

»Was halten Sie davon?«, fragte sie.

Honey sah auf. »Das ist perfekt«, sagte sie mit einem bewundernden Lächeln. Beide erwähnten sie nicht die

Tatsache, dass der Anzug saß wie angegossen, dass Honey und Grace genau die gleiche Größe hatten. Selbst die Schuhe, die Honey vorgeschlagen hatte, passten genau.

Grace setzte sich neben sie. »Wann wird er hier sein?«

»Sehr bald.«

»Gibt es ... nun, irgendetwas, das ich über ihn wissen sollte?« Das ganze Ausmaß ihres Unternehmens machte sie wieder nervös.

»Was meinen Sie?«

»Nun ... ich weiß nichts über Drogendealer. Ist er rücksichtslos? Ist er bewaffnet?«

Honey brach in Gelächter aus. »Vince? Nein. Der ist wie eine Miezekatze. Er ist eigentlich ganz nett – so ein bisschen hippymäßig.«

»Oh.« Ein hippymäßiger Schnurrkater war nicht gerade das, was Grace sich vorgestellt hatte.

Honey schielte auf den Stoff, den Grace auf den Tisch gelegt hatte. Es sah aus wie ein riesengroßer Lutscher aus Gras. »Sind Sie sicher, dass man das schon rauchen kann?«

Grace betrachtete es gleichfalls. »Ja. Matthew hat gesagt, es müsste noch einen Tag trocknen. Aber ... ich musste heute kommen.«

»Ja.«

Es klingelte an der Tür. Honey sprang auf. Sie wollte es nicht zugeben, aber sie war genauso nervös wie Grace. Sie hatte noch nie versucht, Haschisch zu verkaufen, bisher hatte sie es nur selbst gekauft und das auch nur in kleinen Mengen. Sie ging durch das Zimmer in den Flur und betätigte den automatischen Türöffner, damit Vince hereinkommen konnte.

Grace stand auf, straffte die Schulter und sagte sich, dass sie jetzt eine Geschäftsfrau sei. Dann betrat der hippymäßige Softie mit großen Schritten den Raum.

Grace war überrascht über sein Alter. Sie hätte nicht sagen können, warum, aber sie hatte einen viel jüngeren Mann erwartet. Und jemand mit mehr ... Ausstrahlung. Vince sah aus wie ein Student, der sich irgendwann in den Siebzigern auf dem Universitätsgelände verlaufen hatte und gerade erst den Weg da heraus gefunden hatte.

Honey betrat hinter ihm das Zimmer. »Grace«, sagte sie, »das ist Vince.«

Vince trat einen Schritt vor, um ihr die Hand zu geben.

»Hallo«, sagte Grace und erfasste mit einem Blick den grauen Bart, den strähnigen Pferdeschwanz, die Lederjacke und die schmuddelige Jeans.

»Hi«, sagte er. »Dufte Sache.«

Grace war verblüfft. »Aber Sie haben es doch noch gar nicht probiert!«

Vince deutete auf die Wohnung. Grace bemerkte seine schmutzigen Fingernägel. »Nein. Dufte Bude, meine ich.«

»Ach so. Sie gehört Honey. Ich bin nur hier ... wegen des Geschäfts.«

»Ja.«

»Ich habe etwas ... Stoff.«

»Ja. Cool. Hat Honey erzählt.«

Grace nahm den Cannabis in die Hand. »Also ... kommen wir zum Geschäft?«

Vince zuckte mit den Achseln. Er setzte sich, holte eine Blechdose und ein Taschenmesser sowie etwas Zigarettenpapier aus seiner Jacke. Er schnitt eine kleine Menge von dem Cannabis ab und begann mit extremer Sorgfalt einen Joint zu drehen. Für Vince hatte dieser Vorgang eine rituelle Bedeutung, für die man sich Zeit nehmen musste.

Grace und Honey standen neben ihm und wünschten sich, er möge sich beeilen.

Vince nickte sich selber zu, als würde er ein Mantra rezitieren. »Haschisch ... Gras ... Shit zu rauchen«, sagte er.

»Ja«, fiel Grace ein. »Danke.«

Aber Vince ließ sich nicht aus der Ruhe bringen. »Egal wie man es nennt«, fuhr er voller Ehrfurcht fort, »ich bin fest davon überzeugt, dass ... dies das Tor zur Erleuchtung ist.«

Honey und Grace warfen sich einen Blick zu. »Mal mehr, mal weniger«, sagte Grace.

Für Ironie hatte Vince indessen keinen Sinn. Er hatte den Joint fertig gedreht und leckte das Papier an, wieder mit bemerkenswerter Langsamkeit. »Und jetzt«, verkündete er, »kommt die Feuerprobe.« Sprach's, zündete ein Streichholz an und zog prüfend an seinem Werk.

Vince hatte sowieso leicht vorstehende Augen. Je länger er rauchte, desto größer und kugeliger schienen sie zu werden, als würden sie gleich aus seinem Kopf springen.

So wie Grace und Honey die Veränderung in seinen Augen kaum glauben konnten, konnte Vince selbst nicht glauben, welch ungeheure Lebenskraft ihn durchströmte. Eine riesige, allumfassende Welle der Beruhigung und auch so ein unendlich friedvolles Gefühl wogten durch seinen Körper, spülten alle Sorgen und Zweifel fort und hinterließen einen Augenblick echter Zufriedenheit.

Nach dem dritten Zug hörte er auf zu rauchen. »Großer Gott!«, sagte er zu der Wand vor ihm. »Großer Gott!« Er betrachtete den Joint. Das war kein Haschisch, das war der kürzeste Weg zum Nirwana.

»Ich gebe Ihnen dafür sechzig Pfund«, sagte er zu der Wand.

Grace musste hinter ihm lachen. »Machen Sie keine Witze.«

»Siebzig?« Er war sich sicher, dass es mindestens hundert wert war.

»Nein«, sagte Grace und kam einen Schritt näher. »Dies ist nur eine Probe. Ich habe zwanzig Kilo zu verkaufen.«

»Was?«

»Ja. Im Moment habe ich zwanzig Kilo.« Grace war plötzlich besorgt und fügte hastig hinzu, dass sie noch mehr besorgen könnte. Viel mehr.

Vince stand auf und wandte den Frauen sein Gesicht zu. Er war aschfahl.

Grace kannte das Gefühl.

Aber sie führte Vinces Gesichtfarbe auf den Cannabis zurück – und nicht auf ihre Worte.

Vince war zu Tode erschrocken. Dies war eine Nummer zu groß für ihn. Eigentlich musste er sich eingestehen, dass er noch nicht mal ein richtiger Drogenhändler war, sondern nur ein gescheiterter Musiker, der als Aushilfslehrer arbeitete, seine Frau und seine Kinder liebte und gelegentlich ein wenig mit Hasch handelte. Das Letzte, was er wollte, war, sich mit der Art Leute einzulassen, die Grace suchte. Sie waren rücksichtslos und sie waren bewaffnet. »Nein, nein, nein«, sagte er. »Nein. Ich bin der falsche Mann für Sie.«

Grace war entsetzt. Vince glaubte jedoch, sie würde sein Verhalten missbilligen. Er wollte nicht, dass sie dachte, er sei ein amateurhafter Ex-Hippie. »Ich meine«, sagte er, »ich agiere nur in kleinem Rahmen. Sie wollen das große Geschäft machen. Das ganz große.«

Das war genau das, was Grace hören wollte. »Nun«, trillerte sie, »dann sind Sie gerade befördert worden.«

Vince schüttelte den Kopf. »Ich verfüge nicht über so viel Geld.«

»Nun ja.« Grace war nicht bereit, so schnell aufzugeben. »Kennen Sie vielleicht jemanden, der so viel Geld hat?«

Vince fühlte sich offensichtlich nicht wohl bei dem Gedanken. »Ich ... ich habe schon mal von jemandem gehört.« China Macfarlane, sagte er sich. Rücksichtslos. Bewaffnet. Dann rechnete er sich aus, wie viel Prozent er sich bei dem Geschäft einsacken konnte, dachte an das neue Fahrrad, das er seiner Tochter versprochen hatte und die Fahrt nach Glastonbury, die er seiner Frau versprochen hatte. Er dachte an sein geliebtes Auto: den TransAm, der dringend überholt werden musste. Er wurde wankelmütig.

Es entging Grace nicht. Sie nickte Vince zu und wies auf das Telefon. »Rufen Sie ihn an.«

Vince sah von Grace zu Honey. Sie sahen aus, als könnten sie kein Wässerchen trüben. Aber sie schüchterten ihn mit ihren schicken Klamotten und ihren entschlossenen Mienen ein und trieben ihn in die finstersten Abgründe Londons. Dann dämmerte ihm, dass diese schwachen Frauen aus Chelsea wahrscheinlich viel rücksichtsloser waren als China Macfarlane und seinesgleichen. Er wollte nicht das Gesicht verlieren. Vince nickte Grace zu und ergriff den Telefonhörer.

Zehn Minuten stand das merkwürdige Gespann auf dem Bürgersteig vor der Wilberforce Street Nummer 44, stieg in Vinces TransAm mit dem aufgemalten Adler auf der Motorhaube und machte sich auf den Weg zu einem verfallenen Lagerhaus im Ödland von Kings's Cross. Vince war nervös. Honey war unschlüssig. Grace war der Ekstase nahe. Keiner von ihnen bemerkte die beiden Männer, die in einem geparkten Jaguar gegenüber saßen. In Martin Bramfords Jaguar.

Sobald Martin Grace aus dem Haus kommen sah, hatte er die Hand am Türgriff. »Da ist sie! Da ist sie! Lass uns gehen und sie retten!«

»Nein!«, schrie Matthew, griff hinüber und hielt ihn davon ab, die Tür zu öffnen. »Nein, nein, nein. Warte einen Moment.« Er sah angestrengt durch die Windschutzscheibe. Es war dämmerig geworden und er konnte den Mann, der gerade in den TransAm stieg, nicht gut erkennen. Aber er sah wenig Vertrauen erweckend aus. Und er hatte einen Pferdeschwanz.

»Wir wissen nicht, wer der Kerl ist«, sagte er zu Martin.

»Und? Es ist mir egal, wer er ist. Wir können das doch nicht einfach mit ansehen …«

»Aber er könnte ein Drogenhändler oder so was sein. Du kannst doch nicht einfach blind in so was reinstolpern.«

Martin sah seinen Freund an. »Wieso kommandierst du mich auf einmal so rum?«

»Großer Gott! Sei doch nicht so verdammt unvorsichtig. Das hier könnte gefährlich werden.«

Martin schnaubte. Es war ihm nicht klar gewesen, dass Matthew ein Waschlappen war. *Sie* waren doch nicht in Gefahr, sondern Grace.

Der TransAm fuhr los. »Scheiße!«, stieß Martin zwischen den Zähnen hervor. »Sieh nur, was du angerichtet hast! Sie fahren weg!«

Matthew rollte entnervt die Augen. »Los, fahr hinterher, du doofer Quacksalber.«

»Verpiss dich«, sagte Martin und lenkte sein schnittiges Gefährt auf die Straße.

Niemand in dem TransAm bemerkte, dass sie verfolgt wurden. Sie wussten nicht, dass sie von zwei zankenden Männern verfolgt wurden, die nur ein Ziel im Auge hatten: Grace zu retten.

Als die Sonne hinter dem Hügel von St. Liac unterging, war Harvey Sloggit auf dem Boden hinter einem der Pflanztische im Gewächshaus zusammengesunken. Er hatte genug davon, sich um die Pflanzen zu kümmern und sich einzureden, dass er unwillkommene Besucher abwehren musste, er hatte genug davon, diesen Unmengen an Marihuana beim Wachsen zuzugucken. Mehr Marihuana, als er je in seinem Leben zu Gesicht bekommen hatte. Er hatte es so satt, dass er ein wenig Aufmunterung brauchte. Ein klein wenig neue Energie. Er wusste, dass Grace und Matthew nichts dagegen haben würden, also schnitt er sich ein bisschen von einer der getrockneten Pflanzen ab und drehte sich einen Joint. Nur einen kleinen. Er wusste, wie stark das Zeug war.

Dennoch war es stärker, als er erwartet hatte, und nach fünf Minuten war er eins mit der Welt und flog davon in glückliche Sphären. Er war gerade auf dem Weg in eine noch glücklichere Sphäre, als er die Stimmen hörte.

»Grace?«, rief jemand.

»Huhu?«, erklang eine zweite Stimme. »Grace? Bist du da?«

Scheiße, dachte Harvey. Schlagartig setzte er sich auf. Diana und Margaret. Mühsam kam er auf die Beine, entschlossen, die beiden Frauen um jeden Preis vom Gewächshaus fern zu halten.

Aber er kam zu spät. Die Frauen – beide trugen sie wollene Mützen, die an Kaffeewärmer erinnerten – waren schon zur Tür hereingekommen.

»Ooooh!«, rief Diana beim Anblick der geballten Ladung Cannabis. Dann zog sie die Nase kraus. »Es riecht komisch hier.«

Harvey sah Margaret. »Harvey! Wo ist Grace?« Dann sah sie sich um. »Wir haben es schon im Haus versucht, aber da ist sie nicht.«

»Sie ist ... hm ...«

»Wir sind gekommen, um die letzten Details wegen der Teegesellschaft zu besprechen. Grace hat uns zum

Abendessen eingeladen.« Enttäuscht sah sie sich um. »Das war schon lange verabredet.«

Harvey sprang sie beinahe an. Ihm gefiel nicht, wie Diana an den Pflanzen roch. »Sie müssen sofort hier raus!« Er schrie es beinahe.

»O nein.« Margaret schielte durch den Pflanzenwald. »Wir müssen mit Grace sprechen.«

»Äh ... nein. Sie müssen gehen. Es ist wegen der Pflanzen, verstehen Sie. Sie sind sehr empfindlich.« Harvey stellte sich vor einen der Tische, um zu verhindern, dass die Damen näher kamen. »Das sind ganz besondere Orchideen. Aus Peru.«

Aber es hatte keinen Zweck. Die Frauen schnüffelten wieder. Dann nahm Margaret einen der Töpfe in die Hand. Ihr Kaffeewärmer zitterte leise, als sie den Kopf schüttelte. »O nein. Das sind keine Orchideen.«

»Nicht?«, schrie Harvey, völlige Überraschung vortäuschend.

Margaret berührte eines der Blätter. »O nein.« Sie runzelte nachdenklich die Stirn. »Sieht mehr wie Tee aus.«

»Tee!«, brüllte Harvey. »Was für eine gute Idee!« Er griff nach Margaret und schob sie aus dem Gewächshaus. »Lasst uns in die Küche gehen. Ich koche uns Tee.«

Margaret hatte Zweifel. »Aber wir haben ein Abendessen erwartet ...«

»Da ist noch Schinken«, erkärte Harvey verzweifelt. »Grace hat etwas Schinken dagelassen. Ich mache Ihnen schnell ein Sandwich. Kommen Sie, Miss Skinner«, sagte er über die Schulter hinweg. »Gehen wir in die Küche eine schöne Tasse Tee trinken.« Wie auch alle anderen in St. Liac wusste Harvey von Dianas fast schon religiöser Verehrung von Tee.

Aber er hatte Dianas beinahe genauso ausgeprägten Hang zum gemeinen Diebstahl vergessen. Und als er und Margaret das Gewächshaus verließen, hielt Diana den Atem an, nahm eine der kleineren Pflanzen in die Hand und ließ sie in ihre Handtasche fallen. Dann folgte sie den anderen in die Küche, um eine schöne Tasse Tee zu trinken.

Kapitel 12

»Das gefällt mir nicht«, sagte Vince. »Das gefällt mir *überhaupt* nicht.« Er drehte sich zu Grace um, die auf dem Beifahrersitz saß. »Das hier ist wirklich nicht meine Szene.«

Es war auch nicht Graces Szene. Ihre Begeisterung darüber, einen Dealer gefunden zu haben, hatte sich spürbar gelegt, als sie sich in den Norden Londons aufmachten. Jetzt war nichts mehr davon übrig. Als Vince das Auto anhielt, starrte sie auf das verfallene Lagerhaus hier im industriellen Brachland von King´s Cross. Sie erschauerte, zwang sich zu einem Lächeln und schaute Vince an. »Ist schon okay«, sagte sie, »es lebt nun einmal nicht jeder in einem schönen Haus in Chelsea, nicht wahr, Honey?«

Auf dem Rücksitz sank Honey tiefer in ihren Armani-Anzug. Normalerweise schreckte sie schon vor dem Gedanken zurück, sich in Gebiete nördlich des Hyde Park zu begeben. King´s Cross war absolut indiskutabel – und *dieses* Haus war wie auf einem anderen Planeten. »Nein« war alles, was sie sich zu sagen traute.

Grace wandte sich wieder an Vince. »Wie heißt Ihr Freund gleich noch?«

Vince war entsetzt. »Er ist nicht mein *Freund*.«

»Dann eben Ihr Kontaktmann.«

»China Macfarlane«, flüsterte Vince.

»Oh. Schottisch-Chinesisch. Was für eine lustige Mischung.«

»Äh ... nein. Er ist Engländer. Ein ehemaliger Militärpolizist.«

»Warum heißt er dann China?«

Vince beschloss, dass es geschickter war, Grace nicht

darüber in Kenntnis zu setzen, dass eine besondere Begabung dieses Ex-Militärpolizisten darin bestand, in den Gesichtern von Leuten, die er nicht mochte, Porzellan zu zerschmeißen.

»Weiß nicht«, sagte er missmutig. Er öffnete die Tür. »Lassen Sie uns das so schnell wie möglich hinter uns bringen, ja? Ich habe noch ein paar andere Dinge zu tun, verstanden?« Der letzte Satz klang barsch und sollte andeuten, dass er mit einer Menge seiner ruchlosen Aktivitäten in Rückstand kam. Dabei war die Wahrheit viel nüchterner.

»Komm, Honey«, sagte Grace, »gleich ist es vorbei.« Mit vorgetäuschtem Selbstvertrauen sprang sie aus dem Auto und ging auf das Lagerhaus zu.

Vor einem kleinen Tor wartete eine kleine, drahtige und streitsüchtig aussehende Gestalt auf sie.

»Vince?«, sagte er zu Grace.

»Äh ... nein.« Grace überlegte, ob sie sich vorstellen sollte oder nicht. Nach dem zweiten Blick auf die Gestalt entschied sie sich dagegen. »Das ist Vince.«

Vince nickte dem Mann zu. »China Macfarlane?«

»Ja. Kommt mit. Er ist da drinnen«, sagte er und betrat das Lagerhaus.

»Wer ist da drinnen?«, flüsterte Grace Vince zu.

Vince zuckte mit den Achseln. »Weiß nicht. Vielleicht sein Partner. Das ist auch für jemanden wie China eine Nummer zu groß. Sind Sie wirklich sicher, dass ...?«

Aber Grace war schon durch die Tür in das höhlenartige Innere gegangen. Sie hatte einen großen, leeren Hangar erwartet. Zu ihrer Überraschung war es das keineswegs: der Raum war mit riesigen Aufblasfiguren sowie bunten Lichtern geschmückt, und zu ihrer Linken hing ein überdimensionales aufblasbares Schwein von der Decke. In den Tiefen des leicht verräucherten Inneren meinte sie ein aufblasbares Kinderplantschbecken zu erkennen.

Hinter ihr betrachtete Honey ungeachtet ihrer Angst bewundernd das Dekor. »Das sieht genauso aus wie ein Schaufenster bei Harvey Nicks.«

China schnaubte. »Hier findet heute Abend ein Rave statt.«

»Was ist ein Rave?«, fragte Grace.

»Oh, *Grace*.« Das war Honey. »Das ist eine große Party mit vielen jungen Leuten, die tanzen.«

»Das hört sich nett an. Hat jemand Geburtstag?«

»Geburtstag!« China Macfarlane lachte und nickte sich selbst zu. »Sehr nett. Sehr witzig.«

Als sie zur Mitte des Raums weitergingen, sah Grace einen großen Mann in der Düsternis, der eine Angel in einen Teich auswarf. Sie sah sich nach Honey um. Honey zuckte mit den Schultern. Hinter ihnen versuchte Vince, sich unsichtbar zu machen.

»*Merde*!«, schrie der Mann mit der Angel. » *Loupé de nouveau.*«

Fasziniert näherte sich Grace dem Tümpel. Jetzt konnte sie den Mann besser sehen. Er war groß, ungefähr so alt wie sie selbst, mit hoheitsvoller Haltung und einem fein geschnittenen Patriziergesicht und – wie sie bereits festgestellt hatte – mit einer gebieterischen Stimme. Das also ist der große Unbekannte, dachte sie, und der versucht uns einzuschüchtern, indem er französisch spricht. Dieses überhebliche Grinsen würde sie schon aus seinem Gesicht vertreiben.

Aber noch bevor sie etwas sagen konnte, sah der große Mann zu China hinüber. »Also«, sagte er, »was hast du mir da mitgebracht?«

Oh, dachte Grace, er ist *wirklich* Franzose.

Neben ihr schnaubte China wieder abfällig. »Zwei Damen – und einen verdammten Hippie.«

Darüber musste der große Mann eine Weile nachdenken. Dann warf er seine Angelschnur erneut aus – und verfehlte wieder. Grace kam noch ein wenig näher an den Pool, um zu sehen welche Fische er zu fangen versuchte. Es waren jedoch keine Fische, sondern kleine gelbe Plastikenten. Sie sah den großen Mann an. »*Si vous détendiez votre poignet*«, schlug sie vor, »*je crois que ca irait mieux.*«

Der große Mann lächelte und entblößte eine Reihe schimmernd weißer Zähne. Dann warf er wortlos die Angel aus und versenkte den Haken in den Kopf einer der Enten.

»*Eh voilà!*«, rief er. Er trat von dem Podium auf der anderen Seite des Pools herunter und verbeugte sich formvollendet vor Grace. »*Merci, Madame. Je suis reconnaissant de votre avis.*« Grace wollte eine höhnische Bemerkung machen, aber ihr fiel nichts ein, was sie sagen konnte und so starrte sie ihn nur an. Er bemerkte ihr Unbehagen.

»Gehen Sie gern angeln?«, fragte er und klang genau wie Gérard Depardieu, wenn er auch nicht so aussah.

Grace hoffte, dass ihre Mimik genauso ausdruckslos war wie ihre Stimme. »Ja. Da, wo ich lebe, macht das Fischen viel Freude.« Sie zitterte innerlich vor Nervosität und auch noch aus einem anderen Grund, den sie nicht genau benennen konnte.

»Hier ist es schrecklich«, sagte der Franzose giftig. »Angeln zu gehen ist hier schrecklich.« Er lächelte wieder. »Ich sollte Sie einmal besuchen. Wo wohnen Sie?«

Oh, dachte Grace, das solltest du besser nicht. Sie kannte die Franzosen. Nun ja, sie *hatte* die Franzosen einmal gekannt. Das Jahr, das sie als Aupairmädchen in Paris verbracht hatte, schien aus einem anderen Leben zu sein. Sie schwieg. Sie schwieg, aber sie lächelte ihn an.

»Wie heißen Sie?«

Grace bekam weiche Knie als er *eeißen* sagte. Das Letzte, was sie von einem hartgesottenen Verbrecher erwartet hatte, war, dass er mit ihr flirten würde. Sie sagte sich, dass dies nur eine der vielen Waffen in seinem Arsenal von tödlichen Annäherungsversuchen war.

»Grace«, sagte sie.

Der Franzose lächelte. »*Parfait. Grace*«, wiederholte er und sprach ihren Namen französisch aus. Er versucht mich mit einem kleinen Wort zu verführen, dachte sie.

»Ich heiße Jacques.« Er verbeugte sich erneut. »Jacques Chevalier.« Seine Augen tanzten vor Heiterkeit, als er wieder aufsah. »Sie haben etwas, dass Sie mir verkaufen möchten?«

Grace nickte.

»Zeigen Sie es mir?« Jacques stellte sich dicht neben sie. Grace nickte wieder, diesmal schon weniger selbstsicher. Sie wünschte, dass dieser Jacques aufhören würde, sie anzusehen, als hätte er noch nie eine Frau gesehen. Sie funkelte ihn wütend an und holte den Cannabis aus der Handtasche, die Honey ihr geliehen hatte.

Jacques nahm es und roch geradezu übertrieben auffällig daran, wie Grace fand. Dann bemerkte sie, dass er sie betrachtete und nicht den Cannabis. Sie wappnete sich gegen das typisch französische Geschwafel vom Duft englischer Rosen. Es kam jedoch nicht. Jacques sah interessiert aus. Grace war hocherfreut. Sie wollte, dass er interessiert war. An ihrem Cannabis. Und sonst an gar nichts.

»Woher haben Sie das?«, fragte er.

Ohne mit der Wimper zu zucken sah Grace ihm direkt in die Augen. »Die Leute, die ich vertrete«, sagte sie großartig, »ziehen es vor, anonym zu bleiben.«

Jacques grinste. »Ah … ja. Die Leute, die ich vertrete, ziehen es gleichfalls vor, anonym zu bleiben. Vielleicht sind es ja dieselben Leute, eh?«

Das reicht jetzt, dachte Grace.

Hinter ihr tauschten Honey und Vince einen besorgten Blick aus. Honey hatte längst genug von ihrem Ausflug – sie wollte nur noch weg. Aber nicht so sehr wie Vince.

»Hören Sie«, sagte er und trat vor, »kann ich jetzt gehen? Ich muss meine Tochter von der Flötenstunde abholen und ...«

Auf das Stichwort in Form eines kaum wahrnehmbaren Nickens von Jacques trat China aus dem Schatten hervor, fasste Vince bei den Schultern und setzte ihm ein Messer an den Hals. Jacques nickte wieder. Honey schnappte unterdrückt nach Luft. Grace starrte stur geradeaus auf den einzigen Mann, der sie retten konnte.

»Wie viel haben Sie?«, fragte er.

»Eine Menge.« In ihren Mundwinkeln zuckte ein Lächeln. Es gehören immer zwei zum Flirten, dachte sie.

»Warum hole ich es mir nicht einfach?«, versuchte Jacques sie zu ärgern.

»Sie wissen nicht, wo es ist.«

Jacques seufzte und schüttelte vermeintlich enttäuscht den Kopf. »Ah ... ja. Aber ich bin sicher, dass ich Sie dazu bringen kann, es mir zu erzählen.« Er grinste über das ganze Gesicht und ergriff Graces Hand. Er begann ihre Handfläche mit seinen männlichen und doch überraschend zarten Fingern zu streicheln. »Wie wäre es, wenn ich Ihre Finger abschnitte, einen nach dem anderen, bis Sie Ihre Meinung ändern?« In seiner Stimme klang ein gefährlicher Unterton, voller Verheißung und Fantasie, der Grace gefangen hielt. Honeys Reaktion war viel einfacher. Sie stöhnte, und wie es sich für ein gut erzogenes Mädchen aus Chelsea schickte, fiel sie totenbleich, aber sehr elegant in Ohnmacht. China Macfarlane straffte seinen Ruf als brutaler, Porzellan zerschmetternder Kerl lügen und fing sie auf, bevor sie den Boden berührte.

Als nächstes widerlegte Matthew seinen kürzlich erhaltenen Titel als Waschlappen, durchbrach die Tür des Lagerhauses, rannte auf sie zu und ruderte gebieterisch mit den Armen. »Okay«, schrie er. »Keiner bewegt sich! Ich bin von der Polizei. Das Haus ist umstellt!«

Die fassungslose Stille hielt nicht lange an. China Macfarlane erkannte einen Polizisten auf weite Entfernung, und dieser gehörte ganz sicher nicht der Gattung an. Er ließ Honey auf den Boden fallen, sprang auf Matthew zu und präsentierte sein Klappmesser. Matthews Augen weiteten sich vor Schreck, als er die tödliche Klinge Zentimeter vor seinem Hals aufblitzen sah. »Ah«, sagte er.

Mit der Geschmeidigkeit einer Katze bewegte sich Jacques Chevalier von Grace fort und wandte sich an Matthew. »Und wer mögen Sie wohl sein?«, fragte er.

Bevor Matthew ihm eine Antwort geben konnte, trat Martin Bramford aus dem Schatten hervor. Er hatte Matthews fehlgeschlagenen Auftritt verfolgt. Hier war Charme angesagt, fand er. Entwaffne sie mit deinem Charme. Strahlend schlenderte er in seinem dreiteiligen Anzug auf sie zu. »Hallo zusammen«, sagte er freudestrahlend. Er nickte Jacques zu. »Martin Bamford. Sind wir zu früh ... für den Rave?«

Sogar Jacques war verblüfft.

»Ich kann es gar nicht erwarten«, fuhr Martin fort. »Ich bin geradezu verrückt danach ... äh, zu raven.«

Vince atmete schwer. Das war alles einfach unwirklich. Er wollte weg. Jetzt, sofort. Xanthe würde ihm an die Gurgel gehen, wenn er zu spät kam, um Flower von ihrer Flötenstunde abzuholen. »Hören Sie«, bat er Jacques, »ich habe nichts damit zu tun. Es ist ...«

»Halt die Klappe, du Graubart!«, knurrte China und wedelte mit dem Messer herum.

Vince kroch zurück in den Schatten.

Jacques sah Martin an und wandte sich dann an Grace. »Wer ist dieser Typ?«, fragte er mit seiner leisen, zärtlichen Stimme.

»Mein Arzt«, erwiderte Grace.

»Und der da?« Er zeigte auf Matthew.

»Er ist mein Gärtner.«

Während seiner langen und sehr erfolgreichen Karriere als Krimineller war Jacques mit einer Vielzahl an Spinnern zusammengekommen, aber diese Frau mit ihrem Aufgebot an Bodyguards setzte allem die Krone auf. Er betrachtete sie abschätzend. Im Gegensatz zu den anderen schien sie vollkommen ruhig zu sein.

»Oh«, sagte er, »wie nett. Erwarten wir sonst noch jemanden?«

»Nein.«

»Ihre Putzfrau vielleicht?«

Grace lächelte und schüttelte den Kopf. »Nein. Niemanden mehr.«

Jacques seufzte. »Sehr gut.« Er warf einen Blick auf die ungewöhnliche Gruppe von Einbrechern und wies mit dem Kopf auf China Macfarlane.

»Das ist China«, sagte er zu Grace. »Er schlägt Leute für mich zusammen.«

Zum ersten Mal, seit sie den Raum betreten hatte, fing Grace an zu zittern.

Jacques hob die Augenbrauen. »Soll ich ... äh ...?«

»Nein! Nein. Nein ... bitte.« Wenn überhaupt jemand zusammengeschlagen werden soll, dachte Grace, dann ich. Sie holte tief Luft. »Matthew. Nimm Martin und Honey und warte draußen auf mich.«

Matthew hatte immer noch das Klappmesser an der Kehle und war eigentlich nicht in der Lage, irgendjemanden irgendwohin zu führen. Ganz besonders, da China noch näher mit dem Messer kam, als Grace sprach.

Grace wandte sich an Jacques. »Bitte.«

Jacques zuckte mit den Schultern. Eigentlich sprach nichts dagegen. Sie konnten sowieso nirgendwohin gehen, nicht, wenn er China mit ihnen gehen ließ. Er drehte sich um und warf dem missmutigen Ex-Polizisten eine Kusshand zu. »Okay. Bring sie nach draußen, China.«

Honey war wieder auf den Beinen und versuchte, die Knitterfalten aus ihrem Armani-Anzug zu streichen. Sie war entsetzt bei dem Gedanken, Grace mit diesem Rüpel allein zu lassen. Selbst wenn er, wie sie zugeben musste, ein sehr gut aussehender Rüpel war. »Grace ...«

Grace schüttelte den Kopf. »Wartet draußen auf mich.«

»Soll ich auch gehen?«, fragte Vince und raffte sich ein wenig auf.

»Ja.« China fuchtelte mit dem Messer herum. »Nach draußen – aber keinen Schritt weiter.«

Vince seufzte. Arme kleine Flower. Als China die Gruppe nach draußen eskortierte, wandte sich Jacques wieder an Grace.

»Kommen Sie. Gehen wir in mein Büro.«

»In Ordnung«, sagte Grace und nahm ihre Handtasche. Sie bekam es wieder mit der Angst – aber sie war entschlossen, es sich nicht anmerken zu lassen. Sie war sich nicht sicher, ob sie mit Jacques allein sein wollte. Und ganz sicher gefiel ihr sein Büro nicht. »Oh!«, rief sie aus, als er sie in die Damentoilette führte.

»Ich weiß, ich weiß.« Jacques war wirklich verlegen, als Graces Blick auf die Klappstühle und den Tapeziertisch fiel. »Es tut mir Leid. Es ist nicht sehr schön.« Er schenkte ihr ein strahlendes Lächeln. »Es ist auch nur vorübergehend.« Er zog einen Stuhl heran und bat Grace, sich zu setzen.

Grace setzte sich und hielt die Handtasche fest auf ihrem Schoß. »Sie sind wohl viel ... unterwegs?«

Jacques lächelte. »Ja, so kann man es wohl nennen.«

London, Paris, Nizza, Buenos Aires ... Jacques hatte Standorte in vielen Städten. Dies fing an, ihn zunehmend zu stören, genauso wie das Angeln in London. Jacques wohnte nur ungern in der Stadt, tief in seinem Inneren liebte er das Landleben.

Er setzte sich Grace gegenüber hin, seufzte abgrundtief und faltete die Hände. Dann sah er wieder Grace an. Was für eine hübsche Frau, dachte er. Und Esprit hatte sie auch. Und er vermutete, dass sich unter der kontrollierten Oberfläche eine leidenschaftliche Seele verbarg. Eine ganz und gar untypische Kriminelle. Grace musterte Jacques. Er sah aus wie ein Filmstar. Ein französischer Al Pacino. Auf nicht zu empfehlende und doch sehr aufregende Weise sexy. Der typische Kriminelle. Schließlich brach Jacques das Schweigen.

»Alle Leute, mit denen ich zu tun habe, sind Abschaum«, sagte er. Er blickte stirnrunzelnd auf seine perfekt manikürten Fingernägel. »Ich selbst bin auch ein wenig Abschaum.« Er lehnte sich vor. »Aber Sie sind kein Abschaum, glaube ich. Das stimmt mich besorgt.«

Grace konnte das nicht durchgehen lassen. Sie schaute ihn zornig über den wackeligen Tisch hinweg an. »Ich muss protestieren«, entgegnete sie spröde. »Ich stamme aus einer langen Ahnenreihe von Abschaum ab. Mein verstorbener Ehemann war einer der schäbigsten Männer, die diese Welt gesehen hat.«

Jacques grinste. »Oh, bitte entschuldigen Sie.« Sie war also Witwe. Und nicht einmal eine so unglückliche.

»Hören Sie«, sagte Grace, verunsichert durch die Art, wie er sie ansah. »Lassen Sie uns zum Geschäft kommen, ja?« Jacques hob eine Augenbraue.

»Dreieinhalbtausend pro Kilo. Zwanzig Kilo in der ersten Woche und zehn Kilo zwei Wochen später.« Grace wusste, dass sie viel zu schnell sprach, dass sie sich kriminell uncool verhielt, aber sie konnte nicht anders. Die Worte stürzten nur so hervor. »Danach können wir alle vier Wochen zwanzig Kilo liefern.«

Jacques unterdrückte ein Lächeln und betrachtete die atemlose Frau. »Dreitausend pro Kilo«, bot er an. »Und keine weiteren Verhandlungen, bis ich die erste Ladung inspiziert habe.«

Grace schluckte. »Dreitausendzweihundertfünfzig.« Sie bemerkte Jacques' Gesichtsausdruck. O Gott, dachte sie, ich treibe es zu weit.

Woher holte sie diese Zahlen?, fragte sich Jacques. Es war einfach grotesk. Sie nahm ihn aus. Er nickte. »Abgemacht.«

Grace konnte es nicht glauben. »Oh, ich danke Ihnen. Danke. Vielen Dank.« Sie wusste, dass das auch uncool war – genau wie die Tränen, die sie verzweifelt versuchte zu unterdrücken. Aber sie hatte es geschafft: Sie hatte ihr Haus gerettet.

Jacques neigte den Kopf. »*Je vous en prie.*« Dann fragte er sie auf Englisch, wieso sie so gut französisch sprach.

»Oh ... das ist eine lange Geschichte.«

»Schade.«

»Wie bitte?«

Jacques schüttelte den Kopf. »Es ist schade, dass wir keine Zeit haben, lange Geschichten zu erzählen. Das ist wahrscheinlich der Fluch der modernen Geschäftswelt.« Er beugte sich hinunter, griff in einen Pappkarton und brachte eine Flasche Wein zum Vorschein. »Aber wir haben doch noch genug Zeit, auf unser kleines Geschäft anzustoßen, oder?«

Grace nickte. »Ja, das wäre reizend.« Sie hatte sich wieder beruhigt und studierte das Etikett der Flasche. Es würde tatsächlich reizend werden. Es war ein 1986er Chateau Léoville Barton.

»Worüber lächeln Sie?«, fragte Jacques und öffnete den Wein.

»Über den Gegensatz«, sagte Grace. »Wir sitzen hier auf dem Damenklo in einem Lagerhaus in King´s Cross und trinken teuflisch teuren Bordeaux.« Dann dachte sie, dass die Sache mit dem Bordeaux schon seine Richtigkeit hatte, immerhin hatte sie gerade einen teuflisch guten Deal gemacht.

»Sie kennen sich also mit Wein aus?«

»Nein. Eigentlich nicht. Aber mein Mann kannte sich gut aus. Ich nehme an ... ich nehme an, ich habe etwas von ihm gelernt.«

»Ah.« Jacques holte zwei Gläser aus der Kiste. »Ja. Ihr verstorbener Ehemann. Der Schuft.«

»Ich nehme an, als Franzose verstehen Sie eine Menge von Wein«, sagte Grace.

»Das hat nichts mit der Nationalität zu tun«, erwiderte Jacques und schenkte den Wein ein, »sondern damit, wie kultiviert man ist.«

»Oh.« Grace nahm ihr Glas entgegen. »Ja. Danke.«

»Ein Teil von mir ist kultiviert«, sagte Jacques und betrachtete wieder seine Fingernägel.

»Ja. Ja.«

»Ich kann nicht glauben, dass Ihre Freundin in Ohnmacht gefallen ist.«

»Wer? Honey?«

»Ja. Sehe ich wirklich aus wie jemand, der anderen die Finger abschneidet?«

Grace sah ihn an. »Ja.«

Jacques nickte. »Danke.«

Sie tranken schweigend. Es war ein geselliges Schweigen, dachte Grace. Sie erinnerte sich an die Nacht, in der sie sich in den Schlaf geweint hatte, weil sie so schrecklich einsam war und keinen Freund an ihrer Seite hatte. Dann sah sie wieder Jacques an und die andere Grace, die Grace, die auf Versammlungen des Instituts für Frauen Tee trank, trat in den Vordergrund und schimpfte mit der bösen Grace, dass sie verrückt war, hier in einem Lagerhaus in King´s Cross mit einem Kriminellen, der mit Drogen handelte und Finger abschnitt, Bordeaux zu trinken.

Grace stand auf. »Ich muss jetzt wirklich gehen.«

»Ja.«

»Es tut mir Leid ... wegen meiner Freunde.«

Jacques zuckte mit den Schultern. »Kein Problem. Es muss schön sein, Freunde zu haben, die sich um einen sorgen.«

Ach, dachte Grace. »Ja«, sagte sie.

»Jetzt müssen Sie mit Ihrer Honey und Ihrem Doktor und Ihrem Gärtner aber gehen.«

»Ja.«

»Und Ihrem Hippie?«

»Oh ... der gehört nicht zu mir.«

»Ah.« Jacques freute sich, das zu hören. Er hatte bereits Pläne mit dem Hippie. Er öffnete die Tür der Toilette und führte Grace zurück durch das Lagerhaus zu der kleinen Tür, vor der die anderen warteten.

»Grace!« Matthew kam auf sie zu gerannt. »Geht es dir gut?«

»Natürlich, Matthew. Es geht mir gut. Warum wohl auch nicht?«

Hinter ihr lächelte Jacques süffisant.

»Auf Wiedersehen dann«, sagte Grace und winkte Jacques zaghaft zu. »Wir werden in einer Woche liefern. Kommt, Jungs«, fügte sie an Matthew und Martin gewandt zu, »lasst uns aufbrechen.« Sie drehte sich zu Honey um. »Kommen Sie – wir suchen Ihnen ein Taxi.«

Vince stieß einen Seufzer der Erleichterung aus, als sie losgingen. Er hatte längst alle Hoffnung auf eine Beteiligung an dem Deal aufgegeben. Er wollte nichts mehr damit zu tun haben: Er wollte keinen dieser Leute jemals wieder sehen. Also lief er auch in Richtung auf sein Auto los.

»Nicht so schnell«, knurrte China und hielt ihn an seinem Pferdeschwanz fest. Jacques hatte China gerade etwas ins Ohr geflüstert und ihm seine Pläne für Vince mitgeteilt. China war nicht besonders scharf auf diese Pläne. Aber Jacques war unerbittlich geblieben.

»He!«, schrie Vince, »was tun Sie da?«

»Du kommst mit mir, Graubart.«

Vince war entsetzt. Dass Flower immer noch bei ihrer Flötenstunde war, war schon schlimm genug. Aber dass er den Rest des Abends verpassen sollte, war eine Katastrophe. »Aber ich kann nicht! Meine alte Dame wartet auf mich.« Er sah China mit seinen flehenden, vorstehenden Augen an. »Heute Abend ist das Finale der örtlichen Dungeons und Dragons Regionalmannschaft.«

Chinas Gesichtsausdruck ließ keine Zweifel offen, was er von Dungeons und Dragons hielt. Er packte ihn am Revers und zog ihn zum TransAm.

»Aber das ist mein Auto!«, jaulte Vince. »Sie können nicht ...«

»O doch, ich kann.« China stieß ihn in die Rippen. Dann deutete er auf die Hecklichter des sich entfernenden Jaguars. »Wir folgen ihnen. In deinem Auto.«

»Aber ...«

»Du wirst am Steuer sitzen«, unterbrach ihn China. »Und ich werde derjenige mit dem Messer sein.«

Sie gingen und Jacques Chevalier beobachtete sie von der Tür des Lagerhauses aus. Sein Gesicht war ausdruckslos: eine unergründliche Maske.

Zehn Minuten nachdem sie das Ödland hinter sich gelassen hatten, hielt der Jaguar mit Matthew am Steuer an einem Taxistand an, und Honey beugte sich hinüber zu Grace. »Sind Sie sicher?«, fragte sie. »Sind sie sicher, dass ich nicht mitkommen soll?«

»Absolut sicher. Es ist alles geregelt. Alles ist in Ordnung.« Grace erwiderte Honeys Lächeln. Aber Matthew, der neben ihr auf dem Fahrersitz saß, war missmutig.

»Und danke, Honey. Danke für alles.«

»Gern geschehen. Es war mir ...« Honey wollte eigentlich sagen, ein Vergnügen, aber das war es nicht gewesen. Ganz und gar nicht. Sie hatte sich zu Tode gefürchtet, und als sie sich davon wieder erholt hatte, hatte sie feststellen müssen, dass ihr Armani-Anzug mit irgendwas Unaussprechlichem vom Boden des Lagerhauses besudelt war.

»Nun«, beendete sie ihren Satz mit einem schwachen Lächeln. »Falls Sie irgendetwas brauchen ...«

»Ja«, sagte Grace immer noch lächelnd, »ich weiß ja, wo ich Sie finde.«

Die beiden Frauen tauschten einen Blick des gegenseitigen Verständnisses. Alles war in Ordnung. Es gab keine Feindseligkeit, keine Bitterkeit zwischen ihnen. Es gab ein Gefühl des Verstehens, wenn auch nicht unbedingt der Freundschaft. Es war zu bezweifeln, dass sie sich je wieder begegnen würden.

»Nehmen Sie eine Kopfschmerztablette«, empfahl Grace, als Honey aus dem Auto stieg. »Und gehen Sie am besten direkt ins Bett.«

»Ja«, sagte Honey. »Und, Grace?«

»Hm.«

»Viel Glück.« Sie winkte Matthew zu und ging fort.

»Wer ist das?«, fragte Matthew, als sie darauf warteten, dass Honey sicher in das Taxi stieg.

»Oh ... nur eine Freundin.«

Matthew murrte wieder. »Das hat sie auch gesagt: nur eine Freundin. Ich dachte, du hättest keine Freunde.«

»Nun, habe ich doch.«

»Hm.« Matthew setzte den Blinker und bog in die Marylebone Road ein. Je schneller er fuhr, desto mehr nahm sein Ärger auf Grace zu. Sie hatte ihn übertrumpft, sich über ihn gestellt, einen Deal ausgehandelt, mit einem Kriminellen geflirtet und ihn in seiner Ehre als Mann gekränkt. Und was am schlimmsten war: sie sah aus, als hätte sie das ganze Unternehmen auch noch genossen.

»Wenn dieses Messer ausgerutscht wäre«, knurrte er zwischen den zusammengebissenen Zähnen hervor, »wäre ich jetzt ein toter Mann. Dann würde dieses Auto von einem toten Mann zurück nach Cornwall gefahren.«

Hinter ihnen begann Martin zu schnarchen. Er wollte keinesfalls den ganzen Weg zurück nach St. Liac fahren. Es wäre unverantwortlich: er musste wach bleiben und seine Hände bereithalten, falls die anderen einen verspäteten Schock erlitten. Grace strich über die Knitterfalten in ihrer Hose. Honeys Hose, dachte sie plötzlich. Wahrscheinlich sollte sie sie in die chemische Reinigung geben und Honey dann zurückschicken. Zur Wilberforce Street Nummer 44.

»Sei nicht blöd, Matthew«, sagte sie. »Er hat doch nur geblufft.«

Matthew schnaubte verächtlich. Er wollte es nicht zugeben, aber er war wirklich in Panik gewesen. In einem Gewächshaus in Cornwall mit Cannabis herum zu hantieren war eine Sache, den Stoff dann wirklich zu verkaufen war eine ganz andere Sache. Es war schmutzig, unerfreulich, gefährlich, wenn nicht sogar lebensgefährlich gewesen. Und es war noch nicht vorbei. Dachte Grace wirklich, dass sie einen Deal mit diesem salbungsvollen Scheißfranzosen erreicht hatte? Der Mann hatte doch nur mit ihr Katz und Maus gespielt. Plötzlich bemerkte er, wie schnell er fuhr, und nahm den Fuß vom Gaspedal. Zu schnelles Fahren war verboten. Außerdem war es gefährlich. Matthew wollte bei diesem Spiel nicht länger mitmachen. Grace glaubte zu wissen, was ihn quälte.

»Sieh mal«, sagte sie, nachdem sie eine Weile betreten geschwiegen hatten, »er weiß doch nicht, wo es ist, oder? Solange wir die Ware haben, haben wir auch die Macht.«

Matthew schaute die Frau neben sich entgeistert an. »Wie bitte? Kenne ich Sie? Worüber redest du überhaupt? Ware und Macht.« Er schnaubte wieder. »Sieh dich mal an. Wie du aussiehst. Du bist wie die verdammte Ma Baker!«

»Wie du redest«, sagte Grace – ein Tadel, den Ma Baker wohl kaum je erteilt hätte.

Aber das machte Matthew noch wütender. »Du hast kein Recht, mich zu maßregeln! Man hat mir deinetwegen fast die Kehle durchgeschnitten!

»Nun, du hättest gar nicht da sein sollen.« Aber sowie Grace die Worte ausgesprochen hatte, bedauerte sie sie. Matthew und Martin waren immerhin den ganzen Weg nach London gekommen, um sie zu retten. »Matthew«, sagte sie seufzend, »ich bin wirklich gerührt, dass ihr den ganzen Weg gekommen seid. Das mit deiner Kehle tut mir Leid. Es war süß von euch zu denken, dass ihr mich retten musstet ...«

Matthews Blick verdüsterte sich.

»... aber ich war doch nicht in Schwierigkeiten, oder?«

Matthew erwiderte nichts.

»Ich bin überzeugt«, fuhr Grace fort, »wenn er erst einmal sieht, wie gut der Stoff ist, können wir ihn als Dealer benutzen, solange wir wollen.«

»Oder so lange er will. Grace, er ist ein *Gangster*!«

Grace wurde zornig. »Ich mochte ihn. Ich glaube, dass ...«

»Gut! Gut!« Matthew umklammerte das Steuerrad so heftig, dass seine Knöchel weiß wurden. »Dann mach doch allein weiter mit deinem Jacques Scheißkerl Cousteau! Ich bin raus! Verstanden? Ich bin raus!«

»*Was?*«

»Ich bin raus, Grace. Ich will kein Gangster sein und kein Gauner und ich will nicht ins Gefängnis. Nicky hat Recht ... ich bin draußen.« Matthew nickte. »Ich bin raus. Das war´s.«

Grace beobachtete ihn entsetzt. »Aber das kannst du nicht tun!«

»Wart´s ab.«

Grace holte tief Atem. Dieses ganze Herumbrüllen führte zu nichts. »Matthew«, sagte sie ruhig, »du wusstest die ganze Zeit, dass es gefährlich war. Warum hast du plötzlich deine Meinung geändert?«

»Ich habe nicht richtig darüber nachgedacht. Die Sache in London«, gab er schließlich zu, »war wirklich zu viel für mich.«

»Aber wir können damit so viel Geld verdienen. Und es macht so viel Spaß.«

Matthew schüttelte den Kopf. »Mir macht es keinen Spaß, und das Geld ist mir egal. Ich will nicht am Ende mit wundem Hintern Postsäcke zunähen.«

Grace musste grinsen. »Aber Matthew, du brauchst doch gerade jetzt Geld, wo ...« Grace biss sich auf die Zunge, als ihr einfiel, dass Matthew ja nichts von dem Baby wusste.

»Wo jetzt was ist?«

»Wo ... ich mir jetzt wieder leisten kann, dich einzustellen.«

Matthew warf einen verstohlenen Blick auf den Beifahrersitz. Er hatte den Verdacht, dass Grace ihn erpressen wollte, aber als er ihr Gesicht sah, verschwand diese Befürchtung. Sie sah wirklich elend aus, erschöpft und unglücklich. Er hatte immerhin Nicky, zu der er nach Hause kommen konnte. Was hatte Grace schon außer einer Reihe Gläubigern und einer Pfändungsklage für Liac House?

»Grace?«

»Ja.«

»Es tut mir Leid, dass ich dich angeschrieen habe.«

Grace schniefte. »Entschuldigung angenommen.«

»Es ist wegen Nicky, weißt du. Sie will keine Beziehung zu jemandem, der unverantwortlich handelt und … und ich will keine Beziehung mit jemand anderem als Nicky.«

»Ich weiß.«

»Also schlage ich Folgendes vor: wenn wir nach Hause kommen, bringen wir die Ernte ein, schaffen das Zeug nach London und tun es nie wieder. Okay?«

Einen Augenblick lang sagte Grace nichts. Dann sah sie ihn mit feuchten Augen an, beugte sich hinüber und gab ihm einen flüchtigen Kuss auf die Wange. »Danke, Matthew, du hast gerade mein Haus gerettet.« Der Rest konnte warten, beschloss sie. Sie würde sich etwas ausdenken. Liac House war in Sicherheit.

Der Jaguar rauschte durch die Nacht, Martin schnarchte diskret auf dem Rücksitz, Matthew dachte daran, wie glücklich Nicky sein würde, und Grace versuchte verzweifelt, nicht einzuschlafen. Sie hatte Angst vor den Träumen, die sie nicht kontrollieren konnte. Sie wollte lieber mit offenen Augen von den erfreulichen Dingen träumen, die sie erlebt hatte.

Niemand bemerkte den roten TransAm mit dem aufgemalten Adler auf der Motorhaube und dem Plüschwürfel, der am Rückspiegel baumelte. Niemand hatte auch nur die Vermutung, dass irgendetwas schief gehen konnte. Oder dass das verschlafene kleine Fischerdorf St. Liac vor dem größten Chaos seiner Geschichte stand.

Kapitel 13

Quentin Rhodes von Ramptons war ein geduldiger Mensch. Er war außerdem ein höflicher und rücksichtsvoller Mensch. Er war sich darüber im Klaren, dass Grace Trevethan eine trauernde Witwe war, zutiefst verzweifelt über den Verlust ihres Ehemannes, zu hilflos, um der Tatsache, dass sie auch noch ihr Haus verlor, ins Auge zu sehen. Aber auch Geduld hatte ihre Grenzen, besonders da sie die Pfändung des Hauses, das mehrere hunderttausend Pfund wert war, verzögerte, von dem das meiste Ramptons geschuldet war.

Verzweifelt über Mrs. Trevethans fortgesetzte – und erfolgreiche – Versuche, den Tatsachen aus dem Weg zu gehen, hatte Quentin sich entschlossen, die Angelegenheit von Angesicht zu Angesicht zu regeln. Er nahm den Morgenzug nach Cornwall, stieg in Bodmin aus und fand ein Taxi, das ihn nach St. Liac brachte. Der Taxifahrer wusste nicht genau, wo Liac House war, und setzte ihn stattdessen an der Post ab. »Das Amt wird von zwei alten Damen geführt. Die sind wirklich nett«, sagte er. »Die werden es Ihnen schon sagen können. Sie geben sich immer so viel Mühe.«

Das war normalerweise tatsächlich der Fall. Diana und Margaret scheuten keine Mühe, um Leuten zu helfen. Heute jedoch waren sie außer Stande dazu. Diana hatte ihnen heute Morgen einen Tee aufgebrüht, allerdings nicht aus der Dose mit dem Darjeeling Tee, wie sonst, sondern von der Pflanze, die sie aus Graces Gewächshaus hatte mitgehen lassen. Als Quentin Rhodes in die Post kam, waren Diana und Margaret vollkommen high. Sie lagen hinter der Theke, aßen Cornflakes aus einer Packung und kicherten. Als sie die Türglocke hörten und Quentin die Tür öffnete, legten sie beide den Finger auf die Lippen, um das Kichern zu unterdrücken. Keine von beiden kam auf die Idee, dass es sich um einen Kunden handeln könnte, der ihre Hilfe brauchte. Außerdem war es viel lustiger, ganz ruhig hinter dem Ladentisch zu sitzen als irgendwen zu bedienen.

»Hallo«, sagte Quentin. »Ist hier jemand?«

Verwundert sah er sich um. Als er die schwarzgesichtige Puppe und das Mannequin mit der großen rosafarbenen Brust bemerkte, runzelte er die Stirn. Das war alles sehr merkwürdig, dachte er. Quentin meinte, hinter dem Ladentisch einen eigenartigen, kratzenden Laut zu hören. »Hallo?«, brachte er nochmals hervor.

Sehr langsam kam so etwas wie ein Teewärmer hinter der Theke hervor. Dann tauchte auch das dazu gehörende Gesicht einer Frau auf. Ihr graues Haar stand nach allen Seiten unter dem Teewärmer hervor. Ihr Blick war einigermaßen verrückt.

»Kann ich ... Ihnen ... helfen?«, fragte die zerzauste Erscheinung.

Entsetzt trat Quentin einen Schritt zurück. Eine weitere Frau erschien. Diese hatte Krümel um den Mund – und die Augen waren noch größer, und ihr Blick war noch entrückter. Dachte Quentin jedenfalls. Diana empfand ihr Verhalten als völlig normal. Ein Besucher war hier. Er war bestimmt auf der Suche nach Nahrung. Es kostete sie große Mühe, die offene Cornflakes-Packung neben sich auf die Theke zu stellen.

»Möchten Sie ein paar Cornflakes?«, fragte sie. Dann lächelte sie, und eine einzelne Maisflocke fiel ihr aus dem Mund. »Sie sind einfach himmlisch.«

Quentins Höflichkeit, Geduld und Rücksichtnahme waren noch nie zuvor auf so eine direkte Herausforderung gestoßen. »Äh ... nein, danke«, stammelte er, »ich habe schon gegessen.« Keinesfalls hätte er ahnen können, dass dies die lustigste Antwort war, die die beiden Frauen je gehört hatten, und einen langanhaltenden Anfall von hysterischem Lachen und die erneute Bekanntschaft des Fußbodens hinter der Theke nach sich ziehen würde. Wieder runzelte er die Stirn und fragte sich, ob dies vielleicht ein Traum sei und er irgendwie in eine schlechte Fernsehserie aus den Siebzigern hineingeschlittert sei, in der Urlauber in ein entlegenes Dorf kommen, das von anderen Lebensformen übernommen worden ist und nie mehr zurück in die Normalität findet.

Quentin blinzelte, hustete und überlegte, dass es klug wäre abzuhauen. Da kamen die Frauen wieder hinter der Theke hervor. Sie wurden immer noch von Lachkrämpfen geschüttelt, was vielleicht darauf zurückzuführen war, dass sie beide neuartige Brillen trugen, nämlich solche, an denen die Augäpfel mit Federn befestigt sind und bei jeder Bewegung des Kopfes wippen. Zwischen ihren Anfällen bot die Kreatur rechts von Quentin ihm erneut von den Cornflakes an. Ihre Gefährtin versuchte Quentin mit einem Schokoladeneis – einem ›Schokie-Eisie‹ in ihrer Ausdrucksweise – zu locken, aber ohne Erfolg.

»Hören Sie mal«, sagte Quentin zu den kichernden Frauen, »ich bin auf der Suche nach Liac House ... Ich versuche, Kontakt zu Grace Trevethan aufzunehmen. Kennen Sie ...«

»Ich liebe Grace«, sagte die Frau mit dem irren Blick. Sie stopfte sich noch ein paar Cornflakes in den Mund. »Ich liebe sie. Ich liebe sie wirklich, wirklich, wirklich.«

»Äh ...«

»Sie ist ein Engel«, schwärmte die andere Frau. »Sie hat wunderschönes Haar. Weich und seidig.« Die Frau strich sich über das eigene strohige Haar, wie ein Vogelnest, das sich erfolgreich aus dem Teewärmer befreit hatte. »Ihr Haar ist wie ein schönes, schönes, kuscheliges ... Angora ... Kaninchen.«

»In Ordnung.« Immerhin gaben sie sich einen flüchtigen Anschein von Normalität. Einen sehr flüchtigen. Quentin versuchte es noch einmal. »Können Sie mir sagen, wie ich zum Liac House komme?«

»Wer?«, sagte die Cornflakes-Dame.

»Ich liebe sie«, sagte die andere.

»Also!« Quentin brüllte beinahe. »Wissen Sie, wo Mrs. Trevethan wohnt?«

»Ja.«

»Wo?«

Die Frau mit dem Schokoladeneis sah ihn voller Ehrfurcht an. »Sie wohnt in einem schönen, schönen, schönen Haus. Ich liebe sie.«

Quentin seufzte. »Und wie komme ich zu dem schönen, schönen, schönen Haus?«

Er hätte sich die Antwort denken können.

Die Frau winkte mit dem Schokoladeneis. »Den schönen, schönen, schönen Hügel hinauf«, sang sie.

»In Ordnung.« Quentin marschierte zur Tür, »Danke.«

»Ich liebe das Wort ›schön‹«, sagte Margaret, als er die Tür hinter sich zu knallte. »Schön.« Dann brach sie wieder hinter der Theke zusammen und nahm Dianas Cornflakes-Packung mit sich. Diana brüllte vor Lachen, und dann verschwand auch sie.

Quentin trottete den schönen, schönen Hügel zum Liac House hinauf. Er war der erste von den vielen unerwünschten Besuchern an diesem Tag, die unwissentlich ein komplettes Chaos verursachen würden, St. Liac weithin bekannt machen würden und Grace Trevethan zu internationalem Ruhm verhelfen sollten.

Als Martin in den frühen Morgenstunden Grace und Matthew am Liac House abgesetzt hatte, fanden sie

Harvey im Halbschlaf vor. Er hütete immer noch beherzt das Gewächshaus. Er teilte ihnen mit, dass er erfolgreich (fand er jedenfalls) Diana und Margaret abgewehrt hatte und – weniger erfolgreich – am Abend zuvor Nicky abgelenkt hatte.

»Nicky war hier?«, fragte Matthew entgeistert.

»Ja. Immerhin bist du letzte Nacht nicht nach Hause gekommen, oder?«

Nein, dachte Matthew. Das stimmte. Er an Nickys Stelle hätte auch in Liac House gefragt. »Also, was hast du ihr gesagt?«

»Ich habe ihr gesagt, dass du mit Martin nach London gefahren bist, um Grace beim Verkauf der Drogen zu helfen.«

»Scheiße!«

»Wieso, das war doch die Wahrheit ...«

»Ja. Ja. Ich weiß.« Matthew wandte sich an Grace und sagte, dass er zum Boot fahren müsse, um mit Nicky zu sprechen, um sie zu beschwichtigen und ihr von seinem Entschluss zu berichten, dass er von nun an vernünftig sein würde.

»Kein Problem«, sagte Grace. »Harvey kann mir helfen.«

Also übernahmen Harvey und Grace die Aufgabe, die reifen Pflanzen zu ernten und die Apparate für die Hydrokultur aus dem Gewächshaus zu entfernen. Damit waren sie beschäftigt, als Quentin Rhodes am Liac House ankam.

Dass niemand auf sein Klingeln reagierte, irritierte ihn nicht weiter. Er wusste, dass sich Grace Trevethan sehr gut darauf verstand, Dingen aus dem Weg zu gehen. Wahrscheinlich versteckte sie sich oben in ihrem Schlafzimmer. Aus seiner langen Erfahrung in der Pfändung von Häusern wusste er auch, dass Landhäuser niemals abgeschlossen waren.

Doch dieses war abgeschlossen.

Quentin seufzte und beschloss, es im Garten zu versuchen. Sie hatte wahrscheinlich seine Ankunft beobachtet und sich im Gebüsch versteckt. »Mrs. Trevethan?«, rief er und ging auf die Rhododendron-Büsche zu, die entlang des Hauses wuchsen. »Hier ist Quentin Rhodes.«

Die Worte kamen zu Harvey und Grace hinübergeweht, als sie dabei waren, die PVC-Rohre auf den Schrotthaufen hinter dem Gewächshaus zu werfen. Grace erstarrte vor Angst. »Harvey! Ich kann mit diesem Menschen nicht sprechen. Nicht jetzt. Du musst ihn loswerden.«

»Wie denn? Was soll ich sagen?«

Grace zuckte mit den Achseln. »Oh, ich weiß nicht. Sag ihm irgendwas. Sag ihm ... sag ihm, dass ich immer noch in London bin. Sag ihm, dass ich von Außerirdischen entführt worden bin. Irgendwas eben.« Vor Angst, dass Quentin Rhodes jeden Moment vor ihr stehen könnte, versteckte sich Grace in einem Strauch.

Als sie das Weite suchte, hörte sie von weitem das leise Klingeln des Telefons im Haus. Schon wieder Quentin Rhodes, dachte sie, wahrscheinlich von seinem Handy aus.

Aber es war nicht Quentin Rhodes: es war Charlie, der vom *Anchor* aus anrief. Er versuchte genauso verzweifelt wie Quentin, Grace zu erreichen, wenn auch aus einem ganz anderen Grund. Die zwei Männer, die gerade bei ihm gewesen waren und nach Grace gefragt hatten, hatten ihm gar nicht gefallen. Der mit dem Pferdeschwanz hatte sich größte Mühe gegeben, wie ein alternder Hippie zu wirken. Das war natürlich nur Tarnung. Der andere hatte sich zu viel Mühe gegeben, nicht wie ein Ex-Polizist auszusehen – aber das hatte natürlich auch nicht funktioniert. Und es war offensichtlich gewesen, dass sie keine Freunde waren: sie schienen sich noch nicht einmal zu *mögen*. Nein, das waren Kollegen, dachte Charlie, als er sie mit der Information weggeschickt hatte, dass er eine Grace kennen würde, die im zehn Meilen entfernten St. Mayben wohnen würde. Kollegen von der Zollfahndung. Wahrscheinlich war es unvermeidlich gewesen, dass sich die Nachrichten von Graces Lichtern auch außerhalb von St. Liac verbreiten würden.

Charlie dachte gerade darüber nach, den Pub zu schließen und Grace persönlich zu warnen, als Matthew und Nicky herein gestürmt kamen.

»Hallo. Bisschen früh für euch, oder?«

»Wir haben was zu feiern«, sagte Matthew und grinste über das ganze Gesicht. »Wir dachten, wir trinken einen Whisky. Nun, wir dachten, *ich* sollte einen Whisky trinken.«

»Nein. *Du* dachtest, du solltest einen Whisky trinken.«

Charlie sah von einem zum anderen. Nicky grinste genauso dümmlich wie Matthew. High, dachte er, ausgerechnet jetzt, wenn Matthew im Liac House sein sollte, um Grace vor der Zollfahndung zu retten.

»Matthew …«

»Wir haben was zu feiern«, sagte Matthew strahlend und lehnte sich über den Tresen.

»Matthew, da waren zwei Männer …«

»… ich werde Verantwortung übernehmen …«

»Ja, aber …«

»… und Nicky wird ein Baby bekommen.«

»Oh!« Charlie sah auf. »Das ist großartig, Nicky. Das sind wirklich gute Neuigkeiten.«

»Wundervolle Neuigkeiten«, sagte Matthew und drückte Nicky fest an sich.

»Und Matthew wird nie wieder Cannabis anbauen und …«

»... und da sind zwei Männer von der Zollfahndung, die herumschnüffeln und nach Grace fragen.«
»*Was*?«
»Ja.« Charlie runzelte die Stirn. »Ich habe versucht, in Liac House anzurufen, aber Grace geht nicht an das verdammte Telefon.«
»*Scheiße*«, sagte Matthew. Seine Begeisterung war verflogen – und mit ihr alle Hoffnungen auf eine rosige Zukunft, wie er und Nicky sie sich ausgemalt hatten. Sie waren so dicht dran. So nah und doch ...
»Woher wusstest du, dass sie von der Zollfahndung sind?«, fragte er plötzlich.
»Wie sie aussahen. Versuchten krampfhaft, wie Urlauber zu erscheinen. Haben zu beiläufig nach Grace gefragt. Sagten, sie wären alte Freunde und sie wollten mal vorbeischauen.« Charlie schüttelte den Kopf. »Hab ihnen kein Wort geglaubt. Ich hab versucht, sie nach St. Mayben zu schicken, aber das haben sie mir wohl nicht geglaubt.«

Da hatte Charlie Recht. Während er erzählte, waren die beiden Männer in der Post und entdeckten, dass Grace gar nicht in St. Mayben wohnte, sondern in einem schönen, schönen Haus auf einem schönen, schönen Hügel.
»Scheiße«, sagte Vince, als sie Diana und Margaret ihren Cornflakes und ihrem Schokoladeneis überließen. »Diese Frauen waren high.«
»Und?«, bellte China Macfarlane. »Was zum Teufel geht dich das an?« Er holte sein Klappmesser heraus. »Steig ein.«
»Aber ...«
»Nichts aber. Steig ein!« China hatte wirklich genug von Vince. Die lange Nachtfahrt war schlimm genug gewesen. Und die Musik, die Vince unbedingt hören wollte, war noch schlimmer gewesen. Zu allem Über-

fluss hatte Vince dann auch noch zehn Meilen vor Bodmin den Jaguar aus den Augen verloren. China war vor Wut beinahe geplatzt – vor allem, als Jacques über sein Handy anrief, um zu fragen, ob sie Grace und ihre Unmengen an Cannabis gefunden hatten.

Er hatte fünfmal angerufen und fünf ergebnislose Antworten erhalten. China fielen keine Entschuldigungen mehr ein. Jetzt sah es Gott sei Dank so aus, als hätten sie im siebten Dorf endlich einen Volltreffer gelandet.

»Was, zum Teufel, machst du?«, knurrte China, als Vince sich trotz des Klappmessers immer wieder zum Postbüro umwandte.

»Der Eimer und das Schäufelchen«, jaulte Vince. »Kann ich nicht zurück gehen und es kaufen? Für Flower, verstehen Sie ...«

»Nein!« China trat ihn vor das Schienbein. »Nein, kannst du verdammt noch mal nicht! Steig in das Auto und beweg deinen fetten Arsch auf den Hügel da!« Vor Wut glühend trieb China den unglücklichen Vince in den TransAm und knallte hinter ihm die Tür zu.

»Da sind sie«, meldete Charlie und beobachtete sie von der Tür des Pubs aus. Dann runzelte er die Stirn. Merkwürdiges Auto für die Zollfahndung. Vielleicht gehörte das ja zu ihrer Tarnung.

»Scheiße!«, schrie Matthew, als er China Macfarlane auf den Beifahrersitz springen sah. »Die sind nicht von der Zollfahndung!«

»Nein?«

»Nein! Das sind Drogenhändler!« Er hätte wissen müssen, dass Jacques Chevalier sie verfolgen lassen würde. Mit aufgerissenen Augen drehte er sich zu Nicky um. »Kommt! Wir müssen Grace warnen! Wo ist dein Auto, Charlie?«

Charlie wies auf einen nur wenig entfernt stehenden Wagen. »Ich komme mit euch«, sagte er und angelte nach seinen Schlüsseln. »Grace wird alle Hilfe brauchen, die sie kriegen kann.«

Etwas weiter die Straße hinunter stieß China Vince in die Rippen. »Los, Graubart! Setz dich verdammt noch mal in Bewegung!«

»Ich kann nicht.«

»Warum, zum Teufel, nicht?«

»Wir haben kein Benzin mehr.«

Harvey hatte Scherereien mit Quentin Rhodes. Als Grace in dem Gebüsch abtauchte, drehte er sich um und rannte zurück zum Gewächshaus. Dort sah er zu seinem Entsetzen, wie Quentin durch die offene Tür lugte. »Stopp!«, schrie er. Quentin drehte sich um.

»Wer sind Sie?«, bellte Harvey. »Was wollen Sie hier?«

Du lieber Gott, dachte Quentin, noch einer von der Sorte. »Ich habe geklingelt«, sagte er mit schwindender Geduld. »Aber niemand hat geöffnet.«

»Das bedeutet, dass niemand zu Hause ist.«

»Sie sind doch hier«, sagte Quentin.

»Ja, aber ich wohne hier nicht.«

»Warum sind Sie dann hier?«

Harvey blinzelte hektisch. *Warum* war er hier? »Ich bin ... ähm ... vom Sicherheitsdienst!«, sagte er, einer plötzlichen Eingebung folgend. Er zog seinen Mitgliedsausweis des UFO-Clubs von Cornwall aus der Tasche und hielt ihn Quentin kurz unter die Nase. »Es hat einen Vorfall gegeben. Wir müssen das ganze Haus abriegeln.«

»Einen Vorfall?«

Harvey nickte. »Mehr kann ich Ihnen leider nicht sagen. Bitte verlassen Sie das Grundstück«, fügte er mit höflicher Bestimmtheit hinzu.

Quentin bewegte sich nicht. »Mein Name ist Quentin Rhodes. Ich bin von Ramptons. Ich bin gekommen«, sagte er mit mehr Bestimmtheit als Harvey, »um mit Mrs. Trevethan zu sprechen.«

»Hab noch nie von ihr gehört.« Harvey warf Quentin einen wütenden Blick zu und stellte sich zwischen ihn und das Gewächshaus.

Quentins Augen verengten sich. »Was ist das da in dem Gewächshaus?«

»Grünzeug«, antwortete Harvey. »Für Salat und so was.«

Quentin seufzte verzweifelt. Offensichtlich waren alle hier verrückt. Wahrscheinlich war das der Grund, warum Grace Trevethan nicht wegwollte. Es war klar, dass sie sich hier zu Hause fühlte. »Weiß Mrs. Trevethan, dass Sie hier sind?«

»Natürlich weiß sie das.«

»Ah! Also kennen Sie sie doch?«

»Ich weiß gar nichts.«

Das war die intelligenteste Bemerkung, die er heute gehört hatte, dachte Quentin. »Wann kommt sie zurück?«

»Gar nicht.«

»In Ordnung«, sagte Quentin und starrte Harvey entschlossen an. »Dann werde ich warten.«

Harvey gab auf. »Möchten Sie vielleicht eine Tasse Tee?«

Hinter ihrem Strauch hörte Grace, wie sich die Stimmen von Harvey und Quentin entfernten, als Harvey ihn um das Haus herum zum Haupteingang führte. Sie hoffte, dass Harvey schlau genug war, ihn in das Wohnzimmer zu führen und nicht in die Küche, also wandte sie sich wieder dem Gewächshaus zu. Eine halbe Stunde, sagte sie sich. Das würde reichen, um den Rest der Installationen loszuwerden und den restlichen Cannabis zu ernten.

Aber sie hatte keine halbe Stunde Zeit. Ihr blieben genau fünf Minuten, bis Matthew, Nicky und Charlie zur Tür hereingestürmt kamen.

»Grace! Sind sie hier!«

»Wer? Was? Matthew ... wovon redest du?«

»Die Handlanger von deinem Spezi Jacques.«

»Was? Ich verstehe nicht.«

»Sie sind uns *gefolgt*, Grace.« Matthews Blick sagte deutlich: ›*Ich hab's dir doch gesagt.*‹

Graces Blick dagegen war blanke Angst – gefolgt von tiefer Enttäuschung. Sie hätte es wissen müssen; Jacques Chevalier war immerhin ein Gangster. Anderen Leuten die Finger abzuschneiden war für ihn ein Kinderspiel, Cannabis zu stehlen hatte er wahrscheinlich im Säuglingsalter gelernt. Verzweifelt sah sie auf den Berg von Cannabis, der auf dem Boden des Gewächshauses lag.

»Jacques hat dich angelogen, Grace«, sagte Matthew.

»Oh. Was ... Was sollen wir tun?«

»Wir verstecken es«, schlug Matthew vor. Er betrachtete den Berg, der beinahe hüfthoch war.

»Wo?«

»Äh ... im Schuppen.« Matthew nahm eine Hand voll Cannabis. »Wenn wir nur ...«

Martin stürmte ins Gewächshaus. »Grace!« Er schnappte nach Luft. »Wir sind gekommen, um dich zu warnen. Vor der Post stehen die ... die beiden Männer von gestern Abend ...«

»Ich weiß.« Grace nickte. »Ja, ich weiß.«

Matthew fuhr zu Martin herum. »Du meinst, sie stehen *immer* noch vor der Post?«

»Äh ... ja. Ich glaub schon. Sah nicht so aus, als würden sie irgendwohin fahren.«

»Vielleicht«, grübelte Matthew, »vielleicht haben sie noch nicht herausgefunden, wo du wohnst. Vielleicht haben wir noch Zeit ...«

»Nein«, unterbrach ihn Grace, »wir haben nicht viel Zeit. Harvey kann Rhodes nicht mehr lange festhalten.«

Die anderen waren verblüfft. »Wen?«, fragte Nicky.

»Quentin Rhodes«, jammerte Grace. »Er ist hier wegen der Pfändung des Hauses.« Sie schlug die Hände vor das Gesicht. »O Gott ... Quentin Rhodes ... ihr ... die Männer von letzter Nacht. Wenn es nur im Entferntesten komisch wäre, könnte dies eine französische Posse sein.«

»Was wäre eine französische Posse?«, fragte Sergeant Alfred Mabely und kam auf Gummisohlen ins Gewächshaus marschiert. »Hier gibt es keine Possen, Grace. Ich wollte dich bloß warnen, dass da zwei Männer sind, die ...«

Dann sah Alfred den Cannabis.

Martin reagierte als einziger schnell genug. »Das ist Salat«, sagte er.

Alfred warf ihm einen vernichtenden Blick zu. »Das ist Marihuana, nicht wahr?«

Grace hatte das Gefühl, die Welt um sie herum zerfiele in tausend Stücke. »Ja«, sagte sie und nickte traurig.

Alfred seufzte. »Ich wusste, dass Matthew und Sie es anbauen, aber ich hatte ja keine Ahnung ...«

»... Sie wussten es?«

Alfred nickte und nahm ein Bündel in die Hand. »Ich wohne hier, oder?« Dann seufzte er. »Ich wusste, dass Sie in finanziellen Problemen steckten, also habe ich die Augen zugemacht wegen so ein bisschen selbstgezogenem ... aber das ... Grace, das ist eine *riesige* Menge.« Als er an dem Bündel roch, nickte er zustimmend. »Und guter Stoff.« Er sah Matthew an. »Viel besser als der Scheiß, den du im Pfarrgarten hattest.«

»*Was*? Das wussten Sie?«

»O ja.«

Grace holte tief Luft. »Sergeant Mabely?«

»Ja?«

»Es dauert nur ein paar Minuten, und wir sind das Zeug los. Können Sie ... können Sie nicht die Augen noch ein klein wenig länger zumachen?«

Alfred guckte gequält. »Es tut mir Leid, Grace. Wenn es nur um mich ginge, dann …«

»Aber es geht nur um Sie. *Bitte.*«

»Es tut mir Leid.« Alfred schüttelte den Kopf. »Nicht mehr. Es sind Beamte aus Coldock unterwegs.«

»Gütiger Himmel!«, bellte Matthew.

»Wegen der beiden Männer an der Post.«

»Was?«, fragte Martin.

Alfred kratzte sich am Kinn. »Ernste Angelegenheit. Der alte Jack Dawkins hat sie gesehen. Sie haben einen Kanister Benzin gestohlen.«

»Das ist ja wohl kaum ein schweres Verbrechen«, sagte Martin abschätzig. »Verglichen mit …« Dann wurde ihm klar, was er sagen wollte, und er biss sich auf die Zunge. »Nun …«

»Dann hat einer von ihnen einen Eimer und eine Schaufel gestohlen.«

»Sergeant …«

»Und der andere hat ihn mit einem Messer bedroht.« Alfred blickte ernst drein. »Wir sind hier nicht an bewaffnete Räuber gewöhnt. Mögen sie überhaupt nicht. Also habe ich in Coldock angerufen und … an eurer Stelle würde ich das Zeug verdammt schnell loswerden.« Verlegen wandte er sich ab. »Ich … ich mache mich auf die Suche nach Wilderern.«

»Nun«, sagte Grace in die Stille, die nach seinem Abgang eingetreten war, »so ist es also.«

Sie betrachtete den Berg und zuckte mit den Schultern. »Wir haben es geschafft.«

»Aber was machen wir jetzt damit?«, fragte Matthew.

»Es aufbrauchen?«, schlug Martin vor.

»Nicht einmal du kannst all das rauchen«, sagte Nicky schleppend.

Martin zuckte mit den Achseln. »Ich könnte es versuchen.«

»Vielleicht sollte es niemand bekommen«, sagte Grace.

»Was?«

»Vielleicht sollte es niemand bekommen. Nicht die Polizei, nicht Jacques´ Männer und wir auch nicht.« Sie lächelte Matthew traurig an. »Was, wenn es einfach … in Rauch aufginge?«

»Oh.« Matthew betrachtete die Früchte ihrer Arbeit. Es wäre eine Schande. Nein, es wäre eine Tragödie. Aber Grace hatte Recht: es musste sein. Seufzend holte er eine Schachtel Streichhölzer aus seiner Tasche und gab sie Grace.

Grace versuchte, nicht darüber nachzudenken, was sie im Begriff war zu tun, riss ein Streichholz an und hielt es über den schönen Blätterwald, von dem sie gehofft hatte, er sei der Schlüssel zu ihrer Erlösung. Plötzlich stürmte China Macfarlane herein und hielt ein Messer an Quentin Rhodes´ Kehle.

»Mach es aus!«, schrie er Grace an. »Mach es aus!«

»Ich glaube, Sie tun besser, was er sagt«, qiekte Quentin. Zumindest dachte Quentin, dass er das gequiekt hatte, aber vielleicht träumte er auch nur. Vielleicht war der Mann, der ihm den Tee angeboten hatte, ja gar nicht verschwunden. Vielleicht waren die beiden Schlägertypen gar nicht in das Wohnzimmer herein gestürmt, bewaffnet mit einem Klappmesser, einem Eimer und einer Schaufel.

Und vielleicht stand Mrs. Trevethan gar nicht in ihrem Gewächshaus und verbrannte Cannabis.

»Oh«, sagte Grace und ließ das Streichholz fallen.

«Hallo!«, rief Vivienne Hopkins aus dem Garten. »Ich hoffe, wir sind nicht zu früh?«

Im Nachhinein hatte Grace Schwierigkeiten, die Ereignisse in die richtige Reihenfolge zu bringen. Sie dachte, China Macfarlane hätte Quentin Rhodes losgelassen, um hinter Vivienne Hopkins herzujagen. Vivienne Hopkins hatte einen schrillen Schrei ausgestoßen und war die Wiese hinunter zu ihren dreißig Kolleginnen vom Institut für Frauen geflohen, die den Garten bewunderten. Sie hatten sich ihrerseits auf China Macfarlane gestürzt, um ihn mit ihren Handtaschen zu Brei zu schlagen.

Dann waren die Polizisten aus Coldock angekommen, und als Grace die Sirenen hörte, hatte sie alle aus dem Gewächshaus gescheucht. Sie wollte, dass Matthew und Nicky weit weg waren, wenn die Polizei den Cannabis fand. Sie stand volle zehn Minuten im Garten und betrachtete die Polizisten, die Damen des Instituts, die Drogenhändler und ihre Freunde aus Liac. Die Szene war beinahe komisch.

Aber die Explosion hinter ihr war nicht komisch, als Glasscherben in alle Richtungen flogen und Rauchschwaden aus den Überresten des Gewächshauses aufstiegen. Grace hatte zwar das Streichholz fallen lassen, aber es war nicht verlöscht. Die vielen hundert Cannabis-Pflanzen waren zu dem größten Joint seit Menschengedenken geworden. Grace seufzte. Was für eine Verschwendung. Was für eine schreckliche Verschwendung. Und wie schade um das Gewächshaus. Es war ihr nicht klar gewesen, dass die Stromversorgung so stümperhaft installiert war, dass sie und Matthew die ganze Zeit in Gefahr gewesen waren. Ein leichter Schwelbrand hätte genügt, um alles in die Luft zu jagen. Nun ja, dachte sie, jetzt ist es egal. Ich brauche sowieso kein Gewächshaus mehr. Ich brauche überhaupt kein Haus mehr. Ich gehe ins Gefängnis. Grace ging über die Einfahrt zur Haustür und in das Haus. Sie wollte sich nicht verstecken – das wäre sinnlos gewesen. Sie wollte nur ein paar Minuten allein sein.

In einem Trance ähnlichen Zustand trottete Grace in ihr Schlafzimmer. Sie bemerkte belustigt, dass sie immer noch Honeys Anzug trug. Honey würde ihn jetzt nicht mehr zurück haben wollen. Oder vielleicht doch. Sie würde zum Gefängnis kommen, um ihn abzuholen. Grace setzte sich auf das Bett und fragte sich, ob sie jetzt anfangen sollte. Dann wurde ihr klar, dass sie auch dazu keine Kraft mehr hatte. Es wäre eine Energieverschwendung und eine Zeitverschwendung.

»Grace?«

Die Polizei, dachte Grace und machte sich nicht die Mühe, sich umzudrehen. Sie verschwendeten wirklich keine Zeit. Dann runzelte sie die Stirn. Polizisten klangen nicht so. Jedenfalls nicht britische Polizisten.

»Grace? Geht es dir gut?«

Grace stand auf und wandte sich zur Tür, wo eine imposante Gestalt auf der Türschwelle stand.

Jacques Chevalier lächelte und kam auf sie zu. Als er ungefähr einen halben Meter von ihr entfernt war, nahm Grace ihren Mut zusammen und schlug ihn so fest sie konnte ins Gesicht.

»Wow!« Jacques fuhr zurück – mehr aus Überraschung als aus Schmerz. Er rieb sich die Wange und als er damit fertig war, schlug Grace erneut zu. Diesmal heftiger.

»Autsch!« Jacques war intelligent genug, außer Reichweite zu bleiben. »Nun«, sagte er. »Ja. Es ist schön, Sie wieder zu sehen.«

»Scheißkerl!«, fauchte Grace. »Sie können Ihre Drecksarbeit nicht mal selbst erledigen.«

»Drecksarbeit?«

»Ja. Warum haben Sie sonst Ihre Jungs geschickt?«

»Damit sie Sie im Auge behalten. Damit Ihnen nichts passiert.«

Grace wollte ihn wieder schlagen, aber die Hand schmerzte zu sehr. »Meinen Sie wirklich, dass ich Ihnen das abnehme?«

»Es ist die Wahrheit«, sagte er sanft.

Verdammt, dachte Grace, diese Stimme.

»Ich hoffe, dass ich nicht alles ruiniert habe.« Es klang, als ob er es ehrlich meinte.

»Nein«, sagte Grace mit einem spröden Lachen. »Nur die alljährliche Teegesellschaft des Cornwall Instituts für Frauen. Morgen ist alles wieder in Ordnung.«

Aber das würde es nicht sein, und Jacques wusste es. Er wusste, dass Graces Leben nie wieder so sein würde wie vorher.

»Warum haben Sie das gemacht?«, fragte er.

»Was gemacht?«

Jacques deutete auf das Fenster. »Cannabis angebaut.«

»Spielt das noch eine Rolle?«

Jacques zuckte mit den Schultern. »Für mich schon.«

Oh, ist es nicht alles egal, dachte Grace. »Weil ich mein Haus behalten wollte.«

»Ach so.« Jacques nickte, »Sie sind pleite. Der ... schuftige Ehemann?«

Grace erwiderte nichts. »Warum sind Sie hergekommen?«, fragte sie kurz darauf.

»Um Ihnen zu helfen.«

»Sie können mir nicht helfen, Jacques.« Zum ersten Mal benutzte sie seinen Namen.

»Warum nicht?«

»Es mag Ihrer Aufmerksamkeit entgangen sein, aber in meinem Garten wimmelt es von Polizisten.« Grace ging zum Fenster. »Sie werden mich verhaften.«

Jacques folgte ihr ans Fenster und stellte sich neben sie. Grace wünschte, er wäre nicht so nah.

»Äh ... Grace?«

»Hm?« Grace sah aus dem Fenster, aber außer den zerschmetterten Resten ihres Lebens sah sie gar nichts.

»Sehen Sie mal.«

Grace sah genauer hin. Wo noch vor wenigen Minuten eine Truppe wütender Frauen einen Drogenhändler zusammengeschlagen hatten und ein Schwarm Polizisten über den Rasen gerannt war, hatte sich das Szenario nun völlig geändert: Grace konnte nicht glauben, was sie sah.

»Du lieber Gott!«

»Ich glaube, Sie haben Recht. Es gibt einen lieben Gott!«, sagte Jacques mit einem schiefen Grinsen.

Den Polizisten widerfuhr zweifellos etwas sehr Gutes, genau wie Vivienne Hopkins und ihren Damen, Vince und China Macfarlane sowie einigen Einwohnern von St. Liac. Sie waren ausnahmslos alle vollkommen high. Falls Grace noch nach einem Beweis suchte, reichte ein Blick auf Vivienne Hopkins. Sie hatte sich ihres Hutes entledigt, alle Vorsicht und Hemmungen über Bord geworfen und tanzte mit China Macfarlane. Neben ihm stand Vince und hatte den Arm um Alfred Mabely gelegt. Ein Stückchen weiter entfernt stand Joyce Reid von der örtlichen Bücherei und vergnügte sich ganz undamenhaft mit einem der Polizeibeamten aus Coldock. Nicht weit davon saßen Nicky und Matthew Händchen haltend und ließen die Füße im See baumeln, Martin Bramford rauchte einen Joint mit Quentin Rhodes, und Harvey unterhielt sich mit Reverend Gerald Percy über Omen.

»Das Gewächshaus«, flüsterte Grace. »Der Cannabis.« Dann musste sie kichern.

Jacques lachte auch über die Szene, die sich ihnen bot. »Ich glaube, jetzt gibt es keinen Grund mehr für Sie, wegzulaufen. Die Polizei kann Sie nicht verhaften: sie haben das ganze Beweismaterial aufgeraucht.«

»Ich wollte sowieso nicht weglaufen«, beteuerte Grace. »Ich wollte mein Schicksal mit Würde ertragen.«

»Ach ja?« Jacques sah ihr in die Augen. »Das Schicksal ist schon eine komische Sache, finden Sie nicht?«

»Äh …«

»Einige Dinge sind ... wie sagt man ... vorherbestimmt?«

»Tatsächlich?« Grace hatte den schrecklichen Verdacht, das sie rot anlief.

Jacques sah wieder aus dem Fenster. »Sie sagten, dass man hier gut angeln kann? Kann man in Ihrem See angeln?«

»Nein. Der ist voll mit Fahrrädern und so Zeug.«

»Was?«

»Nun ... er ist zu flach.«

»Flach ... ja. Also angelt man im Meer?«

»Ja.«

Grace wartete darauf, dass Jacques etwas sagen würde, aber er schien zufrieden zu sein, mit ihr zu schweigen.

»Ich glaube, Sie sollten jetzt besser gehen«, sagte sie, ohne es wirklich zu meinen.

»Aber mir gefällt es hier.«

»Hm ... danke.«

Jacques sah wieder aus dem Fenster und wandte sich dann an Grace. »Werden Sie Ihr Haus behalten können?«

»Nein.« Grace war tief bekümmert. »Ich werde es verkaufen müssen.«

»Oh. Wie schade.«

»Ja.«

»Es muss einen Weg geben, damit Sie es behalten können.«

»Nein. Es gibt keinen.«

Jacques strich sich über die Wange, auf die ihn Grace wenige Minuten zuvor geschlagen hatte. »Sie könnten es an mich verkaufen.«

»Das ist nicht unbedingt das Gleiche, wie es zu behalten, oder?«

»Na.« Jacques zuckte auf französische Art mit den Schultern und grinste Grace an. »Warum nicht?«

Epilog

Das alte Hinweisschild nach St. Liac war aufgrund einer Aufforderung des Touristikverbandes erneuert worden. Es sei zu unauffällig und außerdem von Efeuranken überdeckt gewesen, hatte es geheißen. An seiner Stelle war ein neues, auffallenderes und viel größeres Schild aufgestellt worden, eins das die Filmcrew, die zusammengequetscht in dem Renault Espace saß, unmöglich übersehen konnte. Am Steuer des Wagens nickte sich Regisseur Mike Reynolds selber anerkennend zu, betätigte den Blinker und bog in eine schmale, hohlwegartige Straße ein, die sich bis zum Meer hinzog. Er seufzte zufrieden, als das Dorf vor ihm auftauchte: es sah aus wie auf einer Postkarte. Die Zuschauer würden es lieben. Aber nicht so sehr, wie sie die Geschichte lieben würden.

Im Geist schnitt Mike den Film bereits zusammen. Er hatte schon beschlossen, mit einer körnigen, Schwarzweißaufnahme von Grace Trevethan anzufangen, das einigen Paparazzi ein Vermögen eingebracht hatte. Mike würde nur eine kurze Zeile hinzufügen: »Ist dies das Gesicht einer Schwerverbrecherin?«

Es war erst zwei Monate her, dass Grace Trevethan in die ahnungslose Welt mit ihrem Roman: *The Joint Venture* geplatzt war. Mike war, wie so viele andere auch, an den ersten Wellen der Werbung für das Buch nicht im entferntesten interessiert gewesen. Es war schließlich nicht das erste Mal, dass irgendein altes Muttchen aus dem fernen Westen Englands eine geile kleine Geschichte zusammen gekritzelt hatte, die an die Spitze der Bestsellerliste kletterte. Einige Wochen nach Erscheinen des Buches, verbreiteten sich allmählich merkwürdige Gerüchte. Mike war neugierig geworden und hatte das Buch gelesen. Er begann zu erahnen, dass er ein recht explosives Werk in den Händen hielt. Seine Recherchen bestätigten seinen Verdacht: die Wahrheit hinter der Geschichte erschien noch viel merkwürdiger – und unendlich viel aufrührerischer – als das, was Grace Trevethan als die erfundene literarische Freiheit von *The Joint Venture* ausgab. Mike Reynolds' Dokumentation würde diese Wahrheit ans Licht bringen – es würde eine Geschichte von Korruption, geheimen Absprachen, internationalem Verbrechen und kornischer Unverfrorenheit sein, die schierweg unglaublich sein würde.

Als sie das Dorf erreichten, hielt Mike vor der Post an und drehte sich zum Beifahrersitz um. »Und wen haben wir wohl hier?«, fragte er die Kamerafrau Monica Hudson.

Monica sah auf ihre Notizen. »Margaret Sutton und Diana Skinner. Offenbar führen sie diesen Laden seit Menschengedenken.« Sie grinste Mike an. »Und sie sind *nicht* für ihre Diskretion bekannt.«

Mike nickte. Mit ein bisschen Glück würden sie das meiste, was sie wissen wollten, von diesen beiden Tratschtanten erfahren und gar keinen von den anderen auf der Liste aufsuchen müssen – und sich dann direkt an Liac House wenden. Aber Mike musste noch eine Menge über das Leben in St. Liac lernen. Und ganz besonders über Diana und Margaret. Sie waren beide nicht abgeneigt, mit ihm zu sprechen – ganz im Gegenteil. Als Mike sie eine Woche zuvor angerufen hatte, waren sie hocherfreut gewesen, an seiner Sendung mitarbeiten zu dürfen. Sie würden alles tun, um Grace zu helfen, hatten sie gesagt. Alles, damit das Buch sich gut verkaufte. Nicht etwa, dass das nötig wäre. *The Joint Venture* war bereits über eine halbe Million mal verkauft worden. Die andere Hälfte der Million, dachte Mike, lag hier zum Verkauf aus. Zusammen mit einer schwarzen Puppe, einem Mannequin mit einem überdimensionalen Busen und einem rosafarbenen Büstenhalter.

Margaret und Diana, die dem Anlass entsprechend ihre besten Wollmützen aufgesetzt hatten, führten Mike und seine Crew in ein Wohnzimmer, das aus Chintz zu bestehen schien. Diana zwitscherte nervös bei dem Gedanken, vor die Kamera treten zu müssen, und bot ihnen Tee an. Die etwas selbstsichere Margaret meinte, wie schön es doch sei, dass sie in diesem Jahr so viele Besucher hatten; wie wunderschön es sei, dass St. Liac nun einen festen Platz auf der Landkarte hatte. »Und das verdanken wir alles unserer lieben Grace«, fügte sie hinzu. Dann sah sie Mike an. »Sie ist *wirklich* lieb, wissen Sie. Eine wundervolle Frau.«

Mike nickte Monica und Jim Grant, dem Toningenieur, unauffällig zu. Sie wussten, was das zu bedeuten hatte: die Kamera so bald wie möglich ans Laufen zu bekommen und das Interview ohne große Formalitäten zu beginnen. Eine Minute später, als Diana mit dem Tee kam, war alles bereit.

»Sie sagten, wie lieb Mrs. Trevethan ist«, sagte Mike.

Margaret nickte. Neben ihr auf dem Sofa entfernte Diana den Teewärmer, der ihrer Kopfbedeckung glich. »O ja«, bestätigte sie. »Grace ist *wirklich* lieb.«

»Der Erfolg ist ihr nicht zu Kopf gestiegen?«

»O nein.« Da war sich Margaret sicher. »Kein bisschen. Grace ist genau wie sie immer war.«

»Lieb.«

»Das Geld hat sie also nicht verändert?«

Margaret war verwirrt. »Welches Geld?«

»Das Geld für das Buch.«

»O nein. Außerdem hat sie immer Geld gehabt, außer, nun ...«

Mike hob die Augenbrauen. »Ja?«

Verstohlen beugte sich Margaret nach vorne. »Nun ... ich glaube, es ist kein Geheimnis mehr. Es ist ein bisschen wie in dem Buch. Grace ging es finanziell nicht sehr gut, als ihr Mann starb.«

»Nein«, unterbrach Diana, »sie hätte fast ihr Haus verloren, wissen Sie.«

»Ja«, sagte Mike, »ich wollte gerade darüber sprechen, inwieweit das Buch Graces eigenes Leben widerspiegelt. Es ist sehr ähnlich, nicht wahr? Eine Witwe ... die ihr Haus verliert ... macht ein Vermögen, indem sie, Sie wissen schon ...« Unschuldig sah er Margaret an.

Aber Margaret kicherte nur. »O nein. Graces Heldin hat Drogen angebaut.« Sie beugte sich wieder vor. »Grace selbst hat aber *Tee* angebaut.«

»Ja«, sagte Mike schleppend, »aber mit dem Teeanbau konnte sie doch kein Geld machen, oder? Das Geld, das sie brauchte, um ihr Haus zu retten.«

»O nein«, führte Margaret aus, »Jacques Chevalier hat Graces Haus für sie gerettet.«

»Er hat es für sie gekauft, verstehen Sie?«, sagte Diana. »Er sagte, sie könnte so lange bleiben, wie er zum Angeln herkommen durfte.«

»Er ist ein lieber Mann«, schwärmte Margaret und nippte an ihrem Tee.

»Ein bisschen so wie die Figur des Pedro aus dem Buch?«

»O nein!« Margaret schüttelte den Kopf. »Pedro ist Spanier, Jacques ist Franzose.«

»Und Pedro ist ein Gangster«, fügte Diana hinzu. »Grace würde sich nie mit einem Gangster einlassen.«

»Hm.« Mike sah auf seine Notizen. »Also, wann hat sich Mrs. Trevethan tatsächlich mit Jacques eingelassen?«

Margaret sah Diana an und zuckte dann mit den

Schultern. »Das war ungefähr zur Zeit der Teegesellschaft des Instituts für Frauen, nicht wahr, Liebes?«

Diana nickte. »Ja, ich glaube schon.« Dianas Erinnerung an die besagte Teegesellschaft im letzten Jahr war etwas verschwommen.

»Was tat Jacques eigentlich auf der Teegesellschaft des Instituts für Frauen?«, fragte Mike.

Die Frauen waren sich nicht sicher. »Angeln«, schlug Margaret vor.

Mike warf Monica einen Blick zu. Er hatte damit gerechnet, dass die Damen seinen Fragen ausweichen würden, und nicht damit, dass sie so offen sein würden – und so beklagenswert schlecht informiert.

Er seufzte und versuchte es erneut. »Die Drogenrazzia in dem Buch. Die fand vor dem Hintergrund der Teegesellschaft statt. Hat es nicht einen ähnlichen Vorfall in Liac House gegeben?«

Margaret runzelte die Stirn. »Irgendwann einmal *waren* dort Polizeibeamte aus Coldock. Aber ich kann mich nicht erinnern, weswegen. Weißt du das noch, Diana?«

Diana nickte. »Lachswilderer, Liebes.«

O Gott, dachte Mike. Er sah wieder auf seine Notizen. »Die *Aphrodite*, der Fischkutter, der in dem Buch für den Drogenschmuggel benutzt wird. Wie ist Mrs. Trevethan darauf gekommen?«

Margaret lächelte verschwörerisch in die Kamera. »Also, das bezieht sich auf ein Boot von hier. Nickys Boot.«

»Außer dass Nickys Boot *Sharicmar* heißt«, korrigierte Diana. »Und in dem Buch ist Nicky ein Mann, aber in Wirklichkeit ist sie eine Frau ...«

»... mit einem süßen kleinen Mädchen ...«

»... das ungefähr zu der Zeit geboren wurde, als Grace Jacques geheiratet hat, nicht wahr, Liebes?«

Margaret sah sich um Bestätigung heischend nach

Diana um und Mike, der merkte, dass er verloren hatte, gab Monica ein Zeichen. Sie würden einpacken und es woanders versuchen. Es musste doch *irgendjemand* in St. Liac geben, der willens und in der Lage war, die Wahrheit über Grace zu erzählen.

Aber es gab niemanden. Der Mann hinter dem Tresen im *Anchor* verfiel in Begeisterungsausbrüche ob der literarischen Qualitäten von Graces Roman (nur mit James Joyce zu vergleichen, fand er), aber erzählte nichts über ihr Leben. Der Doktor faselte etwas von der Legalisierung von Marihuana, der Pfarrer lachte laut über die Vorstellung von Cannabis in seinem Garten (»Das wäre *wirklich* teuflisch«, sagte er augenzwinkernd), und der junge Mann mit dem wilden Blick an Bord der *Sharicmar* sagte, er würde sein eigenes Buch schreiben, weil Grace ihn so inspiriert hätte. Nicky gab kein Interview, wie zu erfahren war, weil sie und Matthew und das Baby mit Grace und Jacques zu einem Picknick gefahren waren.

Grace sah Matthew an. »Erinnerst du dich an das letzte Mal, als wir hier waren?«

Matthew grinste. »Wie könnte ich das vergessen?«

Grace kicherte und nippte an ihrem Wein. Dann starrte sie auf den Strand von Pentyre, die Wellen mit den weißen Schaumkronen und auf die drei, die nicht weit entfernt von ihnen standen. Jacques trug Mary Jane auf den Schultern und brüllte vor Lachen über etwas, das Nicky gerade gesagt hatte. Sie gaben ein Bild der Zufriedenheit ab.

»Jacques ist so glücklich darüber, dass ihr ihn zum Paten gemacht habt«, sagte Grace.

Matthew grinste wieder. »Nun ... das schien irgendwie passend.«

Grace lachte. »Das ist nicht fair. Er hat sich geändert,

Matthew.« Plötzlich sah sie nachdenklich aus. »Ich hätte mir nie träumen lassen, dass es so enden könnte. Ich habe alles bekommen, was ich wollte – und noch mehr.«

»Hm. Ich auch. Grace?«

»Ja?«

»Warum *hast* du das Buch geschrieben?«

Grace dachte einen Augenblick darüber nach. »Aus Spaß, nehme ich an. Ich glaube, ich habe ein Faible für das Risiko entwickelt ...«

»Ja, da hast du wohl Recht.«

»... und jetzt, wo ich einen Vollzeit-Gärtner habe, muss ich mich ja irgendwie beschäftigen.«

Matthew grinste wieder. »Also, was wirst du als nächstes tun?«

Grace sah von dem Mann, den sie wie einen Sohn liebte zu dem Mann, den sie mit Leidenschaft verehrte. »Nun, wie du weißt, hat Jacques diesen kleinen Weinhandel.«

»Ja.« Matthew hätte es wohl kaum einen kleinen Weinhandel genannt.

»Nun, ich dachte, das wäre ein guter Hintergrund für ein neues Buch ...«

Marian Keyes

»Herrlich unterhaltende, lockere und freche Frauenromane. Ein spannender Lesespaß.«
FÜR SIE

Wassermelone
01/10742

Lucy Sullivan wird heiraten
01/13024

01/13024

HEYNE-TASCHENBÜCHER

Amelie Fried

Die mehrfach ausgezeichnete TV-Moderatorin konnte sich bereits mit ihren ersten Romanen einen festen Platz in den Bestseller-Listen sichern. Amelie Fried schreibt »mit dieser Mischung aus Spannung, Humor, Erotik und Gefühl wunderbare Frauenromane.« *FÜR SIE*

Am Anfang war der Seitensprung
01/10996

Der Mann von nebenan
Heyne Hörbuch
26/4 (3 CD)
26/3 (3 MC)

01/10996

HEYNE-TASCHENBÜCHER